我们的大桥

杨洪建 ◎ 著

南京出版传媒集团
南京出版社

图书在版编目（CIP）数据

我们的大桥 / 杨洪建著 . -- 南京 ：南京出版社，2020.5

ISBN 978-7-5533-2821-8

Ⅰ . ①我… Ⅱ . ①杨… Ⅲ . ①访问记—作品集—中国—当代 Ⅳ . ① I253

中国版本图书馆 CIP 数据核字（2020）第 050049 号

书　　名　我们的大桥
作　　者　杨洪建
出版发行　南京出版传媒集团
　　　　　　南 京 出 版 社

社址：南京市太平门街53号　　邮编：210016
网址：http://www.njcbs.cn　　电子信箱：njcbs1988@163.com
联系电话：025-83283893、83283864（营销）　025-83112257（编务）

出 版 人　项晓宁
出 品 人　卢海鸣
责任编辑　凌　霄
装帧设计　王　俊
责任印制　杨福彬

排　　版　南京新华丰制版有限公司
印　　刷　南京玉河印刷厂
开　　本　787毫米×1092毫米　1/16
印　　张　21.75
字　　数　320千
版　　次　2020年5月第1版
印　　次　2021年2月第2次印刷
书　　号　ISBN 978-7-5533-2821-8
定　　价　65.00元

南京出版社
图书专营店

引 言

★

南京长江大桥凝聚了国家、民族和人民的共同记忆。

“一桥飞架南北，天堑变通途。”20 世纪 60 年代，数以万计的建设者在中国共产党的领导下，自力更生，艰苦奋斗，建成了令世人瞩目的南京长江大桥。

作为第一座由中国人自行设计、自主建造的双层式铁路、公路特大型桥梁，它以气贯长虹的“中国跨度”和气吞山河的“民族气概”，见证半个世纪的历史风云，彰显永久魅力和时代风采。

南京长江大桥是独一无二的，甚至它的造型都不像一座传统意义上的桥。

从历史情境看，建设大桥无疑是困难的：没有外国专家，没有高强度低合金钢梁，三年困难，战争阴影，“文革”干扰。然而，中国人民在“建设祖国”旗帜的感召下去改变自然，大桥也因此成了一种文化象征。生活在那个时代的很多人都自觉或不自觉地与大桥建立了联系：自愿去大桥工地劳动，家庭合影以大桥为背景，骑的车子是大桥商标，背的书包是大桥图案……

当我们站在大桥上的时候，你会去想象当年几万人共同建设大桥的情景。这几万人是我们的祖辈、父辈，他们来自祖国的天南地北，却有着一个共同的信念，那种信念中传递出来的力量穿越时空，让我们感动。

滚滚长江东逝水，逝去的是时间，留下来的是人类的创造；失去的是水，而不是长江。

目　录

★

桥梁是那么迷人

桥梁是那么迷人，不论是跨越激流或深谷的古桥，还是飞越天险、凌驾城市上空的现代桥梁，都会引发人们由衷地赞美和遐想。长江自古没有桥，天堑阻断交通。多少年来，在烟波浩渺的江面上，人们只能靠渡船来往于两岸。沟通大江南北，在中国是一个久远的梦。

“清晨，我来到南京长江大桥。今天的天气格外好，万里碧空飘着朵朵白云。大桥在明媚的阳光下，显得十分壮丽……”郎朗的读书声，勾起了人们对大桥亲切的记忆。

宋代——
千军万马踏过长江浮桥

现在我们如果要测量长江某一江段的跨度，必须借助于现代化的精密仪器。但是，1000 多年以前，有一位名叫樊若水的秀士，竟然驾一艘小船装作打鱼，用一根丝绳偷偷丈量了长江的宽度，选择适宜架设浮桥的地点。

974 年十二月一日，波涛滚滚的长江上，一艘艘巨大的黄、黑龙船整齐排列，被一根根粗大的竹缆绳紧紧地拴在一起，固定在江面上，形成一座宽阔的浮桥。天堑顿时变为坦途，数十万北宋骑兵、辎重从桥上滚滚而过，向南唐国发起攻击。

浮桥也叫舟桥，是将船、筏用绳索连接在一起，上铺木板作为桥身的一种桥梁。因为战争，浮桥应运而生。浮桥作为战争的得力工具，常常能出奇制胜。长江浮桥，在古代中国乃至世界是首创。桥梁专家茅以升在《中国桥梁史》中高度评价北宋浮桥：这是我国在长江干流上建造的第一座正规军用浮桥，在我国桥梁史上竖立了一块重要的里程碑。

长江自古以来就被称为天堑，是军事上一道难以跨越的天然屏障。中国历史上南北分裂、划江而治的各个时期，居于长江以南的这一方，无一例外都是依托长江天堑对抗北方铁骑的冲击。

960 年，后周政权的殿前都点检、归德军节度使赵匡胤发动陈桥兵变，

宋太祖赵匡胤

和平地实现了“太祖代周”，建立了宋朝，史称北宋。随后，赵匡胤在不到一年的时间内就稳定了内部政局。为终结五代分裂局面，一统天下，在963—971年间，相继消灭了北方的南平、武平、后蜀、南汉。

南唐在南方各国中实力最强。南唐后主李煜在赵匡胤灭了南汉后，对赵匡胤俯首称臣，自称江南国主，明臣服，暗备战。在遣使向宋请受册封的同时，将兵力部署在长江中下游各要点，以防宋军进攻。南唐虽然政治上腐朽，军事上软弱，但依据长江天险，都城江宁府（今南京）城守坚固。北方军士虽然强悍，却不适应水战，被长江阻隔。赵匡胤正为此事发愁，忽闻来报：江南进士樊若水前来献渡江之策。

这个叫樊若水的秀才聪明而有才干，家住铜陵贵池长江边，当时江南这一带隶属南唐，江北即是赵匡胤的大宋。南唐国自开始贡举，樊若水考了几次，却屡试不第。屡次失败，使他不想再考了，且南唐国也从未重用过进士举人，当朝权贵大都是旧时勋臣的子弟和皇亲国戚。无奈之下，他只好写信上书给后主李煜，谈论国是，希望自己的才干能被所用。此信如泥牛入海，杳无音讯。自知南唐已腐朽难救，而北宋正新兴崛起，重用贤才，樊若水决心投奔北宋，心里产生了一个建长江浮桥迎大宋骑兵渡江作战的构想来，并准备用这些情报和计策作为投奔大宋的见面礼。

有些好友得知樊若水叛唐投宋，担心令人不齿。樊若水却哈哈大笑道：“南唐早日灭亡，民众少受煎熬，于民于己均有利。只是李煜蠢材失去了家天下而已，有什么珍惜的？”他借了一条小船，装作江上打鱼，用钓鱼船载丝线，一头拴在南岸，将丝绳的另一端系在北岸，测量长江的宽度。长江江面宽阔，再加上江风力大，丝绳的自重轻，被风一吹，中间形成弧度，很容易弯曲。樊若水用这样的工具量江，其难度之大不言而喻。樊若水如此往返多次，历时几个月，测量了不同地段、潮汐涨落不同时间的宽度，选择了水流平缓、易于架桥的地点，确定了方案。970年，樊若水偷渡到江北，被迅速送往宋都汴梁（今河南开封境内），向赵匡胤献上了“建浮梁取江南”的计策。

此时宋太祖在北方立国已有10年之久，因为长江天堑的阻隔，他迟迟不能统一南方。但卧榻之侧，岂容他人安睡？统一国家是每一个帝王的梦想。更何况如果划江而治，最终将导致战乱不断，国无宁日。只是北宋没有平南的良策，正在等待时机。樊若水献上的计策，正中宋太祖下怀。

据清乾隆二十二年（1757）《铜陵县志》卷之十四《六百丈记》记载：“铜陵县南三十里，有江曰六百丈。南唐时，池州人樊若水量江于此，广六百丈，遂名。”樊若水量江的地点是家乡附近的羊山矶，这里的长江河床稳定，江面最窄，宽度是六百丈，换成现在的计算单位是将近两公里。如今主汛期江水的宽度，也接近六百丈。长江流经这里有一个弧度，由于羊山矶的挑流作用，形成很平缓的一条曲线，产生比较大的回水区。羊山矶的另一头是江北枞阳县老洲乡的一个无名的小村子。这个小村子因为是樊若水量江登岸以及北宋建浮桥的北岸桥头处，后来便被人们称之为“六百丈”，这个地名至今还在使用，是指位于今铜陵长江公路大桥北岸桥头地带，为普济圩农场二分场江堤外沿江沙洲，圩区乡民流传“大通对六百丈”的口头禅，寥寥数字，一目了然。大通在江南，六百丈在江北，一水两岸，咫尺之遥，对襟而望。望着望着，就对视成了一个传奇，在民间成活，绵绵千古不绝。

赵匡胤听了樊若水的过江之策，大喜过望，立即送他到学士院破格面试，赐他及第，还让他在家乡贵池的对江，做舒州军事推官。樊若水担心自己老母及亲属都在南唐，恐怕会被李煜损害，就启奏赵匡胤，希望能接到自己的身边。赵匡胤立即写诏书给李煜，让他护送其父母、亲属过江。李煜虽不情愿，但怕惹恼了赵匡胤，只得乖乖地派人把樊若水的亲属送过江去。

赵匡胤下诏任命樊若水为赞善大夫，派遣高品、石全振按照樊若水的方案，去荆南（今湖北江陵），用竹子编成巨大的竹缆，并特造了巨大的舰船专用于装载竹缆。又在朗州（今湖南常德）一带制造了大量的龙船，涂刷成黄黑两种颜色。巨舰和黄黑龙船的数量多达数千艘。

南唐后主李煜喜好声色，琴棋书画无所不通，治理国家却昏庸无能，还听不进反对意见，用的都是些擅长诸伎的人物。他在宫中造就了十几所佛寺，

南唐后主李煜

并以重金募民众及道士为僧，金陵城中竟有数以万计的和尚、尼姑。赵匡胤悄悄地派遣一批兵士，化装成僧人，在羊山矶附近北宋军准备过江的地方，以巨石作桩，造成佛塔模样。李煜不明真相，竟然还捐施赞助。

赵匡胤派遣八作使郝守濬率领工匠，把黄黑龙船和用大舰装着的竹缆，分别从荆南、朗州两地沿江而下至石牌镇（今安徽怀宁）附近的长江上，预先试验架设浮桥。试制成功后，命令前汝州防御使灵丘和陆万有领兵前往守护。

北宋预置跨江浮桥的事情传到了南唐后主李煜那里。李煜虽身为国主，却优柔寡断，一刻也离不开谋臣张洎。张洎答道："长江风急浪高，自古以来，从未有过做浮桥过江的事情。江水流急，掉下去就没命了，北宋军绝不可能做到。"后主也说："我想这简直是一出儿戏。"君臣两人一笑了之。

万事俱备，赵匡胤开始行动，下命李煜去开封，李煜自知此行凶险，托病不去。赵匡胤找到借口，开宝七年（974）九月，以"诏召李煜入朝，不从"为由，以曹彬为统帅，发兵江南。曹彬率领小部兵力，先从上游而下，先后夺取池州、铜陵、当涂，直至架桥预定的江南地址羊山矶附近。在此击败了南唐的两万兵马，牢牢控制住了南岸的架桥点。（注：《宋史》记载，架设浮桥的地点在安徽采石矶。本文采用了《铜陵县志》的记载和当地流行的说法，架设浮桥的地点在樊若水家乡附近的羊山矶。）

闰十月十五日（12 月 1 日），赵匡胤下诏，从石牌镇把预制的浮桥移至羊山矶，巨缆的一端系在预先造好的石塔之上。浮桥的预制尺寸十分准确，从开始系缆绳到架设成功，仅用了 3 天。大军的兵马车辆通过如履平地，创造了有史以来成功地在长江上架设浮桥的奇迹。

金陵城破后，后主投降，被押送至汴京封违命侯。赵光义继位，进封陇西郡公。978 年，后主中秋 42 岁生日那天，写下著名的《虞美人》和《浪淘沙》，这两支曲子立即被密探报到了宋太宗那里。词中对故国无尽的思恋引起了宋太宗的勃然大怒，认为李煜再也不能留在世上。立即派儿子赵元佐以贺寿为名送去了一瓶毒酒。作为君王，李煜是失败的悲惨的。但是作为一代词人，他给后世留下了许多千古传诵的辞章。

羊山矶又名阳山矶、大通矶。它由大小 13 座山峦连成一体，临江而立，多为绝壁，海拔 56.4 米，很像一只低头去江里喝水的羊，故名。羊山矶犹如伸出的一只利爪，扼住大江的喉咙，镇住惊涛骇浪。在距羊山矶上游约 30 华里的地方，有一座山名叫“将军山”，据说就是当年曹彬率兵驻扎的地方。

宋太祖赵匡胤褒扬樊若水其功，赐名樊知古，委任为池州知州，后擢升为江南侍御史、江南转运使。时间到了明朝万历年间，与樊若水的家乡贵池一河之隔的铜陵大通人佘翘，以樊若水量江的故事为蓝本，创作了《量江记》，分上、下两卷，共 34 出，约 5 万字，盛演不衰。剧本今存，仍不时有剧团上演。汤显祖是佘翘父亲佘敬中的好朋友，他到铜陵就住在佘翘家，十分欣赏佘翘的才华，在赠诗里称其为“小友”。冯梦龙将《量江记》收入他的《墨憨斋定本传奇》一书，并将《量江记》与汤显祖的《临川四梦》并列，称为“罕见珍本”。明代著名的戏曲理论家吕天成，在《曲品》这本书里评价《量江记》：“奇，全守韵律，而词调俱工，一胜百矣。”当时大通佘家是铜陵第一大户，兄弟 3 人皆中进士，举人贡生多不胜数，现在的佘家大院老祠堂也是铜陵的著名景点。

《量江记》在铜陵仍然盛演不衰

巧的是，1949 年 4 月 17 日夜，中共铜陵县委派交通员赵傍根只身从羊山矶下水泅渡，及时将敌军江防图及火力配置等重要军事情报，送达江北刘邓大军渡江指挥部。4 月 21 日 8 时，解放大军万炮齐轰，千帆竞发，百万雄

铜陵长江大桥

师一举突破长江天险，铜陵成为江南解放第一城。电影《渡江侦察记》中的小马过江送情报的情节就是以赵傍根为原型的。更巧的是，也在同一地点，1995 年 12 月 26 日，八百里皖江第一桥——铜陵长江大桥在羊山矶头越江而过。桥型为预应力钢筋混凝土双塔索面斜拉桥，全长 2592 米，主桥长 1152 米，最大跨径为 432 米，是当时世界上同类型第 3 位大跨径桥梁。六百丈从此与大通、铜陵连成一体，几代人的梦想终成现实。

站在樊若水量江的地方，一个个历史片断，像江上的船队鱼贯而来。我的思绪穿越历史的浓雾，似乎看到那个白衣秀士，独自驾着一叶扁舟急速划动。夕阳回照在澄静的江面上，一步一步地悠然而随……

浦口火车站——
那些或悲壮或伤感的往事

浦口火车站，南京人再熟悉不过的一个地方。这座始建于清光绪三十四年（1908）的火车站，是当年津浦铁路的终起点。历经百年沧桑，如今更是愈显民国浓厚气息，历史总是在不经意间以它特有的方式，向后人诉说着那些或悲壮或伤感的往事。

20 世纪 30 年代的浦口火车站

朱自清《背影》插图

著名学者朱自清在他的散文名篇《背影》里，用细腻的笔触，描述了他和父亲在浦口站依依惜别的情景。

1917 年的冬天，20 岁的朱自清在北京大学哲学系读书，得知祖母去世，从北京赶到徐州，与父亲一起回扬州奔丧。办完丧事，父亲到南京找工作，朱自清回北京念书。父亲对儿子出远门不放心，亲自送他过江，还上车帮他找了靠车门的座位。在即将开车的那一刻，父亲翻越铁道隔着栅栏给儿子买了橘子来。朱自清写道："我看见他戴着黑布小帽，穿着黑布大马褂，深青布棉袍，蹒跚地走到铁道边，慢慢探身下去，尚不大难，可是他穿过铁道，要爬上那边月台，就不容易了。他用两手攀着上面，两脚再向上缩；他肥胖的身子向左微倾，显出努力的样子。这时我看见他的背影，我的泪很快地流下来了。"每读到此，不禁热泪湿衣。

《背影》从 1935 年起，不断地入选叶圣陶编选的课本。新中国成立后，也一直是中学的语文教材。一篇散文让天下的读书人记住了父亲，更记住了浦口。近一个世纪过去了，老站台的青石板还静静地躺在那里，那个肥胖的青布棉袍、黑布马褂的背影，定格为父爱的经典场面，吸引无数的游人前来观瞻。

笔墨极省的鲁迅在日记中多次提到浦口。

1913 年 6 月鲁迅返故乡探亲。此次行程，他日记中记录颇详细。6 月 19 日，"下午四点四十分发北京，七点二十分抵天津"。夜宿天津。20 日，"上午十点二十分发天津"。21 日，"四时半顷抵浦口，又大雨，乘小轮舟渡长江……夜往沪宁车站，十时半发南京"。22 日，"上午七时抵上海"。23 日，"晨赴沪杭车站，七时三十分发上海"。

可以看出，鲁迅此次行程是很辛苦的，1300多公里的路程，途中不停地更换交通工具，坐车，坐船，再坐车，再坐船，光火车就要换乘四次，全程要花将近一个星期。

1919年，鲁迅在北京八道湾买了房子。12月，他返乡接母亲和三弟周建人一家到京团聚。12月26日日记载，“晨乘杭沪车发江干。至南站前路轨损，遂停车，止上海楼旅馆，甚恶。夜半乘夜快车发上海”。因路轨损坏，一家人不得不在途中下车将就住宿。27日，“晨抵南京，止中西旅馆。上午雨。午渡扬子江，风雪忽作，大苦辛，乃登车，得卧车，稍纾。下午发浦口”。因京沪线此时还没有贯通，乘轮渡过江颇为辛苦。

翻开《西行漫记》，在陕北的窑洞里，毛泽东和斯诺谈过的一件往事生动而有趣，并亲切地称他的同学李中为“救命菩萨”。

> 1919年初，我和要去法国的学生一同前往上海。我只有到天津的车票，不知道到天津后怎么再往前走。可是，正如俗语说“天无绝人之路”，很幸运，一位同学从北京孔德学校得到了一些钱，他借了10元钱给我，使我能够买一张到浦口的车票。在前往南京途中，我在曲阜停了一下，去看孔子的墓。我看到了孔子的弟子们濯足的那条小溪和孔子幼年所住的小镇。在历史性的孔庙附近的一棵有名的树，相传是孔子栽种的，我也看到了。我还在孔子的一个著名弟子颜回住过的河边停留了一下，并且看到了孟子的出生地。在这次旅行中，还登上了山东的神岳泰山。《三国》里有名的徐州府城墙，历史上也享有盛名的南京城，我都徒步环行过一次。这些事情，我在当时看来，都是可以同我在湖南的经历和徒步旅行相媲美的成就。

青春，生命之树在春天的萌芽。每一个有志青年，在这段时间里，无不朝气蓬勃、壮怀激烈、一览无余地展露着生命的活力。

1919年初春，江南草长莺飞的季节，27岁的毛泽东动身去上海，为那些湖南留法学生送行。当时他在北京大学图书馆工作，收入低，住得也艰苦，和另外7个人合住一个小房间，全挤在炕上，想翻个身都得预先告之身旁的人。冬天只有一件长大衣，外出时大家只好轮换着穿。

毛泽东七拼八凑，也只买得起到天津的火车票。后来在火车上正巧碰到了一位同学，借给他10元，才买了去浦口的火车票。等到了浦口时已经囊中羞涩。更麻烦的是他躺在硬木椅子上睡了一会儿，醒来发现自己仅有的一双布鞋也被人偷走了。毛泽东又冷又饿，光着脚在江边雨廊里徘徊。时至中午，在潮来潮往的人群中突然遇到了湖南第一师范的同学李中。

李中比毛泽东小一岁，1911年，14岁的李中还在父亲所办的乡间私塾读书，一听说辛亥革命爆发的消息，就毅然将自己头上的小辫子剪掉。1913年秋，向往新学的他与同乡蔡和森一同考入湖南省立第一师范学校，并在这里与毛泽东、罗学瓒等结识。刚入校时，李中只知埋头苦读，但受毛、蔡等进步同学的影响，很快他便积极投身于各类社会活动中。1915年毛泽东在第一师范发起驱逐校长张干的活动，李中就是参与者之一。两年后，毛泽东在长沙开办工人夜学，分甲、乙两班，毛泽东管理甲班，李中管理乙班。后来李中到

浦口火车站雨廊

浦口火车站法桐树

上海，在一家古玩店帮工，为店主收购古玩，今天再次来到南京。了解到毛泽东的处境后，李中慷慨借钱给他，助了一臂之力。毛泽东用这笔钱先买了一双新布鞋穿上，再买了去上海的火车票，乘轮渡过江，游历了南京城后抵达上海。也许在那时，毛泽东就有了在此建一座大桥的构想。

1929 年 5 月 28 日，孙中山灵车由北京驶抵南京，在浦口站举行了接灵仪式。当天，浦口火车站从站台、候车大厅、车站大楼、车站广场至飞虹码头皆裹白缟素，哀乐低鸣。当灵车缓缓驶进站内停住，中山先生灵榇被稳稳抬下，沿站台缓出大厅至广场。接灵仪式结束后，在党政大员的陪护下，灵榇从飞虹码头渡江至下关，然后暂厝国民党中央党部（湖南路 10 号），待 6 月 1 日安葬中山陵。

为铭记孙中山先生的伟大功绩，在浦口站临时停灵的地方建起了奉安大典的标志性雕塑停灵台——直径 5 米的地球仪，象征巨星陨落。石球下方是汉白玉基座，上面烫金雕刻着孙中山的遗书及三民主义的部分内容。“文革”中被破坏，后来也没有按原样恢复。

1931 年“九一八事变”之后，日军开始入侵华北，北平岌岌可危。北平政务委员会于 1932 年 8 月 21 日召集专家，讨论保存故宫古物的办法。从 1933 年 2 月 5 日至 5 月 15 日，故宫博物院 13427 箱、64 包国宝分五次秘密离京，由军队护送，沿途戒备森严。除特别快车外，沿途列车都要给文物列车让道

浦口火车站秋色

先行，到关键地段，车内熄灯。列车运行也设计了一条极为隐蔽的路线，为防日军袭击，避开天津，先从平汉铁路转陇海铁路，再转津浦铁路，绕道抵达首都南京。

为了迎接这批文物，南京开始修建中央博物院和朝天宫的文物仓库。但文物到达南京浦口时，朝天宫的仓库还没有建好。于是，这批文物从火车上搬下来，装船又到了上海，存放在某银行的金库。1936 年 12 月朝天宫的仓库竣工，南迁文物从上海运回到了南京。不久，“七七事变”爆发，南京告急，国宝再分南、中、北三路，水陆交通并用，向大后方迁移，开始了更加颠沛流离的行程。抗战胜利后才陆续集中到重庆，1947 年回迁南京。

新中国成立后，留在南京的文物在 1951 年以后开始被运回北京故宫博物院，合计一万多箱。但是，断断续续，到了“文革”就停止了，如今在南京仍保存有 2211 箱 10 万余件清宫旧藏文物。

1968 年 10 月，南京长江大桥通车，津浦铁路与沪宁铁路连成一线，沟通浦口与下关的火车轮渡停运，浦口站停办客运业务。1985 年 5 月，为减轻大桥负担，浦口站又恢复部分客运，浦口站也更名为“南京北站”。开始只有 4 对慢车，后来到成都、兰州、齐齐哈尔的长途快车也改从浦口发车。到了春运、暑运，站长都不敢接电话，全是托关系买车票的。1998 年以后，随着大桥交通能力的扩容，逐渐停止办理客运业务，只剩下一对往返蚌埠的慢车。2004 年 10 月，各项客运设施全部封存，站台上的灯光熄灭，浦口静寂了。

开埠百年的浦口，虽然已经很老，但绝不是那种人烟稀少、毫无生机的历史遗物般的景致。走进浦口，如睹老铁路的速写：当初道路两旁栽种的法桐幼苗，早已长成了参天大树，串联成了遮天蔽日的绿色长廊，在炎炎夏日里行走其间，顿觉暑意大消。生锈发黄的铁轨，老式的手板道岔，荒草萋萋下的枕木，退役的老机车披满青苔，像战士列队成行……

浦口火车站有一种时间静止的魅力，既让朱自清先生写出了送别父亲的《背影》，也是影视剧取景的热门场所，被列为中国最文艺的九个火车站之一，1950 年代的电影《兰兰和冬冬》曾在此拍摄。近年来，《情深深雨濛濛》《金粉世家》《茉莉花开》《国歌》等影视均在此取景。同时，它吸引了无数影迷和拍客来此摄影和写真；它的建筑风格和布局，是许多高校的教科书，经常有成群结队的大学生们到此揣摩其建筑的精髓。

著名导演沈好放曾经盛赞：浦口火车站蕴含的民国历史底蕴，“国内仅此一家”。2013 年，浦口火车站旧址被列入第七批全国重点文物保护单位名单，火车站周围的历史建筑群将被修缮保护，百年老站终于迎来新生的曙光。

火车轮渡——
济世的“诺亚方舟”

20世纪初，由于长江阻隔，火车只能望江兴叹。国民政府派出专家赴欧美考察，最后把目光转向技术难度不大且比较经济的轮渡方案，实行国际招标：由英国多门浪公司在两岸各建一座深入江心约150米的引桥，英国马尔康洋行承造蒸汽火车渡轮和一艘挖泥船。渡轮价款80万英镑，1932年3月8日签订合同。当年10月12日，在英国泰恩河纽卡塞尔下水，1933年4月驶来上海，沪上各界人士纷纷上船参观，很是风光了一阵。

渡轮定名“长江”号，是个真正的庞然大物，长110.3米，宽17.2米，载重量达1200吨，船身分舱面、舱内、舵楼三部分。舱面铺轨3条，各长91.4米，总共可载客车12辆或货车24辆。船后端设移动车台，长12.8米，有滚轮拉链等设备，可左右移动，连接任何一股道。上备调车机车一台，以取送各股道之间的车辆。

1933年10月22日，首都轮渡通车典礼在“长江”号上隆重举行，南京城万人空巷。威风凛凛的火车头拉着一节节车厢，分批开上大轮船，劈波斩浪，以每小时12.25海里的航速驶向长江北岸，终结了火车不能过大江的历史。

轮渡工程启用后，铁道部开通了北平、南京、上海、杭州直通快车。“长江”号单轮航行，每天日渡6—8渡，运送货车71辆1500吨，渡旅客333人。

1932 年 10 月 12 日，“长江”号渡轮举行下水典礼

以后逐步增加，1935 年日渡货车 123 辆 2990 吨，渡客 447 人。到抗战爆发前夕，每天已达 16 渡。轮渡所在大马路附近，每天人来人往，甚是繁华，当时有“南有夫子庙，北有大马路”之说。作为亚洲第一条铁路轮渡，曾被评选为 1927—1937 十年间的中国“十大工程”之一。日本记者在《读卖新闻》上称赞其“美轮美奂，东亚无双”。

火车轮渡的工作原理其实很简单：渡轮上铺了铁轨，通过“升降引桥”、栈桥和岸上的铁路线连接。“活动引桥”一端如同铰链般地与栈桥的轨道连接，另一端随着水位高低升降与渡轮的轨道相接，机车再顶着列车直接驶上渡轮。渡轮上并排有 3 股道，可以容纳 12 节客车车厢。操作极为耗时，从列车解体、编组、推送上船过江，再到列车上岸、再编组，一次作业需要两个多小时。此外，受到天气潮水的影响，轮渡规定“夜间不渡，大雾不渡，涨潮不渡，台风不渡”。尽管如此，作为万里长江第一渡，沪宁线、津浦线自此连成一体，运力大增。据 1935 年统计，平沪段（北京—上海）货运量由前一年的 120 万

轮渡工程处员工合影

吨急增至815万吨，1936年高达1015吨。1934年，开通了上海至北平的直通客车，全程34小时，旅客乘火车由上海到北平，经过南京的铁路轮渡，中途无须提着行李上下车了。在当时，乘坐这趟特别快车是一种超级享受，许多富家青年男女新婚都选择乘坐“沪平特快”做蜜月旅行。

在没有大桥的日子，火车轮渡俨然就是济世的“诺亚方舟”。

1933年的秋天，南京火车轮渡即将竣工，杨绛与钱锺书刚刚订婚，在苏州某饭店宴请两家的至亲好友。国学大师钱穆当时在燕京大学任职，也参加了订婚礼。杨绛考取了清华大学研究院的外文系，马上就要开学，钱锺书的父亲介绍杨绛跟钱穆同车北上，请他一路照顾。等到冬季，杨绛从北平回苏州时，轮渡已经开通，轮船载着火车过江，杨绛觉得很新鲜。1991年，80岁的杨绛回忆当年同钱穆一起来北平摆渡过江的情景，饶有兴致地写道：

火车到南京后，已不复像以前那样需换站到下关摆渡，再上津浦段的车，南北两站隔江相对。车厢里的人和火车里的货全部离开火车，摆渡过江。记得好像是货物先运过去，然后旅客渡江，改乘北段的火车。宾四先生（钱穆）和我同坐在站上的椅子里等待，看着站上人夫像蚂蚁搬家似的把大件、小件、软的、硬的各项货物（包括一具广漆棺材）抬运过去……

杨绛与钱锺书

1937 年 12 月 6 日，日军逼近南京，国民政府撤退时将“长江”号开赴汉口，还破坏了轮渡北岸栈桥，拆除了重要机件。“长江”号在汉口一直停靠到 1938 年 8 月 26 日，奉命开往重庆。由于长江水浅之故，轮渡阻滞于宜昌。1939 年 2 月，下锚于石碑镇附近，此地在宜昌上游 20 公里。因为无法继续驶往重庆，就拆掉了船上的蒸汽机，全部机器存放在重庆。

1940 年 12 月 12 日上午 10 时，日军飞机飞临宜昌上空轰炸轮渡，投放两枚炸弹，一弹穿通船尾，弹孔 90 厘米，一弹击毁上部甲板，弹孔直径 4 米。轮渡遭轰炸后船舱开始进水，18 时后沉没，上演了悲壮的一幕。当时轮渡上还有 2 台机车、4 节货车和 2 节客车，与轮渡一起沉没。

日军占领南京后，由于火车轮渡工程较大，始终没有恢复。直到 1943 年，日本投降的前两年，日本华中铁道公司才从上海江南造船厂订购两艘“金陵丸”渡轮投入航运。

1949 年，南京解放前夕，南京地下党组织在铁路轮渡管理段成立了解放工人委员会。4 月 23 日中午，解放军 35 军接到上级立即渡江的命令，104 师侦察员与轮渡段解放工人委员会联系，工人们立即将暗中保护的“凌平”号拖轮开赴北岸接运解放军。接着，又找出两艘船，加入接运解放军的行列。停泊在下关沿江一带的民船和公私营公司的大小机动船只也一起出动，帮助解放军渡过长江天险。特别是后来“浦口”号火车渡轮的加入，一次便能运送一个多团的人马、大炮、坦克等辎重装备和物资。当时，天上还有国民党军队的飞机轮番轰炸扫射，但已是强弩之末，无济于事。从24日清晨到中午，经轮渡往返不停地运输，把江北浦口一带的解放军35军全部人马渡过了长江，浩浩荡荡地开进了南京城。

从时间上讲，“京电”号第一个接送解放军过江，是渡江第一船；但是从运量来看，“浦口”号火车渡轮仅用一个上午的时间，就运送了整整一个军的人马装备，可谓劳苦功高。

1958年10月22日，时任中共中央副主席、人大常委会委员长刘少奇由安徽马鞍山来到南京，视察了南京铁路轮渡管理所，仔细查看了活动引桥的升降调节、渡轮与活动引桥的衔接、车厢上下渡轮的作业，并与江苏省和南京铁路部门负责人座谈。轮渡段反映日本人留下的渡轮能耗大，维修率高，工人劳动强度大。刘少奇指示更新火车轮渡的老旧设备，打造新型柴油机大马力渡轮。视察后，还和轮渡段的同志合影留念。

1959年，上海江南造船厂建造了“江苏”号和“金陵”号两艘渡轮，每艘长126.55米，宽17.2米，自重2112吨，载重量2978吨，即能装载50节客车车厢。

1949年，南京解放后，首都铁路轮渡管理段更名为长江轮渡管理所，隶属于上海铁路局。1950年5月，抗战前夕自沉于黄浦江的2000多吨渡轮“南京”号被打捞出水，拖回南京修复后，投入渡运，“南京”号、“浦口”号双轮日航平均48渡。新中国成立的铁路工人焕发出高昂的工作热情，过去的“四不渡”规定被工人们自行取消，1953年12月28日曾创出日航86渡的新纪录，受到铁道部的表彰奖励。

随着铁路运量不断增长，轮渡地位日显突出，形成以轮渡为中心的枢纽，南北铁路干线车源的80%通过渡轮。1958年后新造“上海”号、“江苏”号、“金陵”号内燃轮先后启用，昼夜保持3轮航行，日均120渡次，渡车千辆以上，还曾创出日航155渡、渡车3414辆的最高纪录。

1968年10月，南京长江大桥开通，客车及直通货物列车改驶大桥通过，

1967 年下关—浦口间的火车轮渡，远处为建设中的南京长江大桥

江南火车轮渡遗址航拍

轮渡只渡非直通的货物列车，两轮航行。此间，日均航行 89.6 渡，日均渡车 1600 余辆。1973 年 5 月 5 日，随着长江大桥及新的枢纽配套工程相继建成，轮渡封闭停航，火车渡轮被全部调往芜湖，依然作为主力船，行驶在裕溪口至芜湖的长江江面上，驮运火车过江，一部分轮渡职工也同时调往芜湖轮渡段。轮渡的迁徙，可以作为长江桥梁建设史的一个别样的注脚。而父辈的流动，让后辈们知道，所谓的故乡，也只是祖先长途跋涉的一个个短暂的落脚点。而去往下一个地方，也许更值得我们的期待。而下关和浦口之间的铁路轮渡桥则作为战备设备予以保留，并由轮渡所负责养护维修，1978 年和 1980 年还曾搞过两次军事演习，在普通船上临时铺上铁轨运火车。但如今，已无这个可能。轮渡所的设备已经不能用了，南岸栈桥经过油漆维修，成为滨江一景；而北岸铁锈斑斑，杂草漫长，不时有在江滩种菜的人从桥面行走，玩耍的学生顺着把手爬到桥顶。

作为重要的工业遗产，他最合适的归宿，就是成为一个让人参观的景点，或者是博物馆。

武汉——
寻找故事的源头

以往旅行的时候，我总会避开游客，前往当地居民集中生活的地方，沉下心来去认知一座城市。后来发现对于美食，也该是如此。我坚信“当地人吃饭的地方”，才是真正地方美食的隐匿之地，也是好吃不贵的餐馆所在。来武汉，喜欢住在阳新路上，道路两侧都是小饭店，各色小吃丰富多彩，从早到晚生意兴隆，吃客川流不息。这里离大桥局很近，职工宿舍分布在街道西侧，寻访起来很是方便。

武汉长江大桥

熟悉毛泽东诗词的人都知道，1956年6月他在《水调歌头·游泳》中题写的“一桥飞架南北，天堑变通途”，指的并不是南京长江大桥，而是武汉长江大桥。要想了解南京长江大桥，必须先了解武汉长江大桥，西林是一个避不开的话题，管柱钻孔法是故事的源头。打开地图搜索引擎，武汉大桥试验墩纪念碑地点在莲花湖公园里面，离我住的地方也就是两公里多，20多分钟就可以走到。

从阳新路拐入汉阳最老、曾经最繁盛的显正街，进入滨江大道，远远地就看见武汉长江大桥的雄伟身影。在汉阳桥头，左转进入莲花湖路，路的西侧就是莲花湖公园。浓密的树荫下，居民在打牌，很热情地为我指点试验管柱的位置。管柱被包裹在公园的围墙里面，周围都是参天大树，不仔细看，还真发现不了。公园临街有两个门，南面的是正门，需购票才能进去。此时已经下班，大门锁闭了。靠北面的是停车场，平日里游人不能进去。我去的时候已经5点多了，门岗也下班了，公园里很是寂静。

管柱纪念碑

进了停车场，紧挨着围墙左侧就是高大的纪念碑，旁边住着两户居民，晾晒着衣物。纪念碑高五六米，通体为圆柱形，上面写着“五米大型管柱试验实物纪念”几个大字，大理石基座上刻有大桥工程局第一任局长彭敏撰写的《管柱钻孔法试验记》，由徐焕荣书写碑文，落款时间为“一九五九年国庆十周年前夕”。

《管柱钻孔法试验记》碑文如下：

在修建武汉长江大桥时，由于武汉长江水深流急、地质复杂，世界上旧有的修建基础的方法，不能解决深水施工的难题。

苏联专家康士坦丁·谢尔盖维奇·西林创议用大型钢筋混凝土管柱，下至岩盘，然后用大型钻机在管柱钻岩，再用水下混凝土与钢筋笼将岩孔和管柱连接起来，形成基础的结构。这种方法是在世界上从未用过的，由于党和政府的支持，并根据依靠群众一切通过实验的指示，在长江北岸龟山凤凰山山麓及江心进行了一系列的试验工作。在这试验工作中，中苏工程人员及全体职工亲密合作、昼夜苦战，发挥了敢想敢做的创造性和积极性，终于试验成功，而将成功的经验，立即应用在长江大桥的工程上。

现在一座雄伟的大桥已永峙于龟蛇两山之间，南北天堑已变为通途。浩浩江水将永记着人们的功绩。一切试验的痕迹，由于工地的整理，新的建筑兴起，逐渐泯没，仅余莲花湖畔一巨型管柱尚存。滕代远部长数次谆嘱，妥为保存。经武汉铁路局加以整理，勒石为记，作为一历史性的纪念物。纪念这一世界桥梁技术上的新创造，纪念群众的智慧和劳动，征服长江的雄心壮志，纪念中苏技术合作的光辉范例，纪念永恒的牢不可破的中苏人民的深厚友谊。

管柱纪念碑碑文

读完碑文知道，原来这座特殊的纪念碑其实是当年建设武汉长江大桥仅存的一根大型试验管柱。经过 60 年的风风雨雨，它现在依然是一个历史的见证物。当年，武汉长江大桥桥墩就是使用这种混凝土大型管柱排成圆形“围笼”而建成的。而在长江对岸的武昌桥头观景平台上，1957 年在与武汉长江大桥一并落成的武汉长江大桥纪念碑，正是以大型管柱为原型设计建造的。在时任铁道部部长滕代远的叮嘱下，1959 年国庆前夕，武汉铁路局将五米大型管柱试验墩制成纪念碑，彭敏为纪念碑题写了碑文，请人刻写在碑上，留下了这一历史遗迹。纪念碑落成时，大家愉快地在碑前留影。那时照相比较随意，不像现在有人操持排序。西林是当然的主角，众星拱月似的，手背在后面，站在队伍中间，露出孩子般天真灿烂的笑容，武汉铁路局长赵锡纯和彭敏则谦虚地站在了边上。据附近的居民介绍，1966 年的夏天，来了一批“破四旧”的红卫兵，看到这个水泥墩子实在不起眼，地处又偏僻，只是随便敲打了一番就走了，使得它得以幸存至今。

修建武汉桥的主要难题在于基础施工，多个墩位岩面在施工水位 35 米以下，最初的设计是采用当时桥梁建设界惯用的气压沉箱基础。但是，这种技术需要工人到深水作业。在长江这样接近 40 米深的江底，每个工人一天只能工作 2 小时，不仅效率低，而且施工风险大。在苏联专家西林的倡导下，建设者决定采用管柱钻孔法。这种方法在当时是世界上首创，即使在苏联国内也从未实施过。周恩来总理获悉后，仔细听取了各方面的意见，为稳妥、可靠起见，要求经过实验才能施工。为了掌握这种在当时非常先进的技术，中苏工程人员在长江北岸龟山、凤凰山山麓及江心连夜苦战，进行了一系列艰苦的试验，建起了 35 个试验管柱。经过三个月的讨论和半年的试验，最终试验成功，报经周恩来同意，采用西林的管柱钻孔法新技术。所谓管柱钻孔法是指将空心管柱打入河床岩面，并于岩面上钻孔，在孔内灌注混凝土，使其牢牢插结在岩石内，然后在上面修筑桥墩等结构物。武汉长江大桥有 8 个桥墩，除 7 号墩外，都用这种管柱钻孔法。因为使用了先进的施工工艺，武汉长江大桥原计划 4 年零 1 个月完工，实际工程仅用 2 年零 1 个月。这种方法比之前的气压沉箱法更容易操作，不受水位限制，还能加快施工速度，直到现在

1985 年西林参观南京长江大桥

还在沿用。只不过当时管柱用的是混凝土管柱，现在改用钢套管，当时钻孔用砸机，现在改用钻机。

吃水不忘挖井人。

武汉大桥通车以后，周恩来署名授予西林“感谢状”。大桥通车后仅 20 多天，西林就启程回国了。湖北省、武汉市、大桥局在汉口饭店为他饯行，感谢这位大功臣。1958 年 7 月 22 日，毛泽东主席同苏联驻华大使尤金谈话时说：“我和建设长江大桥的很多领导同志谈过话，他们一致反映，西林是一个好同志，一切工作他都亲自参加，工作方法很好，凡事都和中国同志一起做。大桥修好了，中国同志学会了许多东西。”周恩来总理曾经深情地说：“对我国的大桥建设，西林是有功劳的。武汉大桥给管柱钻孔法立了一个碑，南京大桥可以挂西林的照片。”

西林回国后，主持苏联运输工程科学研究院大型结构研究所工作，进行桥梁技术进步的基础研究，先后被授予功勋科技活动家、功勋发明家等荣誉称号，他还是列宁奖金、国家奖金及苏联部长会议奖金获得者，是苏联社会主义劳动英雄。

武汉长江大桥建成后，由于中苏关系逐渐恶化以及中国“文化大革命”的爆发，中苏之间的桥梁合作受到了阻碍，但西林还是一直关注着中国桥梁的建设。1960 年，在南京长江大桥建设期间，西林自费到中国考察，并对大桥基础施工方案中可能存在的问题，给出了自己的建议。1980年代以后，“文化大革命”结束，改革开放稳步推进，西林曾10次来华，为双方铁路交通部门的科技交流与合作牵线搭桥。

西林有两个女儿，小时候都随父母在中国学习生活过。1950年代叶莲娜在北京读书时是少先队大队长，曾代表苏联少年儿童向毛泽东主席献过花。西林生前一直有个愿望，希望有一个孩子学中文来继承俄中友好事业。在他的积极倡导下，叶莲娜的女儿卡佳选修了中文，她的毕业论文和副博士论文的内容都与中国的地理、生态有关，现在是莫斯科大学地理系教授。2007年10月来到武汉，应邀在国际桥梁科技论坛演讲。

管柱纪念碑见证了一段光辉岁月。西林长眠在莫斯科古老的卡涅特尼科夫墓园里，黑色的花岗石墓碑，正面是微笑的西林肖像，背面就是武汉长江大桥图案。

一万多人集结在长江两岸

清晨，站在大桥上，直面曙光，那种博大和舒展的感觉，分明是让灵魂经受一次次洗礼。

今天的中国是名副其实的造桥大国，能造世界上最长的桥、最大的桥，路桥工程一次次刷新。不过提起“大桥”二字，能称为国家记忆的，恐怕还得数南京长江大桥。南京长江大桥是一座丰碑，是中国人民在艰苦的环境中自力更生、奋发图强，对未来美好生活无限向往的表达。

汉口饭店的造型就像一个巨人

南京长江大桥工程上马的时候，党中央、毛泽东主席号召全国都要支持大桥建设。举全国之力绝不是一句空话，其中有一个细节不应该忽略。由中国顶尖级桥梁专家参加的长江三大桥技术协作会议，一连开了3次，先是相聚在江城武汉，继而转到六朝古都南京，为解决南京长江大桥建设中的一个个技术难题，大家不计报酬、不计名利地默默奉献。当年会议的文件，是用粗劣纸张印刷的，记录了会议讨论的情景，已经发黑发黄发脆，有打字机打的，也有钢板刻的，有的字迹变得难以辨认。展开后，当年人们对大桥的兴奋、期待和自信之情扑面而来，成为大桥研究的重要文献。

1958年9月，铁道部决定由大桥工程局在南京、芜湖、宜都同时修建三座跨越长江的大桥。大桥工程局抓紧进行前期的准备，其中一项就是请中国科学院技术部主任赵飞克组织全国桥梁的主要科技力量召开技术协作会议，动用全国的技术力量献计献策。

经过紧张的筹备，1958年10月21—23日，铁道部与中国科学院技术科学部在武汉召开长江三大桥技术协作会议。参加会议的有：科学院土建研究所、铁道部基建局、建筑科学研究院、同济大学等25个单位79人，李国豪、谷德振、张维、罗邦杰、刘恢先、钱令希、张季勤等国内各方面知名专家、学者参加了会议。研讨了南京长江大桥桥址的地质、水文、气象及新技术的采用等一系列的问题，成立了以同济大学桥梁专家李国豪为主任委员的技术顾问委员会，决定了方案轮廓、研究项目、协作方式和分工。

大桥局长彭敏在回顾那次会议时，动情地写道：“近百人济济一堂，根据勘测资料和初步设计方案，讨论在南京长江江面上如何建造一座比武汉大桥还要好的桥。与会者建设社会主义的热情，融洽无间的气氛，探讨问题科学的、实事求是的态度，以及为国家建设主动承担任务、争做贡献的动人情景，使我至今难忘。”

在两次协作会议之间，有一支插曲。

李国豪

谷德振

张维

刘恢先

钱令希

赵飞克

南京长江大桥的基础深度达 70 米，是世界上最深的桥梁基础，在技术上有不少问题，需要与苏联专家交换意见。在建设武汉大桥时，中苏合作采用了新型管柱钻岩基础方案，在苏联国内引起很大反响，苏联专家组长西林被授予通讯院院士。苏联运输工程部部长也邀请我国派桥梁考察团赴苏介绍经验，希望进行更多的合作。

彭敏抓住时机，在长江三大桥第一次协作会议结束当晚，即带团赴苏访问进行交流，成员有总工程师梅旸春、勘探设计处总工程师王序森、二处处长刘麟祥和翻译赫崇骥。到苏后，彭敏提出了两年半建成南京长江大桥的设想，引起苏联桥梁界的重视和赞许。苏联运输工程部副部长霍林召集全苏铁路、公路、桥梁方面的权威，组成南京桥专家研讨会，参加研讨的有曾在中国工作过的专家金柯连科、坷乐科洛夫、西林、吉赫诺夫等。研讨会分成总体、正桥基础、正桥钢梁、施工组织 4 个小组进行，由中方分别介绍情况及草勘资料，苏方在莫斯科汇集讨论意见。考察团在苏方人员陪同下，考察了全苏重点高校、研究院、设计院、大桥工地及桥梁厂等，时间长达 47 天。

临行前，中苏双方对大桥工程交换看法，苏联专家组代表金柯连科表示，对建设南京这样的大型桥梁苏方也缺少经验，研讨结果难以形成统一意见。会下，彭敏、刘麟祥与西林进行了深入的研讨。西林建议采用大直径管柱高承台基础方案，可以保证两年半内建成大桥。他建议考察团回国后向领导汇报，聘请几位苏联专家，继续技术合作。梅旸春主张采用沉井加管柱的结构方案，刘麟祥、王序森则从工期考虑同意西林的主张。

当时中苏两党已经出现明显分歧，但是代表团仍然受到隆重热情的接待。代表团到达莫斯科车站时，在莫斯科的全体大桥专家和夫人、运输局外事局的干部代表、研究院院长等，都前来迎接。代表团考察了苏联预应力混凝土应用状况，索取了技术图纸和资料；绘制了大型震动打桩机、大直径旋转转机草图回来仿制，解决了管柱基础中的施工难题；将轻质混凝土技术资料带回来交建筑工程部研究院，研制出陶粒混凝土，大大减轻了钢梁的负荷。

由于苏方热情接待，食宿很少花钱，彭敏用生活费中节省下来的钱，请西林帮忙买了一台苏联产的小型电影摄影机，深情地对大家说：“今后我们大桥局也要拍电影，让照片动起来，给全国人民看看。”大桥局摄制组用这台摄影机拍了几部35毫米的科教片，如《南京长江大桥基础施工》《60米预应力梁》《双臂钢围堰沉井下沉》等，留下了宝贵的技术资料，也把建桥的技术传播下去。

苏方赠送的书籍和技术报告有32件，其中有跨度110英尺钢筋混凝土试验、莫斯科地下铁路桥、钢筋骨架自动焊接规范、桩基施工试验等；资料13件，其中有苏联各地桥梁施工照片36张。

12月7日，代表团离开的前一天，苏联《真理报》发表了著名诗人尼古拉·吉洪诺夫歌颂武汉长江大桥的诗：

谁见过它，
这贯通南北的九孔铁桥；
巨人般站起来，
密实而又轻巧……

仅仅两个月后，1958年12月22—28日，在武汉又召开了第二次三大桥科技协作会议，参加会议的有34个单位127人，列席者115人，共有242人。会上详细讨论了上次会议以后各单位有关南京长江大桥的研究成果和所提方案，计有上部结构方案39个，下部结构方案10个，美术方案40幅。大桥的造型是讨论的重点，在各单位提出的方案中，有的是原版图60表，有的是经过勘测设计处加工重新绘制成的挂图，把饭店会议厅四面墙壁挂得满满的。在众多的设计方案中，有李国豪教授提出的大跨度箱形钢梁方案，钱令希教授提出的以钢索拉吊的钢梁方案，刘恢先教授提出的先架立空心钢壳拱，然后灌注混凝土的大跨度拱桥方案；大桥局提出的160米钢连续米字型梁方案等。

南京大桥方案由彭敏、赵飞克、汪菊潜、杨廷宝组成的领导小组审查确定。鉴于当时的技术条件、钢梁施工以及降低造价等因素，经过分组讨论，反复切磋，上部结构最后选定了大桥局设计的跨度为160米的连续钢桁梁方

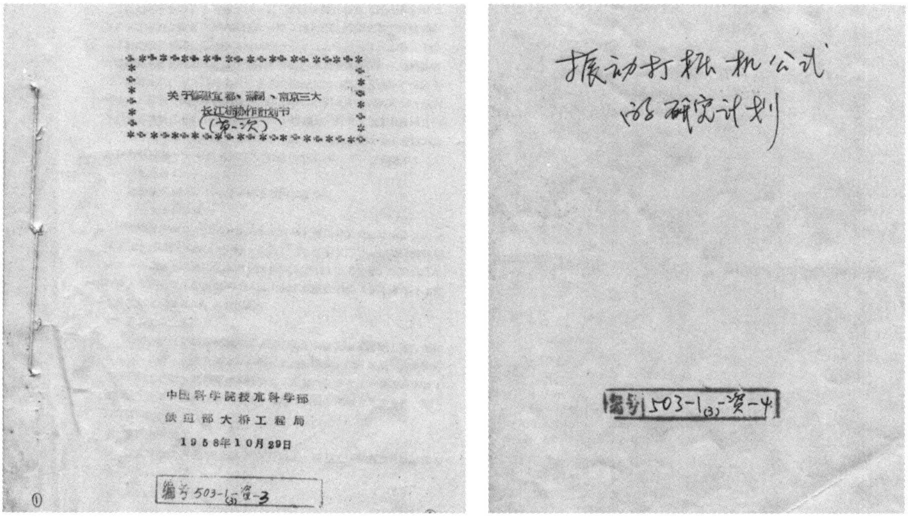

三大桥第一次协作会议文件

案。由于应力的要求，在跨端下边加一斜加劲弦。下部桥墩结构，因水深流急，覆盖层厚，分别采用3.6米大型管柱、钢沉井加3米管柱和浦口岸边的深沉井基础方案。制定初步设计方案的时间虽是短暂的，但它集中了国内著名专家的意见，是集体智慧的产物。

有关院校和科研机构承担了相关的研究课题。同济大学、长沙铁道学院结合毕业设计，将应届毕业生分配到大桥局勘测设计处工作。

李宗达当时在会议秘书处工作，据他回忆，三大桥技术协作会议是桥梁工程界的群英会，也是“三结合”的技术协作会议，体现了百家争鸣。

会议快要结束时，按照宋次中副局长的意见，举行告别宴会，时间安排在12月28日中午，以每桌20元的标准筹备。大桥局朱世源副局长还提议，既然在武汉开会，就应请他们吃点湖北菜，像“珍珠圆子”、“腊肉炒菜苔”等。那天中午，餐厅里气氛格外热烈。酒过三巡之后，老桥梁工人、大家都亲切称他“石老头”的石景仁，再也按捺不住内心的激动，从席间走出来，连唱带跳地高歌一曲《社会主义好》，引来满堂喝彩，也使宴会进入了高潮。

1959年5月，在南京召开了第三次科学技术协作会议，规模比较小，主要讨论了3个专题：管柱结构、振动打桩机及钻机结构。

参加南京长江大桥设计、建设的单位主要有：

铁道部大桥工程局（含今天的中铁大桥勘测设计院）是建桥的主力军，第二、第四工程处承担全桥的桥墩基础和铁路、公路桥梁的架设。此外：

上海基础工程公司，承担了两岸公路双曲拱桥及回龙桥的灌注桩基础；

江苏省第一建筑工程公司，承担了桥头堡建筑施工；

南京市城市建筑设计院，承担了部分引桥双曲拱桥设计；

南京市市政工程公司，承担了双曲拱桥施工。

参加南京长江大桥建设的科研、支援单位主要有：

山海关桥梁工厂：钢梁制造

鞍山钢铁公司：大桥特种钢研制

南京工学院：桥头堡建筑设计

中国科学院技术科学部：钢梁和基础研究

中国科学院工程地质研究所：选线、基岩性质研究

中国科学院岩土力学研究所：基岩承载力研究

铁道部科学研究院铁道建筑研究所：钢梁安装模型实验、水工试验

唐山铁道学院：桥式方案研究

大连工学院：桥式方案研究

同济大学：桥式方案及振动研究

哈尔滨力学研究所：桥式方案及振动研究

长沙铁道学院：振动及次应力研究

计算技术研究所、北京大学数学力学系：次应力等计算方法研究

南京水利科学研究所：冲刷研究

建筑工程部研究院、上海建筑研究所：轻质混凝土陶粒试验

沈阳重型机床厂：正桥支座制造

天津油漆厂：钢梁耐候油漆研制

天津钢厂：预应力高强钢丝改进

上海胶管厂：预应力梁制孔钢丝胶管生产

铁道部上海铁路局工务处：焊接长钢轨

海军第六研究所：深潜水指导

长江流域规划办公室：三角网复测

1985 年，南京长江大桥新技术被评为国家科学技术进步奖特等奖，在奖励名单中，有 7 位主要完成者：大桥工程局总工程师梅旸春、副总工程师王序森、代理总工程师刘曾达、副总工程师陈昌言，大桥工程局副总工程师、大桥工程指挥部设计处处长曹桢，第二桥梁工程处总工程师殷万寿，第四桥梁工程处总工程师邹义章。

40 人为主要参加者，其中 36 人为大桥工程局人员：王伟民、苏源仙、肖传仁、王同熙、钱学新、李芬、李家咸、李曙明、张宗鼐、罗其斌、刘麟祥、樊炳麟、谭杰贤、方秦汉、闵之奇、王昌骅、粟杰、林荫岳、叶文桂、周璞、刘长元、曹春元、陈守容、张慕遽、李安亭、马运启、胡宝玲、游广祥、龙华栋、马冕南、陈耀宏、陈新、王家璋、王弢、沈留福、李秀芝。另有 4 人获奖，他们是：中国科学院地质研究所谷德振，铁道部山海关桥梁工厂方璜，铁道部科学研究院周家模，北京大学数学系董铁宝。

谷德振是中国工程地质学奠基人之一。1914 年 8 月 13 日出生于河南省密县的一个普通农民家庭。依靠父亲做煤炭生意的收入，谷德振从小学一路读到高中。1936 年考上北京大学地质专业。之后，又转到西南联合大学学习直至毕业。新中国成立后，谷德振服从国家需要和组织决定，放弃自己所热爱的专业——构造地质与大地构造，走上了开创中国工程地质的道路，一干就是 30 多年。在工程地质领域，谷德振的贡献是全方位的。他不仅参与了百余项实践工程，而且在理论研究中也有诸多建树。通过多年工程地质工作正反两方面的经验教训，他认识到岩石不同于岩体，岩体是有结构的，其稳定性应隶属于力学范畴，从而高度概括出岩体结构的概念，并最终创建了一个新的分支学科——工程地质力学。他被请到南京，了解有关情况，决定在桥中线和上、下游约 50 米三条线上，交错布置钻孔，以便依据江中 20 个钻探岩心，可以粗略绘出一幅可能墩位的地址纵横断面。

南京大桥的初探从 1958 年 8 月份开始，12 月完成，获得了初勘资料，并发现右岸有一深埋的古河槽。1959 年 1 月开始定测，6 月完成。

董铁宝

董铁宝，力学家、计算数学家，长期致力于结构力学、断裂力学、材料力学性能、计算数学的研究和教学。1917 年出生于江苏省武进县，1939 年毕业于上海交通大学土木工程系。1945 年去美国，后来在伊利诺伊大学学习、参加研究工作，并在 1949 年取得博士学位。在和 N. M. 纽曼克（Newmark）等著名学者一起工作时，他有机会参与了第一代电子计算机伊利亚克机的设计、编制程序和使用，获美国土木工程协会 Moisseiff 奖。1956 年，董铁宝和他的夫人、植物生理学硕士梅镇安带着 3 个年幼的孩子绕道欧洲，行程万里，历时 3 个月回到了祖国。他考虑到除科研工作外，莘莘学子是科技兴旺的希望所在，乃决定在北京大学担任教授。除了在北京大学固体力学教研室和计算数学教研室工作外，他还先后在中国科学院力学研究所、计算研究所、工程力学研究所（前身是土建所）等单位兼职，也曾多次参与有关的全国性规划、国民经济和国防建设中的专业活动。在“隔离审查”中，1968 年 10 月 18 日自杀身亡。死时只有 51 岁，正值人生的壮年，令人唏嘘不已。大桥局工程师马冕南回忆说，在北京验算南京大桥计算公式时，得到了董铁宝的悉心指导，晚上在北大校园里经常遇到董铁宝夫妇俩散步，也曾经深谈过几次，获益匪浅。

周家模，1912 年出生，江苏苏州人。1934 年毕业于上海中法国立工学院土木系，旋即留学比利时烈日大学土木工程学院。毕业后，留在该校材料试验所任工程师。回国后，1949 年 9 月在唐山交通大学任铁道技术研究所土木组组长。1952 年调北京参加铁道建筑研究所建所工作，1953 年至 1956 年任结构研究室主任，1956 年任桥梁研究组桥梁鉴定研究室主任。1958 年任铁道建筑研究所结构实验室主任，主持了南京长江大桥架设安装的振动和稳定模型试验。南京长江大桥的模型实验是我国首次进行的大型模型结构试验，周

周家模

家模对建立铁道科学研究院、筹建结构实验室和开创结构模型试验工作，做出了很大的贡献。

方璜

方璜，湖南岳阳县人，1912 年出生在一个没落的地主家庭，武汉大学土木工程系毕业。1948 年 2 月，任丰台桥梁工厂正工程司兼厂长。1952 年 2 月，调任山海关桥梁工厂副厂长兼工程师。1954 年在铁道部修建武汉长江大桥会议上，方璜勇于承担重任，依靠广大职工，克服了设备缺乏、技术落后等诸多困难，为钢梁制造工艺由铆接转焊接做出了很大贡献，圆满完成了 13705 吨大桥钢梁的制造任务。1961 年开工制造南京大桥钢梁，方璜以造诣较深的技术理论和桥梁新建工程的丰富经验，与其他技术人员一起，制定了大桥正桥钢梁工厂制造方法和操作要点，为大桥钢梁的制作解决了许多实际问题。"文革"中受到迫害，1968 年 8 月 8 日含冤去世，终年 56 岁。

武汉三大桥会议的地点在汉口饭店，建于 1956 年，位于解放大道、青年路交会处，地处汉口最繁华的商业地段，寸土寸金。当时，苏联经济以及文

南京、芜湖、宜都三桥会议上，大桥工程局石景仁（左一）与同济大学副校长李国豪（右一）、南京工学院院长、南京市副市长刘树勋（右二）深入交流

化建设成就展览会来汉举办，为解决办展、观展人员的宿膳需要，武汉市兴建了该饭店，与当时的璇宫饭店、明德饭店并称为武汉三大高档酒店，接待过日本首相等许多外宾，已经成为一块金字招牌。1985 年扩建，一栋 14 层的高楼拔地而起，有 318 间客房，成为武汉的地标建筑。直至 1998 年以前，这里一直是武汉市党代会、两会等大型会议的场所。

在武汉期间,笔者很想来到汉口饭店,因为这里是南京长江大桥的催生地。笔者在设想其中发生的故事，试图走进当年的会场，甚至想象专家们的音容笑貌、举手投足。南京长江大桥是新政权、新制度最具体的礼赞，充分显示了社会主义制度可以集中力量办大事的优势。但是听当地人说，汉口饭店于 20 世纪 90 年代拆迁，一直没有确定用途，已经闲置好多年了。

对着汉口饭店的老照片端详，他的造型就像一个巨人，挺着宽厚的胸脯，昂着高高的头颅。我们今天所取得的一切，都是站在巨人的肩膀。

档案馆里
尘封的秘密

建设南京长江大桥是国家工程，属于高度机密，一直到现在，很多资料都未曾公布。那时候保密，对外不叫长江大桥，叫“601 工程”，每个人发一个小的圆的胸章，是出入证，没有这个胸章不能进入工地。建造大桥耗资巨大，总费用为 2.8 亿多元，而当年的工农业总产值为 1600 多亿元。现在修建一座桥（例如南京二桥、三桥）的投资为 30 多亿元，而现在全国一年 GDP 为 20 多万亿，国力不可同日而语。

相隔 50 年后，就像重启藏在地窖的陈酒，时间的力量能把已经遗忘的东西重新翻出，让你惊讶、感慨。

档案显示，南京长江大桥的设计在当时就很前沿，参照了不少国际上最新设计观，甚至考虑过建造我国第一座过江隧道。但是限于当时的国情，隧道的造价实在太高昂，最终还是确定了公路铁路桥的形式。

早在民国时，孙中山就考虑过在此建江底隧道，由于各方面条件限制，这一宏图未能实现。几十年后，在选择南京长江大桥的设计方案时，新中国铁道部勘测设计处在设计中讨论了各种桥式方案，方案中写道：“在南京地区建造带有活动跨构的桥梁，可能会妨碍日益发展的水陆交通运输，同时考虑到国防上的要求和南京的地质条件，我们认为在南京可以兴建江底隧道来代替桥梁。”

可见，在当年设计方案时，工程师是很有远见的。

初步研究隧道选址，在梅子洲一线比较合适，还仔细列出了江底隧道的施工方案，提出要在浦口江岸和梅子洲上各筑竖井一个，施工的时候可以用来运输土石和其他建筑材料，建成后可以作为通风井。采用单线铁路的建造模式，如果公路通行，则需另行建造。在方案中，设计者提出，由于隧道的埋藏深度不符合防空要求，因此在进行初步设计时，应考虑另外加置防护层。

当时江底隧道在我国尚未修建过，而且江底隧道造价到底为多少，无从考据。于是，铁道部召集专家开会进行研讨论证。论证的结果是，江底隧道造价昂贵，如考虑公路、铁路同时畅通，则需要建造两条隧道，造价为每米57800元，尚且不包括隧道段内的电气化等费用，而南京长江大桥正桥的预算是每米39800元。最终，在“勤俭建国”的框框下，由于修建江底隧道建筑费高、周期长，并且考虑到技术方面的原因，因此放弃了此方案。

著名的桥梁专家、同济大学副校长李国豪参加了三大桥技术协作会议，还把他的学生带来列席，并承担了桥式方案及振动的课题研究。会议推举李国豪担任南京长江大桥技术顾问委员会主任。

李国豪16岁时，眼光投向了外面的世界。在读高一的时候走出广东梅州，一人去上海，顺利考入国立同济大学。1938年秋，李国豪获德国洪堡奖学金资助，前往德国达姆施塔德工业大学进修，以优异成绩获得工学博士学位。1948年任同济大学工学院院长，1952年任同济大学教务长，创办了桥梁工程专业。

武汉长江大桥的主梁宽度，即左右两片主桁的间距为10米，其间净空足够双向列车通过。1957年10月20日，是武汉大桥通车后的第一个星期天，市民倾城出动，上大桥参观，密密麻麻的人群站满了整个公路桥面。这时，人们突然感到钢梁有明显的晃动。通过观测数据表明，钢梁发生了竖直、横向及扭转振动。在火车过桥时，晃动减衰。约15分钟后，又恢复到原来的振幅。有记者咨询苏联专家组长西林，西林肯定地回答说：大桥的设计非常科学，桥墩很牢固，钢梁可以使用100年。钢梁有弹性，摇摆是正常的，如果不摇摆，那就不正常了。

但是，振幅仍然困扰着设计人员。在制定南京大桥的设计方案时，有专家提出大桥的侧向稳定问题，为了安全起见，建议主梁的宽度采用 14 米，比武汉大桥增宽 4 米。为此，需多用钢材约 4000 吨，当时中国的钢产量只有 800 万吨。会议争执不下，报请铁道部审批，最终定下宽度为 14 米。

王首道

此后，李国豪由于各种忙碌，一直没有沉下心来。1968 年底，他在学校的隔离室里听到南京大桥建成通车的新闻广播，在欣喜和感慨之余，开始潜心研究这个问题。后来在监督劳动期间，在家里继续做模型试验和数字计算。直到 1974 年，他恢复了工作，才完成专著《桁梁扭转理论——桁梁桥的扭转、稳定和振动》。

1974 年冬天，在武汉召开的全国钢桥振动会议上，李国豪报告了他的研究结果：武汉大桥的晃动，是由于桥上挤满的人群的动力作用，所产生的扭转和水平弯曲偶合的振动，大桥的刚度和稳定性都没有问题，火车、汽车在大桥上直行反而引发不了这种震动；南京大桥的主梁宽度如果采用 10 米也是足够的。壁破道成，真经面世。自此，武汉大桥的震动问题和南京大桥的稳定问题终于破解，由此消除了中国大桥设计多年的块垒心病，开拓了桁梁结构的理论分析长河。

当时主持南京大桥钢梁设计的工程师们，也曾为此纠结了很多年。听到李国豪的研究成果，一下子就释然了，因为以后的桥梁工程就可以节省很多的钢材。

1950 年 6 月，关于武汉大桥桥下通航净空高度问题，铁道部与交通部、海军司令部提出 26 米的净空高度。1953 年 3 月，在第三次武汉大桥会议上，考虑到造船发展的方向、建筑费的大小和施工的难易，并参考苏联通航河道净空的规定，认为原定 26 米是偏高的。经过三方和苏联专家共同商议，认为长江轮船即使发展到一万吨，从吃水线到舵楼再加浪高也不会超过 18 米，最后定为净空 18 米。

关于南京长江大桥的净空，在是否考虑海轮进江的问题上，铁道部和交通部没有取得一致的意见，铁道部设计为 20.45 米，交通部要求 26 米（后改为 29.4 米），遂报国家基本建设委员会解决。国家建委召集有关部门研究了 4 次，并派出工作组到现场调查各种船只的高度，听取汉口长航局、上海海运局等有关航运部门的意见。最后国家建委意见要考虑海轮进江和三峡水利枢纽工程建成后水位的变化，桥下通航净空高度定为 24 米，起算水位标高为 8.27 米，并于 1959 年 5 月 5 日给周恩来总理写了报告请求指示。周恩来总理后来亲自主持会议，召集李富春、薄一波、罗瑞卿、李先念等领导参加，拍板决定净空高度为 24 米。

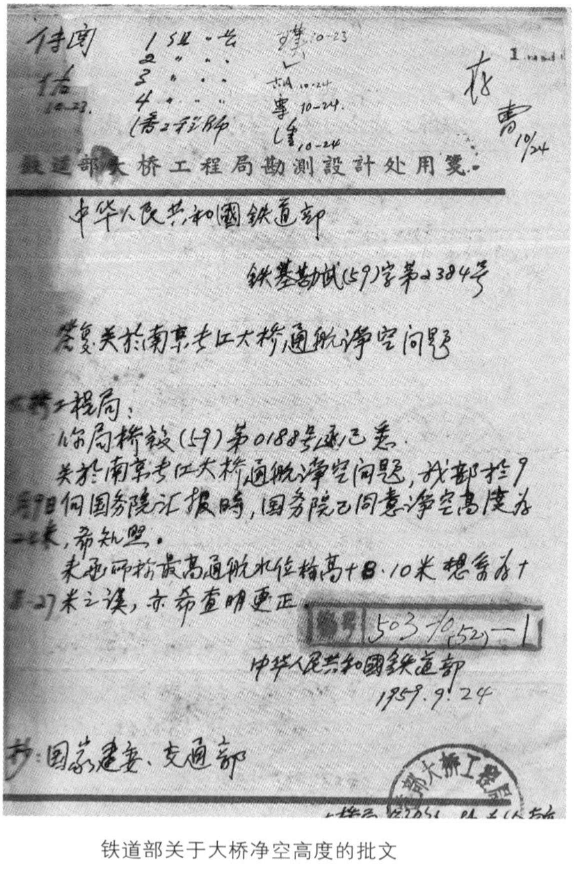
铁道部大桥工程局勘測設計处用箋

中华人民共和国铁道部

铁基勘试(59)字第2384号

答复关於南京长江大桥通航净空问题

桥工程局：

你局桥設(59)第0188号函已悉。

关於南京长江大桥通航净空问题，我部於9月日向国务院汇报時，国务院已同意净空高度为24米，希知照。

来函所称最高通航水位标高+8.10米想系为+8.27米之误，亦希查明更正。

中华人民共和国铁道部

1959.9.24

抄：国家建委、交通部

铁道部关于大桥净空高度的批文

铁道部认为，抬高大桥通航净空高度会引起如下的后果：一是引桥过长不合理。长江下游两岸地势平坦，大桥的通航高度每增加一米两岸引桥就需加长500米。二是由于正桥的抬高、引桥的加长，不仅增加了桥梁的工程数量，还增加了大桥施工最困难的基础工程数量，也就增加了施工的困难和工期的延长。三是净空每提高一米需要增加投资800万元，由于大坡度的加长和列车爬高，铁路运营支出每年也要增加25万元（公路没有计算在内）。四是由于大桥抬得过高，桥头两岸引线也必须随之抬高和加长，这样就给城市带来很多干扰。例如车站引线到南京车站，较原地坪还高出4米，势必将整个车站抬高，旅客乘降将感不便。此外，铁道部认为，由于长江航道深浅不一，大型海轮进江不一定合理，也不够现实。

此后，国家经济发生严重困难，铁道部要求压缩大桥投资。1962年6月，铁道部副部长吕正操途经南京，提出南京大桥不考虑万吨巨轮通过，将桥下通航净空由24米改为20米，要求大桥局讨论其可行性。大桥局经过认真讨论，认为净空减少4米，可以减少造价354万元，并提出相应补救方案，以消除减少净空带来的弊端。

1963年铁道部经过慎重研究决定，大桥净空仍维持24米，不降低。

关于公路桥的宽度问题，多年来流行李国豪在《大桥工程设计中的两个问题》一文的说法：“武汉大桥的公路桥面采用的是6个行车道。在这样大的城市，桥面采用6车道不能算多。至于南京大桥，与会的专家和我认为不能少于6车道。当时参加讨论的刘树勋教授是南京市的副市长，他表示，南京市认为4车道就可以了。会议经过认真讨论，4车道的方案就这样定下来了。”

情况果真是这样的吗？

南京长江大桥公路桥面的宽度，根据鉴定批准的初步设计，规定18米6车道，和武汉长江大桥设置相同。1962年7月，国家压缩基建投资，大桥局为贯彻部领导勤俭节约指示，降低工程造价。理由为：南京长江大桥与武汉长江大桥的公路运输情况有所不同。武汉大桥连接3大市区，公路运输量比较大。而南京大桥北岸的浦口，则为南京市的郊区，公路桥面宽度改为14米4车道，通过能力已经相当大，设置18米宽的6车道似无必要。建议将公路

建设中的南京长江大桥

桥面由 18 米改为 14 米，可以减少造价 380 万元。

后来，铁道部批示，公路面宽度由 18 米改为 15 米，节约总价 280 万元。

1964 年，战备形势紧张，公路桥面一度又改为 8 米、12.3 米，直到 1968 年通车前夕才恢复到 15 米。国家勒紧腰带搞建设，这中间又有多少艰辛和无奈。

1960 年代车辆非常少，整个大桥局就一辆小汽车，更没有私家车出现，4 车道在相当长的时期里，是适应通行需求的。公路桥的通行量设计上限为每日 12000 辆，通车初期每天只有 5000 多辆汽车通过。然而由于南京的城市发展，又因为南京长江大桥是南京通过长江唯一不收费的过江通道，汽车工业蓬勃兴起，以后增至每天通过七八万辆汽车，成为华东地区最拥挤的交通

南京长江大桥雄姿

要道。为了缓解南京长江大桥的交通压力，从 2005 年 12 月 20 日零点起，南京长江大桥不得不禁止外地中小客车、过境大客车和货车通行，以让不堪重负的大桥喘口气。

南京长江大桥建设的难度之大，钢梁结构之复杂，是前所未有的。能够作为参照物来比较的就是刚建成不久的武汉长江大桥，武汉大桥的超静定结构次数是 5 次，南京大桥的超静定结构次数是 11 次。正是由于这一原因，而且还要充分考虑到当时的国情国力和技术条件。所以，仅是桥的钢结构方案的确定就经过了反复的研究论证和比较，提出的预选方案共有 39 个。最后，在有下加劲弦的 160 米、190 米和 192 米平弦连续梁中进行比较，确定了 160 米连续梁方案。因为采用 160 米连续梁，虽需修建 9 个水中墩，但是钢梁用料较省；而采用 190 米及 192 米连续梁，虽然少建两个水中墩，但正桥钢梁多用钢材 6000 吨，总造价并不能降低。

南京长江大桥的跨度和公路面的宽度、通航净空一样，并不是设计上的短视，而是根据当时的国力国情确定的。由于新材料的出现和技术的提升，

2011年通车的南京大胜关高速铁路大桥通航净空达到32米，确保万吨轮船通过，3个主桥墩间的最大跨度达到336米。

江水冲刷了时间，发展改变了一切。

细心的人走在南京长江大桥上，可能感到从公路到人行道的高度，还有栏杆的高度，让人感到不太舒服，显得都高了点。最初设计人员是按照常规，把人行道缘石高度设计成15厘米、栏杆高度120厘米的。

但是，后来根据武汉大桥的使用经验，缘石的高度在15厘米时曾发生过车辆越过缘石碰撞栏杆的重大事故，所以南京桥出于安全考虑，将缘石增高至30厘米。增高后的缘石也不及车轮高度之半，在理论上还不能完全防止车辆越过缘石的可能性，但可以消耗其大量的功能，减少了撞坏栏杆的危险。另外，在车辆允许的净空范围内，沿缘石每隔32米设置灯柱一对，供夜间照明之用。人行道上铺红色缸砖，旁边设铸铁栏杆，高130厘米。

人行道缘石和栏杆的高度，对桥梁的美观关系很大，缘石就是提高5厘米，人上下时会感觉不舒服。至于栏杆高度，提高了也会让人感到不舒服。这些都是设计中的难题，安全与美观，安全毕竟是第一位的，人的生命至高无上。

勘设小组认定的最佳桥位，就是宝塔桥

1956 年，武汉长江大桥还在建设之中，国务院即提出修建长江下游大桥的建设计划，铁道部指定下属的设计总局大桥设计事务所进行勘测设计工作。

大桥设计事务所的演变过程可以写一部章回小说。

新中国成立不久，百废待兴之际，即着手筹建武汉长江大桥，贯通南北。1950 年 2 月，中央政府指示铁道部成立“武汉大桥测量钻探队”，由设计局副局长梅旸春担任队长，任务是为武汉大桥建设进行桥址、桥式方案的比选，地形、线路测量及地质测绘和勘探。8 月 1 日，成立“武汉长江大桥设计组”。

1952 年 10 月，铁道部设计局将武汉、黄河两个设计组和武汉大桥测量钻探队合并，组成大桥设计事务所。1953 年 4 月，铁道部设计局又组建大桥、电务和工厂等专业设计事务所，梅旸春担任大桥设计事务所主任，胡世悌任副主任，在霞公府办公。

《光绪顺天府志》记载了霞公府名字的由来：“昔霞公者，公爵也，宅居巷内，是其名所由来也。”民国时期，霞公府一直作为铁路局的办公场所。新中国成立后，霞公府街 15 号曾是北京市文学艺术界联合会的所在地，老舍、赵树理、梅兰芳、程砚秋、马连良、侯宝林等许多文艺界名人在这里生活和工作，他们出色地领导了国家恢复时期的文艺整顿和复兴工作。老舍先生的许多作

胡竟铭

杨电雷

品就是在霞公府进行创作的，如《方珍珠》《龙须沟》《春华秋实》《西望长安》《女店员》《茶馆》等。

1954年8月，大桥设计事务所迁至复兴门外羊坊店。设计事务所务所指定总工程师胡竟铭带队，组成由杨电雷等4人参加的设计小组。

胡竟铭（1904—1989），今安徽滁州人，12岁考入北京清华留美预备学校，获美国康奈尔大学土木工程学位，密歇根大学交通工程硕士学位，并分别于两校毕业时获得金钥匙奖。“九一八”事变后毅然归国，先后参加了津浦铁路、成渝铁路、叙昆铁路、滇缅铁路等铁路建设，以及中印公路建设和云南驿飞机场等工程的建设。新中国建立初期，任南京市人民政府建设局顾问工程师，并在南京工学院（今东南大学）、南京大学兼任教授，讲授材料力学。1953年任铁道部大桥设计事务所桥梁工程师（一等二级），先后主持了河北沙河桥、石家庄滹沱河桥、兰州黄河桥、三盛公黄河桥、涧河桥、渭河桥、大凌河桥、南昌赣江桥等10余座特大桥梁的设计工作。在调到铁道部之前，胡竟铭在南京工作过，情况比较熟悉。

南京大桥的勘设任务量很大，而且保密性强。小组来到南京，跟南京市政府联系之后，请求提供一个工作地点。南京市政府很支持，在宁海路和北京西路交叉的西南角，找了一栋两层的小洋房，里面是空着的。市政府安排人员打扫整理完毕，还配备了办公桌椅、休息的床铺，使之具备了工作和生活的基本条件。

一条短短的街道，从东北向西南延伸不足一公里，建筑多达225处，经纬交织起南京民国公馆建筑的一部交响曲。缓步在老榆树的枝影下，目光越过矮墙，总能揽得一些惊叹和沉思。从北京来到南京，工作虽然紧张，但是环境舒适。在静谧的小楼里，大家查阅资料，整理笔记，反复核对比较，为南京大桥这一永久性建筑选择最佳的建桥地点。

随后，从北京来的还有勘测组，有钻探人员、地质人员，还有测量人员，租住在附近的房子里。

南京段的长江一般是指从安徽采石矶到江苏镇江这一段江面。这里的地形似一个肚兜，水深浪急，江宽平均 1500 米以上，最狭处也有 1100 米，水深多在 15—30 米，最深处超过 70 米，流速为每秒 3 米。险要的地势，形成了“长江天堑”。

胡竞铭带着大家看现场，先看南京再看芜湖。计划经济年代，人们的工作关系很简单，拿着一封介绍信，来到长江旅游规划办公室，说明了情况。很快，派了一条测量船给小组使用，并派了 5 名测绘人员，配合设计小组的工作。

南京市区多为丘陵小山，下关与浦镇之间七八公里宽的范围内则为冲积平原，长江宽度在 1500 米左右，是比较理想的建桥地点。设计小组在勘探时，在此选取了下三山、煤炭港和宝塔桥 3 个桥址方案进行比较。

下三山方案在宝塔桥方案上游 25 公里。正桥比宝塔桥方案短 100 米，但左岸联络线由浦镇林场车站到桥头，比宝塔桥方案长 22 公里，且地势低洼，路堤修筑困难。左岸铁路联络线须接宁芜线的古雄车站，再绕行 28 公里到南京，运营里程加长，线路也需改造。因此方案缺点太多，很快放弃，未做进一步勘测。

煤炭港方案在宝塔桥上游 900 米，正桥要比宝塔桥方案短 400 米。但是右岸桥头地势狭窄，联络线没有回旋余地，必须穿过池塘低洼地带，还需跨过运粮河，多建一座桥梁。另外，这里距离火车渡仅有 480 米，施工时会影响轮渡以及其他船只的航行安全，离市区也太近，影响城市规划。因此，该方案也未做进一步勘测就放弃了。

宝塔桥方案在南京车站与浦镇林场车站之间，线路最短最顺，北面可以接津浦线，南面可以接沪宁线。在河道方面，该方案在下关狭窄段游，江面逐渐展宽，冲淤缓和，两岸较为稳定。距离市区约 2 公里，位置适中，既不妨碍城市规划，又能方便市民来往。由于宝塔桥方案优点最多，大家一致看好。

看完了南京段的江面，再启程去芜湖，在芜湖踏勘了弋矶山、广福矶、

建桥选址（上图为下三山，下图为煤炭港）

四褐山及东、西梁山共4个桥位。设计小组在向江苏、安徽两省及有关市领导和部门征求意见、搜集资料后，还到上海找海军、长航了解情况，在南京—芜湖之间大吨位的船上测量桅杆尺寸，以确定净空的高度。

调研工作进行了半年，回到北京后即进行资料整理和设计文件的编制工作。根据各勘测点了解到的地形地貌、水文地质、气象资料、交通运输的要求，以及国家政治、经济、军事上的需要和影响，经过综合分析研究，1957年8月，《南京长江大桥设计意见书》提出3个桥址选择方案：（一）燕子矶上游附近；（二）上元门附近；（三）铁路轮渡下游1.4公里的宝塔桥。

其中（一）（二）上方案为B选，设计小组认定的最佳桥位只有一个，就是宝塔桥。

1958年8月，铁道部邀请有关省市及部内外有关部门共同讨论南京长江大桥问题，经过讨论，确定了建设原则，同意宝塔桥方案为桥址建议方案。

在文件编制过程中，有一天，接到上级通知，要杨电雷到铁道科学研究院茅以升院长办公室取一份资料。这是侵华日军占领南京时，盗取我国有关资料编制的一份在南京下关建设过江隧道的方案图和资料。新中国成立初期，日本有关人士为表示对战争罪行的忏悔，将这份资料交还给了中国政府。后来由杨电雷将这份资料交请铁道部国际联运局一位朝鲜籍翻译译成中文，作为设计工作的参考。按要求衡量，这份资料还不够设计意见书水平，但是暴露了侵华日军在占领期间曾企图实施这项浩大工程，永久霸占中国的野心。

笔者看到过这份资料。在一张《铁道部设计总局大桥设计事务所借用清单》下，借用单位主管签章是梅旸春，负责保管人签章是胡竟铭，时间为 1956 年 11 月 30 日。

就在设计小组在南京—芜湖江面上往返勘测时，机构又有了变化。1957 年 11 月，设计总局将下属的 5 个专业设计事务所合并，组建铁路专业设计院，大桥设计事务所因此改称为大桥设计处。1958 年 8 月 1 日，为整合设计、施工力量，铁道部决定把设在北京的大桥设计处归并到设在武汉的大桥工程局，与大桥工程局设计处合并。9 月，又将测量钻探队并入，组成大桥工程局勘测设计处，王序森任总工程师。

大桥局局长彭敏 1936 年参加革命，是党内的红色专家，也是个很有人情味的领导，到北京接收时做了动员。他说，欢迎大家来武汉。但是武汉的夏天炙热如火，怕大家一时难以适应。所以，先请大家把家里的事情安顿好，待夏天过去以后再搬到武汉。

国庆节刚过，设计处的 200 多人依依不舍地乘火车离开首都北京，整建制地搬到武汉。

1986 年 3 月，大桥工程局勘测设计处更名为大桥工程局勘测设计院。2001 年 10 月，随着企业改革的深化、经营机制的改变，勘测设计院从大桥局分离出来，更名为中铁大桥勘测设计院，为中国铁路工程总公司下属单位。2011 年 8 月，更名为“中铁大桥勘测设计院集团有限公司”至今。

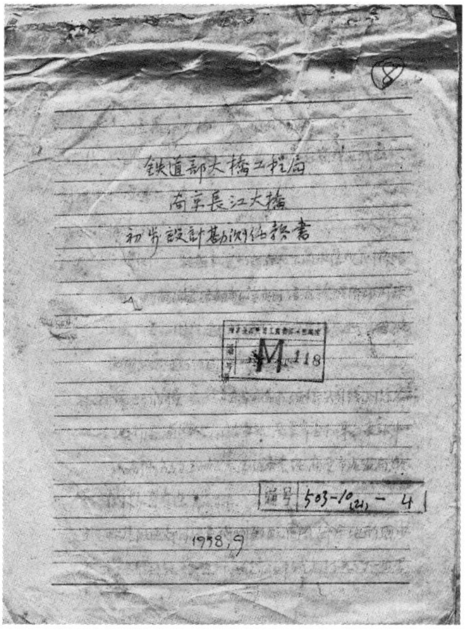
铁道部大桥工程局
南京長江大橋
初步設計勘測任務書
编号 503-10(21)-4
1958.9

《初步设计勘测任务书》

1958 年 8 月，国务院批准成立南京长江大桥建设委员会，由江苏省省长惠浴宇担任主任委员，副主任委员为南京市市长彭冲、大桥局

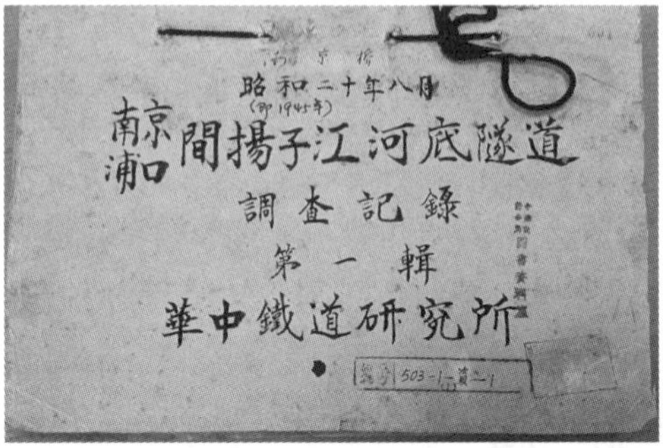

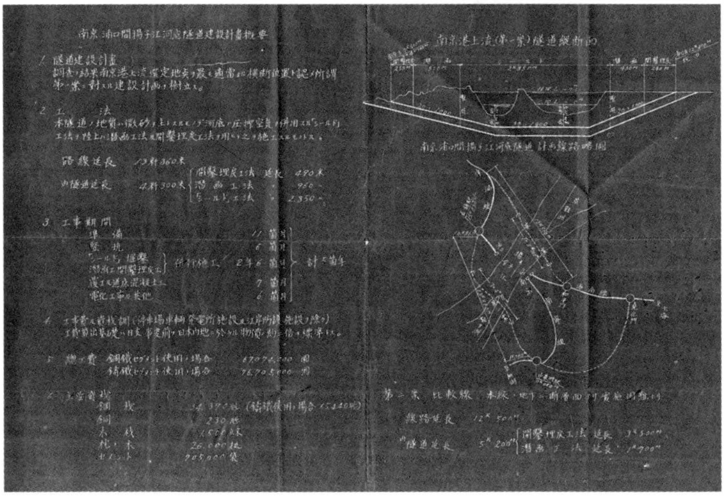

日本华东铁道研究所的长江隧道调查计划（1945 年）

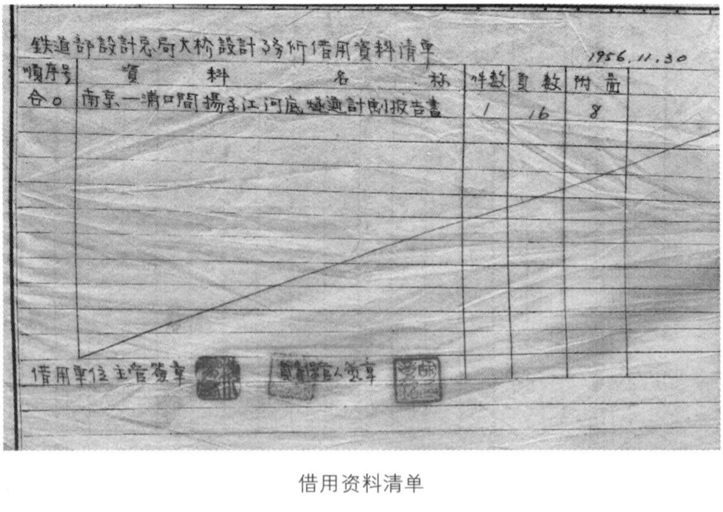
铁道部設計总局大桥設計事務所借用資料清单 1956.11.30

順序号	資料名称	件数	頁数	附註
合0	南京一浦口間揚子江河底隧道計劃报告書	1	16	8

借用單位主管簽章　負責保管人簽章

借用资料清单

局长彭敏、江苏省交通工作部部长王治平。10 月 5 日，成立办公室，开始筹建工作。

在彭冲的领导下，南京成立了拆迁征地办公机构，市城建局副局长冯彬主持工作，成员有下关区副区长于永和等。按照“认真谨慎、落实到底、按照进程、分期征地”的原则，从 11 月 10 日起，开始调查摸底，合理补偿征地拆迁费用，分期分批拆迁，到 1960 年一季度全部完成，共拆迁 59 万平方米（永久用地 25.5 万平方米，施工用地 33.5 万平方米），拆迁房屋 2412 间。南京肉联厂饲养场迁到老虎山下军区靶场，候宰场迁到煤炭港，职工宿舍迁到方家营；南京毛纺厂迁至中华门外新厂区；南京造船厂东移至上元门；金陵船厂迁至二仙桥；街道居民迁至方家营和四所村地区。为支援大桥建设，936 户、6581 名居民离开了世代居住的故土。

史载，宝塔桥始建于明代初年，1875 年重建。因此处江岸时有坍塌，故名伏沉桥。后在西岸建宝塔以镇江水，遂更现名。原为石拱桥，抗日战争中被日军炸毁，日伪时期改建成 4 孔砖台木面桥。由于地处入江口，又是通往中山码头的必经之路，日军在桥上设置岗哨，过往百姓常常受到欺辱，日军稍不如意，则拳脚相加。由于年久失修，只能行人，不能通车，1956 年改建

宝塔桥近景

宝塔桥远景

为南京第一座钢筋混凝土预应力T型梁桥，桥面长20米，宽14.2米，算是当地最显赫的建筑了。1968年7月，南京长江大桥通车前夕，宝塔桥重建，桥面加长至48.2米，钢筋混凝土板梁结构，可以通过重载汽车。两侧各设3根灯柱，顶端为简洁明快的华表装饰。站在桥上可以看到南京长江大桥的雄伟身影。桥中间题有“宝塔桥”3个字，书风气势浑厚，挺拔苍劲。

宝塔桥的名字既响亮又吉祥。在这里，一个刚刚站立起来的东方大国用滔滔江水洗去百年耻辱，开启了自主建桥的新时代。

江边路 28 号

作为民国首都，南京一直有海军军舰拱卫。从南京下关的中山码头，一直到栖霞区的笆斗山、乌龙山一带的长江江边，当时有不少和海军有关的军港、医院、仓库、油库等建筑。遗憾的是，当年南京江边的海军建筑群，如今所剩无几，目前仅存的有民国海军部、海军司令桂永清公馆和海军医院。

民国海军医院在下关江边路 28 号，始建于清末民初，原为德国水兵强占清西炮台地界修建的训练营地，所以此地又称为营盘街。1917 年 3 月，北京政府宣布与德国断交，下令没收德国在华财产，海军司令部将之改为海军部总医院。

海军医院旧址整组建筑大约于 1930 年前全部建成，大部分建筑为砖混结构，其中大部分平房于新中国成立后陆续改建，用于海军学院的教职工住房。旧址建筑极具特色，外廊十分精美，檐角斜飞而出，西洋的罗马柱高高挺立，廊柱间连接着约 80 厘米高的水泥栏杆，每 20 个花瓶式的镂空装饰成为一组，长约 4 米。廊檐下还有水泥的花纹图案，上部天花板边缘是四角铁焊接的栅栏框，框子下部两侧弯成如意状撑在廊柱间。一边 8 组，分别排列在大门的两侧，可以看出当年的气势。这里紧挨江边，最近的地方距离长江也就 5 米。在南京，还没有一个民国建筑跟江和堤岸的关系如此之近。

民国海军医院旧址

历经几十年风雨，除了挑高的屋檐、花瓶栏杆护栏、窗花挂落、罗马柱及铁栅栏花框等保存较好，还能寻到一点遥远的记忆外，民国海军医院旧址砖墙损毁八成以上，部分还出现坍塌险情，被鉴定为险房和危房。2014 年，政府斥资 5300 万元，对民国海军医院的两栋建筑进行了修缮，使之成为滨江一景。

这两栋建筑，一处是南院，一排狭长的青砖房，是住院部，1363 平方米；另一处则是凹字形的建筑，类似于现在的门诊部，806 平方米，中间还有庭院，院落内有回字形的道路，这些道路四周都是高大粗壮的法国梧桐。在南京，法国梧桐作为行道树很普遍，但在大院里，由法国梧桐形成的林荫大道却很少见，民国海军医院就处在林荫大道的围合中，格外清静。

1959 年 11 月 15 日，中共江苏省委为协调地方和施工单位的工作，决定成立南京长江大桥工程指挥部，在民国海军医院原址办公，指挥部主要由大桥局施工处、大桥设计组和铁道部发包组三部分人员组成。下设工程调度处 8 人，现场设计组 12 人，材料供应处 12 人，劳动调配管理处 8 人，保卫处 27 人，职工生活供应处 9 人，卫生处 5 人。江苏省副省长周一峰任指挥部政委，副政委田诚、杜景云；大桥工程局局长彭敏任指挥，宋次中、朱世源、何赐乐、王勇任副指挥。

大桥工程指挥部人员驻地（南京扬子饭店）

1960 年 7 月起，宋次中担任大桥局局长，兼任南京长江大桥工程指挥部指挥，其后又增调杨海峰参加生产指挥。正副总工程师先后有梅旸春、刘曾达、李芬、胡世悌、戴尔宾、王序森、陈昌言。梅旸春负责大桥前期全面技术工作，王序森主持钢梁设计，曹祯主持下部结构设计，王伟民、周璞主持上部结构设计。一个个大师的名字犹如夜空中闪烁的星光，让后人仰望。

同年，大桥局党委由武汉迁至南京，直属江苏省委领导，杜景云为局党委书记，大桥局主要业务处、党委机关的大部分人员迁至南京办公。

1965 年 3 月 24 日，当基础工程和技术问题基本解决之后，大桥局决定撤销南京大桥指挥部，保留党工委，其工作由池涌波负责主持。

大桥指挥部人员驻地（大马路 62 号，原江苏邮政管理局）

1966年夏，形势骤变，“文化大革命”开始，造反派搞所谓“踢开党委闹革命”，把领导干部污蔑为“走资派”，知识分子为“臭老九”，对其进行人身侮辱和精神折磨。建桥职工分成两派，互相“武斗”，抢走了印章，大桥工地陷于瘫痪。1967年7月19日，国务院、中央军委批准对大桥工地实施军事化管理，军管会成立“抓革命、促生产”小组。部队入驻工地，调解两派矛盾，按照原设计要求组织施工，直至建成通车。这两幢灰色的民国建筑群，见证了大桥建设的每一个或激情、或揪心的瞬间。

长江的水还是那样浩浩荡荡，江边的柳树还是那么芊芊柔柔，简易码头破损的缝隙里倔强地伸出了绿色的枝蔓，一根水泥电线杆竟被奇迹般地保留下来。经过时间的淘洗，南京长江大桥还是那么雄伟壮丽，历久弥新。风物依旧在，世事多变迁，谁也无法改变岁月恒定的步伐。

指挥一个大的工程建设，无异于指挥一场战役。大桥指挥部的几位领导，都是从战火硝烟中走来，一个个身经百战，英雄虎胆。他们走进桥梁建设工地，

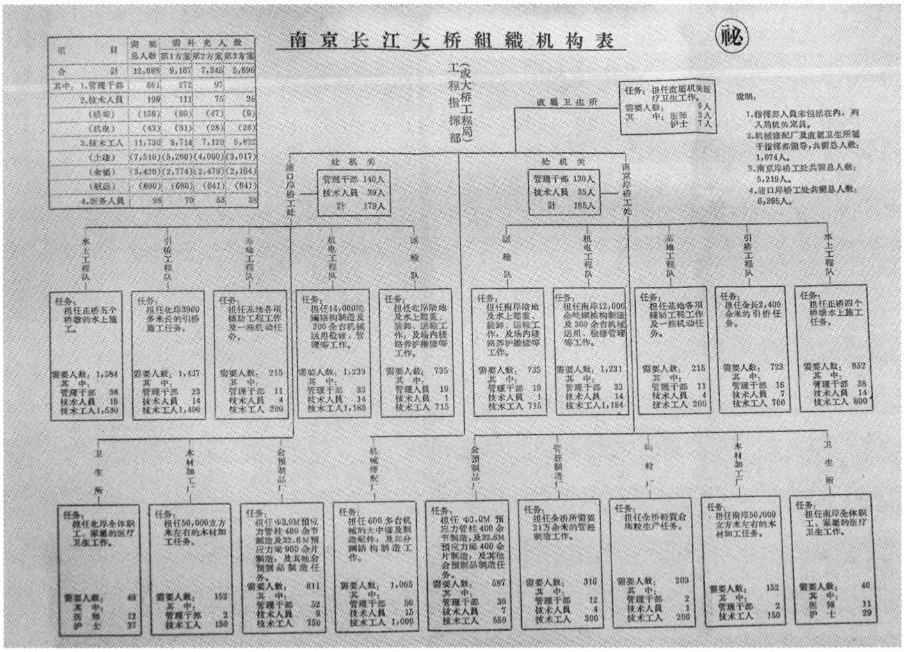

南京长江大桥组织机构表

在实践中学习，很快进入了新的角色。以军人的刚毅和果敢，在过去从没有人敢于设想和尝试的地方修桥，誓将南京长江天堑变为坦途。

江苏省副省长周一峰担任指挥部政委。他出生在上海一个书香门第、官宦人家，父亲是同盟会会员、国民政府少将参议。周一峰考入上海复旦大学后，在中国共产党的影响下，积极投身“一二九”抗日救亡运动，遭国民党当局逮捕，“八一三”淞沪抗战中被炸成重伤。1938 年 8 月，他受中共江苏省委派遣，奔赴江北敌后地区，只身一人打入如皋县保安一旅，凭着聪明才干，很快被提任团政训室主任。周一峰利用自己的公开身份广交朋友，秘密发展党员，扩大进步力量。1940 年 8 月，新四军主力到达江北。他带领一批地下党员从国民党军队中撤出，编入新四军。解放战争初期，周一峰任华野主力七纵六十三团、五十九团政委，参加了苏中“七战七捷”战役。新中国成立后，周一峰先后担任中共苏州市委书记、中共苏州地委书记，江苏省财经委、计委主任等职，1956 年当选为江苏省副省长、省委常委。从江苏恢复省治之初，周一峰就一直主抓经济工作。他主持编制并实施了江苏省第一个五年计划，精心组织重大工程建设，省内大批重点项目——20 世纪 50 年代上马的南京钢铁厂、炼油厂、南京长江大桥和遍布全省的水利电灌站，都留下了他奔波的足迹。

大桥局局长彭敏担任工程指挥。温文尔雅，衣着严整，头发一丝不乱，一副学者形象。可那如炬的目光，笔直的腰板，爽朗的性格，却显露出军人本色。彭敏父亲早年追随孙中山，曾任福建第一混成旅旅长。彭敏在扬州中学读书时组织闹学潮，为躲避抓捕，将原来的名字“周镇宇”改为“彭敏”。1938 年夏，参与组建了山西文水县抗日政府，他带领部队出生入死、浴血奋战，参加了百团大战。解放战争期间担任东北解放区的铁路管理工作，经过 84 昼夜的抢修后，哈尔滨通往长春的陶赖昭松花江大桥顺利通车。陈云曾说，这是为东北人民修了一条胜利之路。东北电影制片厂于 1949 年 4 月摄制了新中国第一部故事片——《桥》，该部电影的许多素材就取自彭敏和他战友们的故事。从这以后，在淮海、平津、解放大西南战役中，彭敏指挥抢修过津浦铁路、淮河大桥、伊洛河大桥、湘江大桥和湘桂铁路等路桥。新中国的桥梁建设事业就是从桥梁抢修起步的，彭敏也由此与桥梁结下了不解之缘。新中国成立后担任铁道兵副司令员兼总工程师。抗美援朝战争当中，任志愿军铁道兵副司令员、中朝联合军司令部抢修指挥部司令员，在美军的狂轰滥炸中筑起了一条摧不毁、炸不断的钢铁运输线，两次被授予二级勋章。1953 年 1 月他接到政务院和铁道部命令回国，担任武汉长江大桥工程局首任局长，万里长江第一桥仅用了两年时间就建成通车，这是新中国桥梁建设光彩炫目的第一笔。

大桥局党委书记杜景云担任副政委。杜景云，又名杜毓峰，1925 年考入河北保定省立第二师范学校，是著名的保定学潮的领导人之一。1927 年蒋介石叛变革命，第二师范不少共产党员和进步学生被捕押送北平，他被公推为学生代表，冒着生命危险，赴京串联请愿，终于使被捕的学生获释。抗战期间，他在冀南领导军民粉碎日寇扫荡，出没在青纱帐里，进行了艰苦卓绝的战斗。新中国成立后出版的一部长篇小说《平原枪声》，据说书中有些情节就是根据他的事迹创作的。南下后先后担任汉南工委、襄阳地委和孝感地委书记，积极进行清匪反霸和土地改革。武汉大桥局成立以后，先后担任副政委兼政治部主任，党委副书记、书记。

大桥局副局长宋次中担任副指挥，1960 年彭敏调离后接任指挥。别名宋丕恕，山东曲阜师范毕业，1937 年 12 月参加抗日游击队地方武装组织，先后担任连长、团参谋长、师副参谋长、铁道兵师参谋长等职，参加了百团大战、淮海战役、渡江战役、西南剿匪和抗美援朝。宋次中任职时间最长的是参谋长一职，每当有攻坚任务，他常常不顾危险，提前潜伏到敌人眼皮底下，寻找部队集结的最佳地点，计算战士们忍耐的极限时间。1955 年，宋次中接到调令时，正任贵州毕节军分区副参谋长，率部在云贵深山剿匪，奉命任武汉大桥局副局长，开始了桥梁建设者的生涯。

一座桥的奇迹，首先就是指挥者的奇迹。南京长江大桥的建设，遇到了数不清的困难：三年灾害，停工复工，秋汛洪水，战争阴影，“文革”动乱……这些昔日的将军们，始终保持战争年代那股子压倒敌人而不被敌人压倒的英雄气概：面对技术难题，他们组织技术人员攻关；面对自然灾害，连续奋力

繁忙的大桥引桥工地

抢险；面对大桥隐患，果断推倒重来；面对建桥困难，敢于向上级据理陈词，一心只为大桥早日通车。因为他们，我们的心里有了关于大桥更丰富、更生动的收藏；因为他们，南京大桥不仅站在水里，还牢牢地站立在悠远的历史长河中，不仅跨越了江河，还跨越了时空。他们的故事，构成了大桥瑰丽的篇章。

王治平
和省委交通工作部的故事

中国这么大，长江这么长，长江大桥落户南京，对于江苏，是一件天降的大好事。设计施工由铁道部大桥工程局承担，在地方上由江苏省配合。交通厅本身就抓交通的，建大桥任务一来，就落到了交通厅的头上，厅长王治平兼任南京长江大桥建设委员会的副主任，代表地方政府出面，和大桥工程局对接，负责具体事项的落实。

如今的江苏省交通运输厅位于升州路 16 号，靠近夫子庙，大门朝南，闹中取静，拱圆形的大门，挥洒着浓郁的民国风。爬山虎绿得像一汪深潭，叶子越长越茂盛，密集油亮，覆盖了每扇窗户，给大楼铺上了一层绿地毯。在此之前，运输厅曾在三元巷、萨家湾、双门楼宾馆等好几个地方办公，1960 年代的后期才搬到这里。

大桥开建，工作千头万绪。荆宏亮当时是办公室的秘书（那时叫干事），他清楚地记得，大桥局对地方很尊重，在施工之前，设计图纸都要报到省委交通部。省里的行政工作人员虽然看不懂，但是通过大桥局的专家讲解，也能知晓图纸的大致内容，增长了知识。

大桥工地经常有电话打过来。工程指挥彭敏是个老革命，个子魁梧挺拔，很有风度，就像个大国外交官似的。一有事情，他就乘汽车直接到交通部。

王治平

每次都是部长王治平亲自接洽，记得开过6次会，解决了很多问题。工作时大家配合密切，相处得很融洽。

大桥南岸桥址西处是著名的和记洋行，是南京开埠后外国资本家开办的第一家工厂，是当时南京乃至全国最大、最现代化的食品加工厂。附近建有肉类加工厂的猪圈，就在桥址的位置。打桩机开动时，猪圈里的猪像炸营似的往外乱窜，工地到处都是，严重干扰了施工，必须尽快拆迁。

南京长江大桥建设委员会有一份1959年9月26日关于肉类加工厂拆迁问题的简要情况。其中是这样记录的：

1. 业经请示彭书记（注：彭敏），并经省委几个书记确定，肉类加工厂拆迁的场外工程（场外高压线、排水管、道路、汽车）均由省负责解决。

2. 依据拆什么盖什么的原则，该厂的竹草结构等房屋所需补助之毛竹、淡竹，均由省负责供应，施工单位直接申请。

3. 该厂职工宿舍拆迁本着统一算账、分期拆迁的精神，账要一次算，不一定今年拆（因材料紧张关系）。但对影响居住者，影响多少拆多少，拆多少补多少材料，影响施工者随拆随补。

4. 猪栏杆对旧有者要充分利用。为节省木材，必要时可用砖代替。

5. 桥处在江心本月实验墩开工，该厂原有简易木码头，必须停用。由桥处负责，在新址建同样码头和金川河上的小桥。

9月20日，在城建局由王勇（省委副书记，大桥指挥部副指挥）组织召开有关商业厅肉类加工厂、大桥局等负责同志参加的会议情况，落实了解决的方案。关于铁路专用线一公里，由地方办理审批手续，大桥局拿费用；场内给水、供电、水泵、生铁管等所需材料问题，宋局长（大桥局副局长宋次中）当场表示，可通过上海办事处购买，你们跑腿，解决不了，我们负责。该厂拆迁实际上是两批，即猪舍和部分饲养员宿舍为一期，材料可一次付给；下关提出方家营居民新建平房低需提高些，宋局长当场表示抬高一些，每平方造价多1—2元我无意见，请王书记（王勇）决定即可。

大家都表示满意。加工厂党委书记殷超提出，为加强团结，消除隔阂，建议举行两单位干部座谈会和工人联欢会，得到大家一致赞同。

和风细雨，顺水推舟。没有唇枪舌剑，没有讨价还价，一切都在情理之中。诸如此类的协调会议，不知道开过多少次。

有一年长江的汛期来了，洪水从上游往下游走，南京是必经之地。由于洪水和大风的影响，有一个桥墩发生倾斜，指挥部紧急来汇报。这么一个庞然大物，不是人顶能顶得住的。根据工程技术人员建议，唯一的办法就是抛石头，用石头把桥墩下面塞实顶住。如果没有顶住，这个桥墩很可能就会被冲倒，那损失就大了。

王治平果断发布命令，层层布置下去。因为汛期，江苏包括上游各省都拖了石头防汛。凡是在长江运石头的船，只要在江苏境内的，一律送到长江大桥。长江里面有人在指挥，找到装有石头的船，用轮船拖起来就走，往桥墩下面抛石头。惊人的工程量换来了转机，最终保住了桥墩。

大桥局对地方建设也给予很大支持。建江苏省委大楼时，碰到一个难题，因为楼层比较高，急需一个高架的塔吊，江苏省那时还没有这么大型的设备。省建设厅就向省里报告，省里面就找到王治平。王治平同大桥局商量，大桥局从现场抽调了一台塔吊运到了西康路70号。下面铺着铁轨，塔吊是可以移动的。省委大楼有了这个塔吊，顺利地把大楼建成。省委大楼建好后，塔吊才调回去。

桥墩建好以后，交通部的工作人员提出到大桥现场去参观。大桥局的船开到中山码头，把人们接到当年出事的桥墩上。远看桥墩很小，近看可不得了，好家伙，一个墩座实际上就是一个篮球场的面积，像搭积木似的把桥墩围起来，爬了四五层才上去。桥墩下面是水，水下面是淤泥，淤泥下面是硬泥，硬泥下面是岩层。在岩石上打洞后把碎石头吸上来，最大的石头有一百多斤，人都抱不动。掏空了以后，用钢筋水泥浇筑，桥墩安如磐石。大家参观了以后，都说开了眼界，大桥工程真伟大。

“文化大革命”以后，南京市提出大桥要收费，报告打到省里。那个时候凡是经过长江大桥的物资，运价已经增加了。如果再收，就加重了社会的负担，增加了车辆开支，成本就加大了。省政府答复不能收。

盛夏的一天早晨，我从国立美术馆附近下车，穿过碑亭巷，来到杨将军巷。巷子因明朝杨凌将军居此得名，曾名杨家爷巷。小巷弯弯，逼仄又绵长，一个个老地名念在嘴边，总有种怀旧的感觉。

一楼一户人家里传来清脆的钢琴声，像欢快的山泉流淌。等到练琴的间隙，我敲开了家门，见到了王治平的家人。说起陈年往事，首先聊起的是大桥，生活的目标永远有比生活本身更美好的东西。

1961 年初春，王治平带着孩子从外面出游回来，坐的是轮船。正是油菜花绽放的季节，满坡满野的花朵就像一个个少女穿着黄裙子翩翩起舞，叶子就像一把扇子，上下晃动，烟雨江南的空气中弥漫着泥土芬芳。

船到南京时，看到江面上已经隐隐约约露出了几个桥墩。王治平就指给孩子们说：你们看，要在这个地方建大桥，现在这几个柱子就是桥墩。

大桥快要建成的前夕，同学们自发地组织起来去大桥劳动。班上团支部书记的家长是大桥局二处的处长，在南岸组织施工，通过他父亲联系了劳动地点。

一说去大桥工地劳动，大家兴奋得跳起来，头天晚上让母亲准备一天的干粮——烧饼、馒头、咸菜和喝水的茶缸。到大桥后，同学们被安排在桥墩底下拔草。以前从来都没有见过这么大、这么长的桥，抬头看看桥墩柱子，像楼房一样，怎么这么高啊！那时候城里最高也就是三层楼。大家觉得那个桥墩好高好高，坐在桥墩底下，觉得自己好渺小。一根一根的柱子，整齐地排列着，像音符伸向看不到的远方。

童年的父亲就像大桥一样英俊爽朗。王治平任交通厅厅长时，交通厅政治部副主任是战斗英雄，很擅长打恶仗，王治平也是打仗出了名的。两个人一聊，原来都是新四军的，也都是知识分子，真是张飞遇张飞。虽然是上下级关系，但是王治平一直对他很照顾。平时他只要出去游玩，就会拉着他一起出去，还把孩子们带着。王治平个性豁达，没架子，不管对老的、对小的，一样可以开玩笑。同事家的人长相属于瘦长型的，孩子个子长的高。他就说：你爸爸是电线杆，你是竹竿。还说，你怎么会长那么高，你是不是挖了一个坑浇大粪长大的。

惠浴宇

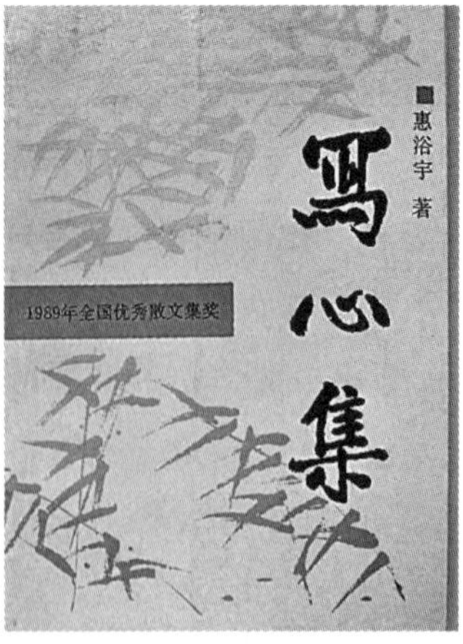

《写心集》

家里珍藏着一本发黄的《写心集》，是江苏省省长惠浴宇写的，1989 年还曾获得全国优秀散文集奖。里面有两篇文章写得催人泪下，一篇是追祭海军副司令员兼东海舰队司令员陶勇的，一篇是追祭王治平的。他们 3 人在战争中结下生死情谊，又都是大大咧咧的性格，志趣相投，人们便给他们取了一个“苏中三大甩”的雅号。

王治平 1902 年出生，江苏南京人，生在书香门第，幼时家中藏书颇丰，佛学新学，都深得其味。早年参加革命，被捕坐牢房时潜心研究马列，还把一本《资治通鉴》读得透熟，字也写得遒劲潇洒。封建把头势力欺负他们，王治平就组织难友和他们对打。第一次失败了，王治平因为是带头闹事者，被钉上重镣，严刑拷打，关独居室半年之久。一移回牢房，王治平又和牢头打了起来，终于把他们打趴了，乖乖地跪地求饶。王治平在狱中每次都是出头露面的组织者。关独居、挨打、反铐、3 次加刑，重镣今天脱了明天戴，在铁窗度过了 8 个春秋。

1938 年出狱后，一时难以找到党组织，便去国民党武装保安旅谋了个文书的差事。凭着聪明干练和交往的本领，很快就升到副旅长，并在实际上控制了该旅。黄桥决战时，苏中各杂牌顽军都奉命配合，纷纷向我军蠢动，唯独王治平扣押了作战命令，按兵不动。后来王治平索性将该旅分批交我军改编，补充了我军兵力。王治平不断地被派去开辟新区，建立政权和地方武装，每次都出色地完成任务。在群众的支持下，他团结各界人士，迅速地巩固和发展新区。解放战争初期，大军北撤，王治平在苏中九分区担任副司令员。面对国民党统治中心大上海敌军重兵盘踞清剿、据点林立的严峻形势，王治平率领部队夜行昼伏，穿插迂回，孤军深入敌后，一直坚持到大反攻，没有离开九分区一步。根据地不仅没有削弱，而且更加巩固；部队不仅没有减少，反而更加壮大。新四军挺进天目山遇敌苦战不休，王治平当时在郎溪开展工作刚刚半年。为了减轻正面战场压力，他率领才组建不足两个月的县区武装，主动迎着敌人的增援部队出击，竟然经广德一直打到宣城脚下，牵制了敌军对我大后方的迂回。太湖匪患几十年，日本人剿过，国民党剿过，均无功而退。王治平率军进剿半年，即将湖匪彻底肃清。

上海解放后，成立中国军事医学科学院，王治平任政委。院里集中了一大批身怀绝技的名医专家，有的曾在国民党政府任职，有的从万里海外回到祖国，有的是世代相传。王治平和他们真诚相处，尊重他们的生活习惯，从来不摆“老革命”的架子。随便走到哪家，端起饭碗就吃，举起酒杯就斟满。专家们都愿意和他交朋友，遇到思想、科研、家务上解不开的疙瘩，也都乐意找他商量。

1960 年 5 月 3 日，南京沿江地区遭受龙卷风袭击，并伴有大暴雨。驻在浦口的建桥队伍 1959 年 9 月从四川重庆开过来，才半年多的时间。因为 5 月 1 日是国际劳动节，放了两天假，让大家逛逛街，整理内务，3 号上班。那天晚饭后，机务队三、四百人在新建的食堂开会，书记胡时翥正在讲话时，毫无征兆地，一阵龙卷风突然袭来。开会的地点是一个食堂，刚刚盖好还没有启用。房子很高，上面盖了一个大屋顶，没有钢筋混凝土立柱，而是用砖砌立柱，单砖墙，窗户的玻璃还没有来得及安装。龙卷风一来，食堂的顶盖瞬间被掀去，围墙被推倒，顿时昏天黑地，有 9 个职工当场被砸死，还有几十人受伤。简易的工棚悉数被卷入江中，衣物、行李随风四处散落。

王治平

王治平得知后心急如焚，决定立即过江去看看。窗外是狂风呼啸，电闪雷鸣。这样的恶劣天气连大轮船都必须停港避风，何况指挥部的小汽艇？王治平向省长惠浴宇报告。惠浴宇说："不行，已经封江了，太危险，等天亮再说。"

王治平扯着嗓子喊："省长，我不放心，再危险，也不过送命吧！"惠浴宇的耳朵被震得轰轰响，也分不清是电话里的叫喊声还是雷声。惠浴宇知道拦不住，就挂上了电话。王治平已经是60多岁的人了，又有高血压、心脏病，还是那么一股闯刀山火海的虎劲儿。

从江南岸到江北岸是1500米的江面，狂风裹着暴雨，江面浪头高。王治平不顾个人安危，坚持乘小气艇摆渡过江，在惊涛骇浪中经过半个小时才到达对岸。一下船，他就趟着积水，深一脚浅一脚地来到工人中间，一边查看灾情，一边安抚慰问工人。王治平立即通知江面停航，进入抢险。南岸江边路紧急动员了好多救护车，从北岸把伤员送到南岸。南京各大医院敞开大门接收伤员，迅速医治，挽救了很多职工的生命。如有一个叫陈恩富的电工，他的脖子被梁上的小柱子压到气管变形，几近窒息，因为抢救及时，捡回了一条生命。王治平随后又让有关部门送来物资，连夜给受灾工区搭帐篷，分配行李，安排工人生活。

几天后，大桥局召开了追悼会，江苏省省长惠浴宇、南京市市长陈扬到会，对工人及家属进行慰问、安抚，稳定他们的情绪。惊魂未定的职工把对朝夕相处的工友满腹的怀念与酸楚深埋在心底，在危难中挺起脊梁，擦干眼泪，拍去尘土，以"为国家造桥"、"为人民造福"的使命与担当，继续投入这一史无前例的伟大工程。

1978年5月20日，王治平骨灰安放仪式在南京举行，省革委会副主任惠浴宇亲致悼词。时任国家经委副主任彭敏也没有忘记老朋友，1982年10月，在应邀为《南京长江大桥技术总结》写序言时，专门提到王治平，寄上真挚的慰勉、崇敬和怀念。

工地设计组的星光

1958年3月，大桥工程局成立了南京长江大桥工地设计组，负责进行施工设计工作。

设计是工程建设的灵魂，处于龙头地位。开始建三大桥的时候，曹桢是芜湖桥的设计组长，但是最后决定只上南京桥的时候，总工程师梅旸春选择曹桢做南京桥的设计组长。南京桥的关键是水下基础，9个桥墩个个都是难啃的硬骨头。设计副组长是王伟民，负责两岸引桥和桥头建筑设计，担任过武汉长江大桥等多座桥梁的设计，经验丰富。

1959年3月11日，温煦的春风吹拂大地，也唤醒沉睡了一年的樱花。樱花树从星星点点变成繁花片片，一株株，一排排，白如霜雪，灿若云霞。

设计组十几个人坐船离开武汉，顺流而下，次日到达南京。那年曹桢44岁，王伟民45岁，其余大都是年轻人，朝气蓬勃，无牵无挂。也有结了婚的，两口子就一起来，住在下关邮局大楼的二楼三楼。后来邮局大楼的租期到了，就搬到指挥部去住。指挥部在解放以前是个海军医院，搬走了以后，原来的病房就成了宿舍。后来成家的就安排到扬子饭店住，总工程师和一批指挥部领导也都住在那里。

来到一个陌生的城市，一切都是新的，大家顾不上游览，很快投入施工前的准备工作，学习的气氛非常浓厚。双铺街有所夜校，开设了高等数学、语文、英语，还有逻辑学，工会出钱，鼓励大家报名学习。指挥部里还时常有一个小学堂，有次请了一个华东水利学院（今河海大学）的德语教师来上课。老师很年轻，因为身体有病，没上大学，跟她父亲学的德语，做德语翻译。把她请来给大家上德语课，一个星期来一次，一二十个人跟着学。

青春的故事之所以萦绕梦乡，是因为每一个有志青年的前途不可限量。

设计组的第一个作品是试验墩。南京大桥桥址江宽、水深，正桥的上部结构从初步设计的 39 个方案中，最后选定了跨度为 160 米的连续钢桁梁方案。而正桥水中 9 座桥墩的基础工程，则关系到全桥建设的成败。基础施工难度在于：自高水位至支承岩岩面，一般都达到或超过 70 米一级的世界最深技术水平；施工中要穿过很厚的覆盖层，一般为 40 米，最厚达 90 米左右；9 个墩岩强弱不一，个别墩位处的岩体破碎、裂隙发育，水深 20—30 米，且受潮汐影响，一天涨落两次，最大潮落差达 1.56 米，管柱很难生根。当时正在施工的郑州黄河大桥就遇到了挫折，由于无法把该桥 3.6 米的管柱下沉到 40 米深的覆盖层中，不得不降低标准，将基础的深度由 40 米改为 30 米。此外，我们当时钻岩成孔无论是技术能力还是效率，都是很低的，不能满足南京大桥管柱基础的起码要求。在这样的情况下，便产生了先建一个试验墩的设想，以期通过试验，解决设计、施工与机械研制等诸

试验墩

方面的技术难题。

当年 11 月，当桥墩基础确定位置后，大桥指挥部布置：先在南岸第 10 孔跨中建造一个由 4 根 4 种类型 3—3.6 米管柱组成的试验墩，上筑平台，将来作为伸臂架梁的临时中间支点。管柱下沉动力是大桥局桥梁机械厂刚刚设计、制造出来的两台 250 吨并联起的振动打桩机。工地设计组由组长曹桢负责，提出了试验墩设计方案，铁道部科学研究院研究员周翼青和大桥局桥梁科学研究所工程师李秀芝参与研制，第二工程处承担具体实施任务，负责人为二处副总工程师殷万寿。

周翼青

李秀芝

殷万寿

试桩这天，指挥部特别邀请了江苏省和南京市的领导，在大桥局局长彭敏的陪同下莅临工地参观。这是大桥进行的第一项试验工程，工人们由于操作不熟练，加之过分紧张，忙活了两个多小时，振动打桩机却怎么也发动不起来。在场的领导安慰说，今天试不成，明天再来嘛。彭敏局长风趣地说："你们什么时候把管柱下到底，我就请你们到南京饭店吃一餐。"初次实验未能成功，大家难过了一天，回去后大家认真座谈总结，第二天试机终于获得了成功，赶紧打电话报喜。

经过 5 个多月的一系列试验，试验墩所有的工作项目全部圆满完成。大桥水下基础设计最后按各墩不同的水深覆盖层厚度和地质条件，从实际出发，采取了四种不同类型的基础：1 号墩为筑岛重型混凝土沉井基础，2、3 号墩为钢沉井加管柱基础，4、5、6、7 号墩为深水浮式钢筋混凝土沉井基础，8、9 号墩为钢板桩围堰管柱基础。

《南京长江大桥 1 号墩总结》

如今，这座大型钢筋混凝土建筑在南京长江大桥南桥头堡下的江滩上静静地矗立着。我数次经过，询问周边的老人，都说是苏联人帮助建的桥墩，后来中苏关系恶化，苏方撤走了专家等等。当我提出疑异时，有人竟信誓旦旦地说，我是从小在这长大的，我能不知道吗？

大桥底下的试验墩除了具有厚重的历史感外，同样拥有科技、社会等多方面重要内涵，应该列为文物，旁边写上说明的文字，以便让更多的人知晓南京长江大桥建成的智慧与艰辛。

南京大桥钢梁按三联三孔连续、一孔简支钢拓、主跨 160 米进行初步设计，在湖北汉阳勘设处进行。1961 年，基础问题大致解决，梅旸春在审定完桥梁基础问题后，即通知处长王序森携带钢梁图纸到南京大桥指挥部审查。王序森到达南京下关码头时，来接王序森的秘书告知，两天前，梅旸春突然患中风住进了医院。指挥部决定不再审查图纸了，钢梁按原图制造。正桥钢梁结构的设计工作由王序森、方秦汉、马运启完成。

武汉长江大桥的钢梁跨度是 128 米，使用的是鞍钢生产的 3 号桥梁钢。南京大桥的钢梁跨度加大到 160 米，需使用强度较高的合金钢。由于历史原因，国内还没有掌握生产符合大桥建造要求的钢材技术，只有从苏联进口 HJI2 低合金钢。苏联采用 HJI 钢系统，是因为他们的铁矿石中含有镍、铬成分，而我们的矿石多含硅、锰成分。1960 年，中国向苏联订购 1.399 万吨高强度低合金钢，但订料时苏方不同意按中方要求的钢板尺寸（16—18 米）交货，将板长限制在 12.5 米以内。经过设计组精心设计，制成一孔钢梁（即从长江北岸往江心架设的 128 米那一孔），结构与外观均符合要求。1960 年，中苏关系恶化后，苏方提出放弃钢材可焊要求，或将长板改成“杂尺料”交货，前者对大桥养护不利，后者则使南京大桥“打满补丁”（拼接板），铁道部断然拒绝。

当时，美国有一种用于建桥的特种钢，号称“万能用件”。大桥局曾向毛泽东请示，是否从美国进口特种钢。毛泽东以哲人的口吻回答说：“什么万能？世上哪有万能的，无非用途多一点罢了。这没有什么神秘的，我们自己也能够生产。”

周恩来总理做出指示，要求鞍山钢铁公司不惜代价，生产出建造南京大桥所需钢材，并亲自批准山海关桥梁工厂进口压制厚钢板的轧钢机，使桥梁钢生产实现国产化。根据南京大桥长跨度钢梁的需要，决定使用16锰低合金桥梁钢。这种钢材与苏联的HJ12和德国ST52低合金钢相比，毫不逊色。我国著名的合金钢专家、原鞍钢技术处副处长刘嘉禾，曾任冶金工业部钢铁研究总院副院长，是我国低合金高强度钢的奠基人之一。20世纪50年代中期，他在鞍钢就主持了16锰低合金钢的研制和开发，参与制订我国低合金钢和合金钢产品标准、生产技术规程、科技发展规划及技术政策等，为我国低合金钢和合金钢的研制开发做出了重要贡献。1958年，他调到钢铁研究总院新钢种室，由他提议组建并亲自领导了我国第一个专门从事低合金高强度钢研究小组。他们根据我国丰富的锰资源，选择了ST52钢作为基础，调整钢的成分，即在原有碳素钢的基础上，把锰含量提高一些，碳含量降低一点，成功试制出16锰合金钢。但成材率非常低，只有25%左右。

铁道部领导接受了物资局工程师魏维恒的建议，派出以铁道部科技委主任于洲为领队的技术组，参加人员有科委工程师胡希龄、基建总局王开禧、材料局工程师魏维恒、崔喜元，大桥局勘设处长王序森及工程师艾景海、马运启，山海关桥梁厂工程师张春华及唐山交通大学的有关人员。1961年11月9日，铁道部与鞍钢签订了《关于南京长江大桥钢材技术条件会议纪要》。魏维恒、马运启、张春华被长期派驻鞍钢，协助解决成材率低的问题。

为了炼制出这种高标准的新钢种，鞍钢要求铁道部派人到厂里讲课并进行具体指导。铁道部派员并邀集唐山铁道学院钱冬生教授、山海关桥梁厂张春华工程师和大桥工程指挥部总体设计组组长李宗达前往鞍山。鞍钢将炼钢厂、轧钢厂和质量检查、物资供应等部门的工人、领导干部、技术人员集中起来专门听课，钱冬生教授从理论上介绍了世界各国对于低合金桥梁钢要求达到的指标，张春华工程师介绍了大跨度钢梁的配制与形状，李宗达介绍了南京大桥从设计到施工以及钢材受力等情况，详细解释了对低合金钢强度、弹性、韧性以及化学成分的诸多要求，说明了钢材长度要16米，最大钢板宽度要2.49米的理由。鞍钢的同志也介绍了厂内的情况，同时表示为炼制低合金钢做了充分的思想准备，对困难也做了充分的估计。这种低合金钢在炼制中化学成分非常敏感，不容易掌握，这么大尺寸的钢材需要很大的钢锭，厂里的轧钢设备需要进行改造，难题确实不少。

任务接受下来了，困难需要一个一个地来解决。尽管大批量生产的成品每一个环节都是严格地按照技术标准执行，但屈服点指标怎么也达不到交货条件的要求。开始时，他们仅在自己厂内多方查找原因，修改工艺制度，技职人员倒班跟踪试验，所有的办法与措施都想到了，也试到了，均未能获得满意效果，后来追溯到炼钢、初轧工序。由公司领导亲自主持，开展起了“一条龙”攻关，从炼钢、初轧到半连轧各个环节上，进行多次试验、比较和改进，采取优胜劣汰的方法，终于摸索出了一套提高16锰桥梁板综合性能的工艺及设备措施。在近一年的时间里，成材率由25%上升至70%，开始正式投入生产，共生产1.4万吨，当时人们称它为“争气钢”。

鞍钢炼出了“争气钢”，中国造出了“争气桥”，让一个民族挺直了脊梁。1965年，鞍钢起草制定了我国第一项桥梁钢国家标准；2000年、2008年，鞍钢分别对国家标准进行了二次修订；2012年，国家标准委再次将桥梁钢国家标准修订的工作交给了鞍钢。16锰钢经过发展，现在是我们国家建筑行业里面用得最广泛的一种钢材，它的名字叫作Q345C。

经过无数次试验，鞍山钢铁公司终于试制出16锰钢。但是把钢材制成适用于南京长江大桥的各种配件，山海关桥梁厂的技术人员也颇费了一番脑筋。桥梁厂成立以副总工程师张兆庆为组长的技术准备组，负责制造工艺设计和施工图设计，并制定了大桥正桥钢梁工厂制造方法和操作要点。原来的剪板

1962 年，鞍钢外景

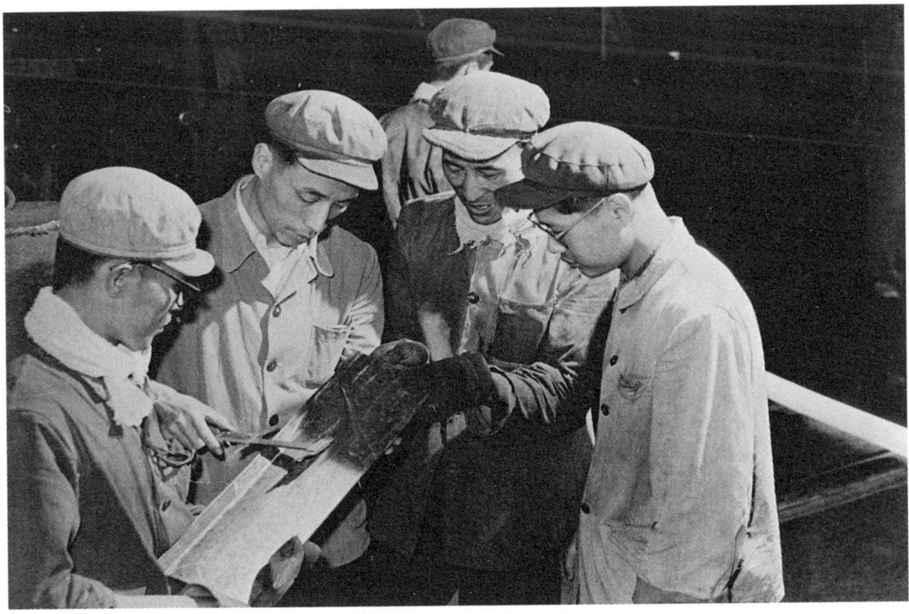

技术人员研究提高钢材质量

机剪 3 号钢能剪 30 毫米，剪 16 锰钢就只能剪 16 毫米。后来工厂就研制了多种自动化的切割机，保证了生产进度。当时的钻头没有所需要的那种直径的，由上海工具厂单独特制了 26.15 毫米的钻头。

大桥钢梁于 1961 年开工制造，1967 年完成。制造钢梁总重 31580 吨，主桁杆件大多采用我国鞍山钢铁公司生产的 16 锰桥梁钢，开创了我国使用国产钢材造桥的历史。

1967 年夏，大桥局军管组成立“抓革命、促生产”小组，成员有王序森、石景仁等，被派往南京大桥工地。因工地上两派斗争激烈，生产无法正常进行，又不得不返回武汉，从而结束了局机关直接参加南京大桥建设的历史。后来，大桥工程在军管会的主持下，仍按原设计要求施工。已分散到各地的原工程参加者，是从广播里听到大桥建成通车喜讯的，真是感慨万端。

1968 年 8 月 29 日，军管会召开紧急会，交给设计组一个极其困难的任务：为了保证大桥铁路桥“十一”通车，为国庆献礼，要求 9 月 5 日前必须把桥头堡的建筑结构图纸全部拿出来。

由于南京长江大桥修建期间经历过数次缩减开支、缩小规模，桥头堡一直属于被缩减对象，当时连施工图纸都没有，要在 3 个月内建成，简直是天方夜谭。

军令如山，来不得半点含糊。全体设计人员放弃休息，连续奋战，有家的也不回，吃住在设计组，饿了就去食堂，困了就在绘图板上趴着歇一会。有一天突然停电了，军管会叫到仓库去借马灯。这才知道马灯就是打气的汽油灯，气很足，风吹不熄。大家就把汽油灯挂在墙上，继续伏案画图。

就这样连续干了 6 天，直到 9 月 5 日，才将急需的几千张图纸全部出齐。

我初次看到王伟民的名字是在大桥工程局的展览馆，里面摆放着王伟民的获奖证书。1985 年国家科技特等奖的奖励名单，在 40 名主要参加者中，王伟民名列第一。

王伟民是苏州人，1913 年 6 月 3 日出生。1934 年毕业于上海中华职业学校高级土木科，1941 年交通大学唐山工学院土木系结构专业肄业（四年级插班生），1944 年 12 月在江西赣州参加交通部留美实习员考试被录取，1946

山海关桥梁厂车间场景

王伟民

年7月至1947年7月在美国诺西铁路公司及弗吉尼亚桥梁工厂做实习员。1946年8月至1949年11月任第三区公路管理局正工程师兼桥工队长、副处长及总段长等职，1949年12月至1951年3月任广西公路局总段长、工务科长，1951年起任工程师、副总工程师。

作为设计组的副组长，王伟民负责两岸引桥和桥头建筑设计。公路引桥上部结构在国内首次采用无隔板梁。铁路梁为31.7米预应力钢筋混凝土梁。为了保证质量，经过一系列试验，完成了钢丝束孔道形成工艺，5毫米直径高强钢丝的锚固张拉体系。桥头堡的许多设计、修改、评审的文件，都是他签发的。那时候签发文件不像现在这样严谨，一般领导都写一个简单的姓。王伟民可能觉得王姓较多，担心引起混淆，就写一个“民”字。在枯燥的公文堆里，是很独特的一道风景。

女儿在回忆父亲时说：在我上大学前，印象中我父亲参与重庆长江大桥、武汉长江大桥的建设，很少在家，只知道他的全部生活就是工作和学习。他精通英语，在修建武汉长江大桥时学习了俄语，后来又自学了日语和德语。他一生严于律己，对我的要求也十分严格，1977年我因一个科研项目在武汉汉口工作3个月。我家住在汉阳，我父亲单位的班车每天从汉阳开到汉口，正巧经过我工作的地方。那时公交车不多，如果骑自行车去上班，经过汉水桥时必须推过全桥，很累，我想搭班车去上班。但是我父亲一口回绝，认为是搞特殊，影响不好。我

王伟民在工作

只好每天骑自行车过桥去上班，有时能遇见爸爸单位的班车，从身边疾驰而去。

陈新

大桥工地设计组后来也叫设计处，是大桥局勘测设计处的派出机构，集中了我国最优秀的一批桥梁设计人才，我国在 1970 年代以前建设的几乎所有的特大桥都是由他们设计的，当时处里的领导也把最精干的力量派到了南京设计组。设计组最多时有 40 多人，后来出了两名中国工程院的院士，一个是钢梁专家方秦汉，一个是桥梁基础方面的专家陈新。

方秦汉，时年 33 岁，浙江黄岩人，受命担任了南京桥钢梁设计组组长，独领风骚，挑起了一副千钧重担。陈新，江苏无锡人，1953 年毕业于同济大学桥梁工程专业。1959 年，鉴于其在武汉大桥基础设计中显露出的才华，27 岁的陈新被调去参加南京桥的基础设计。整整 9 年，他不知疲倦的工作，既参加设计，又指导施工，还参加劳动。基础设计完成以后他又主动参加钢梁设计，和大家一起，采取多种方法，解决了在深水及厚覆盖层条件下的基础问题，在国际桥梁界产生很大的影响。

大桥是培养大师的最初摇篮，荣耀的起点。

南京长江大桥于 1968 年底全线通车后，工地设计组在完成了公务和公安房屋建筑设施的设计任务后，于 1969 年 11 月间撤销，完成了历史使命。

南京大桥建成距今已经整整 50 年。当年设计组的人大多已随风逝去，我有幸采访到周璞、杨电雷、马冕南、常荣五等老先生，如同遇到国宝。周老已经 90 岁了，还能辅导上中学的孙女做数学作业，家里书房里摆满了大桥的资料，一本一本地，罗列整齐，如同档案馆。杨老后来担任大桥勘测设计院的院长，因患眼疾，视力已经很模糊了，但是说起建桥的往事，一桩桩、一件件，说得非常清楚。马老坚持锻炼身体，骑行十几里打来庐山泉水饮用，85 岁的老人仍然显得很健壮。家里有架钢琴，时常在肖邦的钢琴曲中陷入沉

正在紧张施工的大桥桥面

正在施工的铁路桥引桥

思，情感的滚滚波涛已化作细水长流。常老后期担任设计组的负责人，用亲身经历写了一个长篇回忆。出自内心喷涌的文字，典型、传奇，故事如土地山石一般真实，掩卷之后还觉得余味无穷，不禁长吁短叹。

冯永祥
给母亲买了一包桂圆肉

金陵十月，丹桂飘香的日子，打听到南京桥工联谊会会长冯永祥的地址，我立即驱车前往。由于汽车超高，汽车在距离小区约一公里远的地方停了下来，72 岁的冯永祥已经骑着电动车在立交桥下等候，载着我到他家里。爱人在厨房里忙碌着，青菜和肉的香气从门缝里偷偷溜出。客厅里挂着他前两年写的诗《建桥人》，用镜框精心装裱。小小的书屋俨然就是大桥的微型档案馆，台板下压着桥友的合影，书橱里陈列着大桥的画册和书籍，书柜里珍藏着建桥时的师徒合同、工作证、上桥证、优秀徒工证、单位的慰问信等。冯永祥热情爽朗，让我一下子就触摸到了那个简单、纯真的年代。

南京长江大桥建桥 50 周年纪念章

南京长江大桥于 1959 年开始建设，铁道部大桥工程局先后在江苏招收了几批建桥工人。由于国家遇到困难，大桥建建停停，几上几下。1964 年，度过三年自然灾害后，大桥再次上马。在南京市政府的支持下，大桥局在南京招收了 330 多名工人，其中冯永祥

建桥工人们在建桥工地留影

所在的燕子矶公社去了 110 人。

招工要求很简单：政治背景清白、年轻力壮、长相端正即可。12 月 8 日，3 辆卡车载着一帮不到 20 岁的年轻人来到了大桥工地，住进了被他们戏称为“猪家湾”的宿舍区。（南京肉联厂为支援大桥建设迁走了，留下的厂房设备被充分利用，一排排整齐的猪圈被升高围墙加盖屋顶，变身为职工宿舍）猪圈虽然加盖了，但是刺鼻的味道怎么也洗刷不掉，后来洒了花露水，味道才淡了一些。当年的大桥实行半军事化管理，他们吃住全在工地，所有工人三班倒，几乎全年无休。也许是劳动强度太大的原因，大家慢慢地也就适应了。当地的居民说大桥工人是“三子”——天好的时候是“花子”，满身泥泞，脏得不得了；下雨的时候是“猴子”，因为施工不停，浑身被浇透，雨水顺着头发往下淌；下班的时候是“公子”，蓝制服配上铜扣子，光彩照人，往往能吸引一条街上姑娘的目光。

冯永祥干的是繁重的装吊工，到工地后尊重师傅，勤奋好学，在他保存的学员成绩单上，总是满分，班主任的评语是：学习成绩优良，善于钻研，能坚持到底。一年后，担任了团支部书记。冯永祥开动脑筋，一个小小的技术改进，还让他获得了技术革新奖：吊钢梁的时候，缆分绳就是一个蛮费事的工作。冯永祥就用钢筋做了一个钩子，然后就把它拴到绳子上面，把钩子往那个孔上面一挂。吊上去以后，上面的同事就把钩子提一下，把它甩下来，省了很多体力，速度也加快了，奖金两块钱。

从我懂事那天起，就知道我们的生活离不开花花绿绿的票证，票证涵盖了吃、穿、日用的方方面面。那个时候国家物资困乏，紧俏商品都是凭票供应，往往有钱也买不到东西。年轻人结婚时，自行车、缝纫机、手表、收音机，

最 高 指 示
人民，只有人民，才是創造世界历史的动力。
热烈庆祝南京长江大桥铁路通车大会
入 场 券
时 间：一九六八年九月三十日下午二时正
地 址：大 桥 二 处
南京市革命委员会庆祝长江大桥通车典礼办公室

铁路桥通车入场券

需要特殊的票证。大桥是国家重点工程，百货商店经常拉着售货车到工地服务。冯永祥是家中最小的，母亲生他的时候已经42岁了，一直住在农村，生活比较艰苦。有一次商店来卖东西，其中有桂圆肉，一斤包装的，冯永祥还是第一次看到南方的干果，很是新奇，就掏钱买了一包，送给母亲尝尝。母亲那时已经年过花甲，平生还是第一次吃到桂圆肉，高兴地心里乐开了花，逢邻居就说：我儿子在大桥工地，这是他买给我吃的。母亲眉开眼笑的表情，一直印在冯永祥的脑海里。他说，这是我最开心的一件事。

1966年国庆游行，南京长江大桥的模型第一次向南京市民公开，当时要选两名表现突出的工人和模型一起游行，相貌英俊而又表现优异的冯永祥被选中了。那一天十几米长的大桥模型被装在大卡车上，从玄武门出发，经过挹江门，来到鼓楼广场。卡车上两个青年化妆成军人，穿着军服，端着冲锋枪，全身刷成金色，冯永祥就是其中一位。他站在卡车庄严挺拔，上身纹丝不动，觉得自己就是一名解放军战士，在保卫神圣的大桥。那是一个崇尚英雄、崇尚军人的年代，车下万众瞩目，欢呼声如同大海的波涛涌动，冯永祥处在地缘中心，他的胸膛里好像有一壶刚烧开的热水，激动得要溢出来。

1968年9月24号，大桥通车的前6天，冯永祥出了意外，他在刷洗公路桥背面横梁上的标语时，吊住他的卷扬机钢丝绳突然被绞断，他从20多米高的公路面硬生生跌倒了铁路面，当场压缩性腰椎骨折、腿骨折，被紧急送往南京铁道医学院。那时全国支援建大桥，大桥工人知名度非常高。会诊后，外科医生林友俊激动地在病历上写道："病人是大桥工人，为抢修大桥而发奋工作，因故受伤。目前，全市人民全力支援大桥工程，为国庆通车贡献自己的力量。我们应全力协助工程进展，故该伤员要收入院治疗疗养，住三或四病区，请病区同志协助。"南京铁道医学院是当时大桥局的定点医院，林

冯永祥保存的各种证件

友俊后来做了南京铁道医学院院长，那份病历，冯永祥至今还保留着。

冯永祥在医院受到英雄般的待遇，妻子去单位领来了乘车证，代替他参加了通车仪式，回来兴奋地向他描述通车的盛况：“桥上下都挤满了人，连桥下的马路，甚至树上都站满了人，真是人山人海，大家都热泪盈眶……”

由于受了工伤，冯永祥出院后被调去做了电工，1979 年又调到金陵石化，55 岁退休。1975 年，冯永祥家中意外失火，烧个精光，父母姊妹的生活一下子没有着落。大桥的工友们听说后发起募捐，帮助他渡过了难关。细心的冯永祥保留着当年的账本，里面滚烫着“猪家湾”人的情谊，谁送了几块钱、几斤粮票、几尺布票，都记得清清楚楚。

1999 年，经过冯永祥、李来茂、吴守智、袁建昌等老桥工多方奔走，辛勤筹备，发起成立了桥工联谊会。当年和冯永祥最要好的一个同事，由于在“文革”中受到不公正待遇，离职后一直杳无音信。冯永祥打了不知多少个电话，终于找到了对方。两人 30 多年没见，第一眼看到对方都愣住了，拥抱的那一刻，眼泪止不住地哗哗流淌。

以后每年 12 月 8 日这一天，冯永祥都会组织大家聚一下，聊聊天，吃吃酒，打打牌。2014 年，是他们出发 50 周年，冯永祥特邀了 3 位嘉宾：原大桥工程局副总工程师李家咸、二公司工程师万方和大桥局摄影组长任发德，

冯永祥

还请来了南京和武汉大桥局的媒体。聚会安排在迈皋桥附近的刘三姐饭店，饭店内外悬挂着大红横幅，像办喜事似的热热闹闹。冯永祥印制了桥工通讯录，后来改为纪念册，里面详细记录了桥工的姓名、电话和地址。每有桥工住院，他都要邀集几个桥友前去探望。有桥工去世，他们都要像当年集体从燕子矶出发一样，庄重地送上一程。回来后，冯永祥擦去悲伤的眼泪，在通讯录上注明逝世的时间，以及他们后代的联系电话。原来 74 人的通讯录，已经走了 13 人。自参加建桥的那天起，冯永祥的生命就注定和大桥连在了一起。当听到有人从他心爱的大桥跳下自杀时，忍不住写了警示语和一首打油诗，在《现代快报》上发表：我造大桥为腾飞，并非让你桥下坠。为此我写警示语，告诫想不开之人……

冯永祥有两个儿子。借用毛主席的诗句“一桥飞架南北”，一个取名“飞”，一个取名“桥”。2017 年，冯永祥搬进了新小区，地点正巧是从小长大的原燕子矶公社辖区，参加大桥建设的出发地，河水悠悠地流着，空气中仿佛还弥漫着当年丰收的稻香。当年冯永祥他们班组负责钢梁的装吊，每一根架在大桥上的钢梁都是经过他们的手、他们的眼装起来的。说起大桥，他的眼里总是漾起光亮。

劳动也能让人开心，真是一个幸福的时代。

他们都从战火硝烟中走来

对于英雄来说，他们借以兴起的环境，并非他所独有。但在一片池塘之中，只有一株或者几株青莲挺立独秀。它们所凭借的，除了共有的环境，更有主体上那些恰到好处的组合要素。南京长江大桥时间跨度长，期间先后有几任指挥，他们都从战火硝烟中走来。从革命到建设，始终是一面猎猎招展的旗帜。

彭敏：千难万难，也要维持到所有的桥墩出水

武汉，中铁大桥工程局。20 世纪 50 年代修建的办公大楼是典型的欧式风格，平实而精致，显得自然、轻松、休闲，与庭院的厢房、回廊相结合，呈现一种乡村风情的生活格调。挑高的门厅，圆形的拱窗和转角的石砌，尽显雍容华贵，浪漫而庄严。碧绿的草丛中伫立着大桥局首任局长彭敏的半身塑像，微微笑着，目光睿智而又坚毅。

1958 年 8 月，国务院批准成立南京长江大桥建设委员会。彭敏按照上级提出的两年半建成南京大桥的要求，抓紧组织进行准备工作，带领有关设计人员沿江勘察桥址，王序森、胡竟铭、李家咸随行。来到南京后，彭敏立刻布置他们 3 人连夜绘制南京大桥草图，向江苏省省长惠浴宇做了汇报。以下关的宝塔桥为大桥桥位，建造公路铁路两用桥的方案，得到了惠浴宇的认可。之后，铁道部邀请有关省市和部门讨论建造南京大桥的问题就顺利多了。

1960 年，在苏联撤走专家前夕，原武汉大桥苏联专家组组长西林出于对中国人民的友好感情，自费来南京到大桥施工现场进行考察，彭敏陪同。西林对重型沉井的施工做法持有不同意见，认为此法所需的设备多，工期长，造价高，不安全，而且说："在多瑙河上用过这样的方案，失败了。"西林建议改用冲击式钻机的管注孔法。彭敏对西林的意见十分重视，以更加谨慎

彭敏塑像

的态度对待工程上的问题，提出“一切通过试验”的意见。

当年铁道部组建基建总局，彭敏调任基建总局局长、部党委委员。不久，又调到成昆铁路指挥部工作。大桥开工不久，国家遇到了严重的经济困难，大批工程下马，中央要求1958年以后招收的新工人一律裁减，大桥工程经费被压缩，只够维持日常开销，工程处于开开停停、半饥半饱的状态。而此时，南京桥水上、岸上已有数个桥墩正在施工，并先后招收了3000多名新工人。如果工人精简，设备退货，大桥工程必将受到严重影响。彭敏身在三线，仍记挂着南京长江大桥。他建议铁道部，即使千难万难，南京大桥建设工程也一定要维持到所有的桥墩都修出水面才能停工，否则几年的辛苦必将付诸东流。

江苏省委也不愿停工，又苦于没有懂技术的领导干部，于是向中央建议把彭敏从西南成昆铁路工地调回南京。彭敏到南京后，立即同江苏省主要领导江渭清、惠浴宇等，对大桥通车方案进行了认真的研究，研究结果上报中央，并很快获得了批准。不久，国家计划委员会批了专款，南京长江大桥全面复工续建。

1965 年彭敏兼任铁道部副部长，参加西南大三线建设，同时任西南三线建设铁路总指挥部总指挥，兼总工程师、党委副书记，参加领导了成昆铁路、川黔铁路、滇黔铁路、桂昆铁路建设。

1966 年上半年，水中 9 个桥墩全部修筑出水，开始架设钢梁。当时国际形势紧张，中国在西南开展大规模的三线建设加强战备，占用了大量物资和资金，大桥工程的物资再度短缺。是停工还是继续完成，又发生了新的波折。有人提出，既然大桥在战争中肯定挨炸，是否还有必要完工？铁道部部长吕正操、副部长彭敏接周恩来总理指示到南京调查，与江苏省委第一书记江渭清和南京军区副司令员张才千研究后，确定了“简化节约、快修早通、准备挨炸，炸了再修”的原则。周恩来批示：不停工，继续架设钢梁使铁路通车，公路桥和附属工程从简，尽量压缩投资。大桥再次全面复工。

彭敏是新中国铁路和桥梁事业卓越的组织者、领导者和实践者之一，国家授予的第一批高级工程师。1950 年代，在彭敏的领导下，大桥局迅速建立起一支优秀的建桥队伍，创建了新中国第一所桥梁学院，彭敏亲任院长，培养了一批优秀的桥梁事业的新力军。彭敏是有名的儒将，听他做报告，没有一个人会打瞌睡。南京长江大桥建成后，1983 年，大桥局组织编写了《大桥技术总结》一书。彭敏应约写了序言，回顾了大桥的艰辛建设过程，在结尾用诗一样的语言写道：“南京长江大桥是我国最大的、最复杂的、能够标志着我国桥梁工程技术水平的一座桥，它与脚下的滚滚江流常在。逝去的是时间，而不是人类的创造；逝去的是水，而不是长江。”

彭敏尊重人才，对下属关心体贴。1953 年成立大桥工程局时，全国铁路共有 11 个一等工程师，其中 8 个被一纸调令调到了大桥局。铁道部实行工程技术人员等级制，有四个等级，每个一等里面还有三级，即四等十二级，比现在细分的多了。当时曹桢、王序森、刘曾达担任设计处的副总工程师，都是一等工程师。定工资的时候，大桥局领导先是把他们的工资比照处长的工资看齐，然后在此基础上又给他们增加了 25%。这样一加之后，不仅比处长高，甚至比局长还高。不光是他们，还有几个是二等一级，定过工资以后，大概

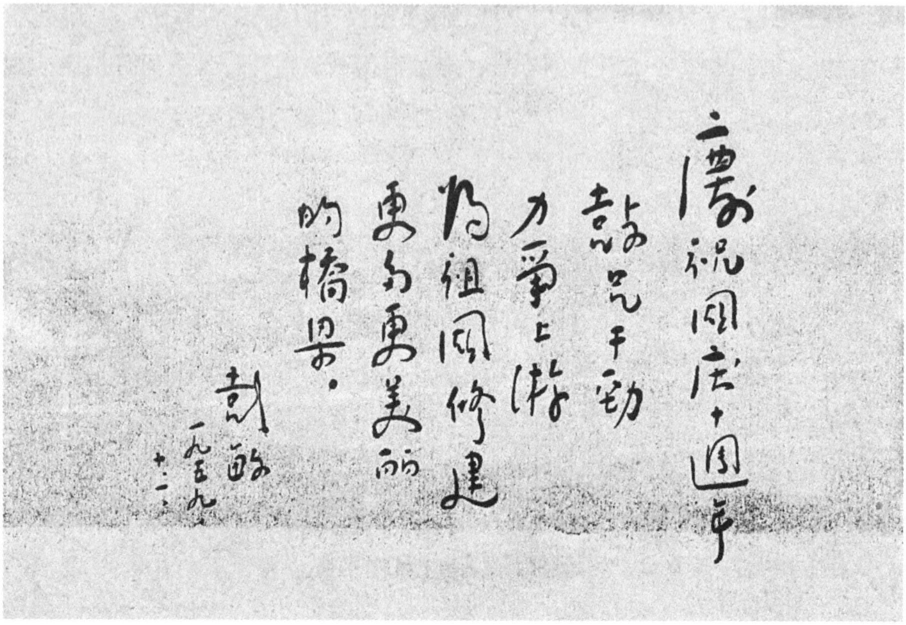

彭敏在 1959 年贺年片后面的题词

大桥局贺年片（1959 年）

南京长江大桥工程指挥部开会，讲话者为彭敏，右四为梅旸春

也能拿到将近两百块钱，这在1950年代就算是高薪了。大桥局像爱护宝贝一样关爱这批专家。先期盖了40多栋职工宿舍，由于有苏联专家，又在凤凰山给苏联专家、局级领导和一等工程技术人员盖了9栋小楼，曹桢他们这几个专家就住在小楼里。

彭敏和他的勤卫员有着很深的友谊，20世纪60年代勤卫员每次去北京出差，一定会去看望老首长，每次临别时彭敏都会给他100元钱，并嘱咐给孩子买点东西。20世纪60年代的100元钱是个大数字，相当于老工人两个月的工资，能解决家里的许多困难，这个传统一直持续到20世纪90年代末。勤卫员的孩子到北京就吃住在彭敏家里，临别时，彭敏也会拿出100元给勤卫员的孩子。

1987年，南京长江大桥被评为国家科学技术进步奖特等奖，大桥局认为彭敏负责组织、主持和推进全面设计科研工作，对大桥做出了创造性的贡献，在申报的7名主要参加者的名单中，将彭敏列在第一位。彭敏时任国家计委副主任、党组成员兼秘书长，负责科技奖项的申报工作。看到名单后，毫不犹豫地把自己的名字划了出去，将梅旸春的名字改列在第一位，在荣誉面前，显示了高风亮节。

1990 年 11 月 10 日，彭敏来到南京长江大桥，和当年的老部下欢聚：囊西挥戈武汉城，今朝策马到南京。八千子弟皆银发，老帅萦怀旧日兵。

在北京，笔者在一处平常的胡同里，寻到彭敏女儿的住处，房子是在部队工作的爱人分配的，简简单单的住房，几乎没有什么刻意的装修。女儿回忆说，父亲当年全身心投入南京桥工作，为了做出表率，准备把家也搬到南京。因为还没有找到房子，1960 年初，先把两个大点儿的孩子，从武汉转学到了南京十三中，哥哥高二，妹妹初二。学校可以住校，但是住校的学生不多，无专人管理。在宿舍期间要自己照顾自己，克服许多生活上的困难。学校没有澡堂，夏天热，蚊子多，臭虫多，只能用冷水洗澡；冬天冷，没有热水用，粮食定量不够吃，还要自己洗衣服。日用品很缺乏，到处买不到热水瓶，没有开水喝，连吃饭的搪瓷碗都费了很大劲才买到。这些事，彭敏从来没有过问过，也没有让勤卫员关照过，所有的困难都是两个孩子独立解决。现在说起来，表情里好像还带着委屈。

在大桥局的支持下，彭敏女儿和丈夫耗时四年，完成了《彭敏的路桥情缘》一书的写作，2017年由中共中央党史出版社出版。顺着主人公一年一年的经历，展现了彭敏丰富多彩的人生。

宋次中：
果断炸掉不合格的桥墩

在武汉中铁大桥局的对面，凤凰山下的梅岩村，是大桥局的职工宿舍，20 世纪盖的楼房，一座座整齐排列，原大桥局局长、南京长江大桥工程指挥部指挥宋次中的家在五楼。不远处就是长江，推开窗户，就能闻到潮湿的气息。90 多岁的老伴，捧出几本泛黄的老照片，第一张就吸引了我：身材魁伟的山东汉子，挺着笔直的身板，表情刚毅，无欲无惧，有一种极强的穿透力。

宋次中（1940 年代摄）

翻开他撰写的《南京长江大桥施工过程中的回忆》，开头就是一段饱蘸情感的文字：“它是一座丰碑，矗立在长江下游，这是我们自力更生、奋发图强的成果，也是我们中国人民有志气、有能力的标志。我们知道，没有伟大的中国共产党的领导，没有全国人民的支援，没有上级领导的关怀，没有我们工程技术人员的努力奉

1960 年代，南京长江大桥建设期间，大桥局局长兼指挥宋次中在指挥部前留影

献和广大职工群众的忘我牺牲精神，是完不成大业的。伟大的党、伟大的人民永远使我感激、敬佩、爱戴。”

南京长江大桥指挥部成立后，大桥局副局长、大桥指挥部副指挥宋次中就常驻南京了。1960 年大桥局局长彭敏调往铁道部，宋次中接任局长，兼任大桥指挥部指挥，开始全面负责大桥局的工作，但依然是大部分时间在南京。他多次带领职能部门负责人到生产第一线蹲点，与工人同吃同住同劳动，搞调查研究，先后制定出《贯彻工业七十条实施细则》《工程管理办法（草案）》《班组管理工作细则》等多项有关加强管理的条例文件，并将参加修建南京长江大桥的二、四桥处作为推行这些条例制度的试点单位，建立起负责制、验收制和经济核算制三项企业管理的基本制度。之后，在他的主持下，“十八项管理制度”被编成《企业管理工作资料汇编》，印发至工程师一级，要求各个单位和部门将其作为业务学习资料。

在整个企业管理中，他特别强调从最小单元做起，在班组设置、成本核算、质量检查、定额管理、宣传教育等十大工管员，实行成本包干，克服过去只管完成任务、不注意成本核算的倾向，从局到处到工程队都有一套完整的质量管理制度。材料进场，无论钢材还是砂石，都要经过检验；所有混凝土，都要进行配合比试验；引桥所打的桩，都进行过承载试验，并把承载试验列为新技术施工程序。他还启用黄丕佑工程师主管经济工作，负责对发包组联系。他说黄工业务熟悉，既坚持原则，又方法灵活，不伤和气。

1961年，南京长江大桥在施工中出现急于求成的情绪，为追求进度，在灌注混凝土时，改变了常规做法，以致南岸引桥25号、27号墩座与北岸引桥9号墩身发生了混凝土质地不良、灌水漏窜范围较广的问题。宋次中得悉后，毅然决定不再研究补救措施，炸掉重来，不留一点后患。按照当时的干部任命程序，宋次中仅仅是“委任”，还不是正式“任命”的局长，但是他以国家利益为重，不顾个人得失，这得需要多大的勇气和担当啊。这一决定在全局引起强烈反响，形成了人人重视质量、遵守操作规程的良好风气。

1964年9月，大桥工程遭遇建设中的最大危机：在秋汛洪水的冲击下，4、5号桥墩悬浮沉井的锚绳先后崩断，自重6000多吨的沉井在激流中做最大幅度60米的周期性摆动，大桥面临着沉井倾覆、桥址报废的巨大危险。宋次中沉着冷静，亲临现场指挥抢险。他召集有关人员，分析摆动原因，找出止摆办法，最终采用林荫岳的“平衡重止摆船”方案，经过试行，一举成功。4、5号桥墩历时40多天的摆动终于停止，大桥转危为安，施工秩序恢复正常。

20世纪60年代，除南京桥外，大桥局同时在建的工程还有枝城长江大桥、宜宾金沙江大桥、重庆嘉陵江大桥、大渡河桥、三堆子金沙江大桥、雅砻江大桥、武汉大桥7号墩加固工程等多个项目。1965年3月，大桥局成立西南指挥所，宋次中任指挥长后就更忙了，一半的时间在南京，一半的时间在西南穿梭奔走，在武汉的时间很少。1965年3月，曹春元从南京调来给他当秘书，宋次中交代说：“我生活上的事情你不要太多考虑和照顾，我是大桥局局长兼西南指挥所指挥长，两地都是我的工作岗位，在此两地时间，都不算出差，不要报销出差费。至于你，考虑是由南京调武汉的，南京是三级工资区，武汉是二级区，每月减少收入10元，因此将你调西南指挥所列支。至于我，不

吊装预制板

能哪里工资高调哪里。另外旅途或出差外地，伙食上不必太节省，平均每天每人 1 元钱，超过 1 元的部分，由我负担，司机工资低，每天按 0.3 元收费。”

宋次中关心职工，每到一地，首先查看食堂和职工的饭碗，了解职工的生活状况。无论在旅途还是在工地，宋次中的生活从不要秘书照顾，自己洗衣服；到北京出差住铁道部招待所，他们各自排队买饭；出差到桥处，也只有他们俩一起吃饭，离开前，曹春元负责跟食堂结账。每年的大年初一，他都在工地上过年，哪里是工程的重点难点，他就出现在哪里。老伴总是带着孩子在附近候着，等到初二这天，全家才能吃个团圆饭。

大桥局下属单位有一名工程师，在“设计革命化”运动中确定点为“重点帮助”对象。其时，家里发生急事要求回去探望一下，单位领导不准假。宋次中得知后，给这个单位负责人打电话说，革命不是一朝一夕的事，要在启发人的自觉性上下功夫，希望让他回家看看。后来，这位工程师得以回上海探亲，处理好家务事后，很快赶回单位。

“文革”中，宋次中受到很大冲击，两次进大桥局沙洋干校学习劳动，膝盖上的棉裤跪烂了也不肯低头。1975 年 11 月，从五七干校“解放”出来后调铁四局主持工作；1978 年 6 月，又奉命组建铁道部隧道工程局并担任首任局长。

人需要意志，有意志就能完成另一种意义上的珍藏。

柴书林：书写英雄的传奇

深冬的一天上午，当我穿过上海的大街小巷，在一片马赛克贴墙的楼群中找到柴书林家的时候，立刻感到一种崇高的敬意像泉水般从心灵深处升涌而出。这里离闹市也就几百米的距离，但尘嚣全无，十分幽静。门框的上方挂着金色的“将军之家”牌匾，家里的藏书如同小型图书馆，黑白的、彩色的照片闪着殷殷的目光。老伴李志平已经90多岁了，谈起往事，感慨中有一丝兴奋，我仿佛听见将军急匆匆的脚步……

柴书林于1913年出生，河北省张北县馒头营村人，地主家庭。早年接受了进步思想，积极投身革命活动。1935年考入北平（京）大学法商学院经济系。当年12月，发生了“一二·九”爱国学生运动，柴书林积极投身到运动中，担任法商学院三院学生会会长、北平学生联合会组织部部长、华北学联主席等职。

1938年2月，在西安参加了八路军，徒步40多天到达延安。先在“抗大”学习，后被分配到晋察冀抗日前线，先后参加了著名的黄土岭战斗、百团大战和晋察冀根据地反“扫荡”等战役战斗。抗战胜利后，柴书林任察北专员，说服全家免收全年地租。1946年春，他在发动群众开展减租减息的同时，让自己的父亲和两位伯父除留一小部分土地作为维持家庭生活之用，其余土地都交由政府“还田于民”，归农民自有耕种，共拿出3800亩熟荒地和草滩地。柴书林还将24间房屋、8间马棚、100多只羊和几十头大牲畜都送给了当地农民，自己搬到张家口居住。家里的土地献出以后，柴书林还让弟弟动员亲属献出耕地400亩。柴书林和亲属的大义举动在察哈尔省和晋察冀边区激起很大反响，许多人都以此为榜样，纷纷献地，延安新华社曾连续报道。

柴书林

新中国成立后，柴书林先后担任华东军区工程兵部副主任、南京军区工程兵副主任、上海警备区副司令员等职，长期从事国防工程、人防工程建设的指挥工作，是华东地区国防工程建设的开拓者之一，1964年晋升为少将。

屋里有一间房，房里四周全是书，像是小型图书馆。柴老爱人告诉我说，他酷爱读书买书，爱到把他的名字和书连在一起。从小爷爷给他起的名字是“树林”，后来他自己改为“书林”。他干一行，爱一行，专一行，办公桌上总是摆放业务书籍，一时买不到的书，就让爱人去复旦大学图书馆借。从勘察到施工，他都亲临现场，精打细算。一年12个月，他至少有9个月在外出差，经常来不及给家里打招呼就走了。老伴下班回家，看见毛巾不在了，就知道他出差了；看见毛巾挂在绳子上，也就知道他回来了。毛巾架上，一年时间里有三分之二的时间是空着的。

柴书林是个老大学生，是高级干部中的知识分子，他的座右铭是“说多少做多少，做多少说多少”。南京军区司令员许世友很重视柴书林的意见，外出不离左右。许世友常说，红军时期，有个知识分子出身的干部，讲起军事理论来夸夸其谈，头头是道，可枪炮一响，却往桌底下钻。许世友说柴书林是个例外，他说得好，干得更好，言行一致，不是那种卖嘴皮子的人。柴书林被许世友称为“洋拐杖”，下部队、看地形都指定要他跟着去。柴书林也经常临危受命，执行那些艰难棘手的任务。这除了他勤奋好学，才华出众，精通业务外，还在于他为人坦诚，作风朴实。用许世友的话来说，柴书林没有知识分子气，是工农化的典型。

“文化大革命”初期，许世友在大别山的后方医院住了3个多月。由于对形势的不理解，看不惯，许世友患了心绞痛病。一痛起来就呕吐，痛得他黄豆大的汗珠子往下淌，吃不下饭，睡不好觉，心情很烦躁，脾气也很坏。见到这种情况，一起陪同来的同志都很着急，也很担心。还是柴书林有办法，他常常设法去和许世友聊天、下棋，讲些轻松的话题，分散他的思想，不让他生闷气，陪他在大别山度过了一段艰难的日子。

江苏省革命委员会成立后，许世友担任革委会主任，负责省的全面工作。当时江苏形成了两大造反派，为了夺权，他们长期打派仗。正在修建中的南京长江大桥基本上停工了，建桥指挥机构的工作人员因观点对立，工作受到严重干扰，实际上已经处于瘫痪状态，人们不上班，连人都找不到。许世友上任伊始，抓的第一件事就是尽快恢复建桥。这时，靠原班人马已经难以完成任务，必须有解放军参与。这一任务又落在了柴书林的肩上。

许世友于7月决定，调上海铁路局军管会任上的柴书林担任大桥工程指挥部指挥，率领工程兵工程二团参建，并统一指挥原参建部队，加快大桥建设。当时工程的状况是：大桥公路桥桥面构筑基本没有展开施工，北桥头堡和南京新客站包括工程的构筑还躺在图纸上。这三个大的工程项目如果不解决，势必严重影响整个大桥的建成。

柴书林临危不乱，细排工期，周密地协调了铁路桥与公路桥的施工，对参加大桥建设的工程兵部队做了部署，并限定了完成期限：一营负责南京车站和广场的工程，二营负责公路桥桥面的施工，三营负责北桥头堡施工。各营分别得到了建桥干部、工程技术人员和工人的有力配合。

为了确保进度，许世友还同意了柴书林的要求，由驻南京的临汾旅派出一部分兵力，从部队抽调一些车辆、照明灯等机械设备。专业化的施工部队携带大型设备进入建桥工地，使施工人数增至万人，出现了军民并肩携手、以工地为战场的火热场面。柴书林对部队明确责任，要求每个干部必须熟悉工程质量标准，掌握工程进度，带领部队三班倒，轮番施工，昼夜不停。柴书林还虚心向工程技术人员请教，听取他们的意见和建议，集中大家的智慧，

大桥工地上义务劳动

部队参加南京站建设

处理施工过程中的难点，使大桥建设优质、快速。

在柴书林的精心组织下，工程忙而不乱，紧张有序。他和工程技术人员现场指导，科学施工，广大职工和解放军指战员发扬拼搏精神，连续奋战。修建桥头堡是一项艰巨的工程，工程量大，要求高，原计划用两个月的时间，由于他科学组织，奋力攻坚，只用 18 天就完成了。

在研究车站广场建设方案时，有人提出在广场中央建毛主席塑像，这在当时极“左”的形势下，是很难否定的，何况大桥南北两端都有三面红旗的巨型雕塑，桥头堡下面的桥墩写满了毛主席语录。柴书林不唯上，不跟风，始终没有点头。许世友听说后，也找到柴书林询问。柴书林风趣地说，这么大的广场，让伟大领袖的形象日晒雨淋，站岗放哨，怎么忍心啊？许世友听出了弦外之音，同意了柴书林的意见。如今，步出南京车站，迎面就是风景如画的玄武湖，碧波荡漾，杨柳依依，令人心旷神怡，被誉为“中国最美火车站”。

在那段紧张会战的日子里，柴书林和部队指战员一样，吃住在工地，每天都组织工地碰头会，进行现场讲评，针对存在问题，及时采取改进措施。他平易近人，关心战士生活，经常到伙房查看，叮嘱炊事人员，一定要保证战士的营养，天气炎热，注意食品卫生。在他的带领下，建桥大军夜以继日，

柴书林随许世友视察（许世友身后者为柴书林）

奋力苦战，毕其功于一役，终于在国庆前夕实现了铁路桥胜利通车。建桥队伍再接再厉，年底前完成了公路桥的建设任务。至此，南京长江大桥全面建成通车，成为中国南北交通的第一通道，为新中国经济腾飞插上翅膀。许世友非常高兴，立即给毛主席和党中央发了报喜电，还为柴书林、王超柱等人设宴庆功，并对柴书林大加赞扬。

此后，柴书林奉命指挥了南京凤凰山铁矿抢险、苏南煤田和梅山铁矿建设、上海人防工程等，专打硬仗，书写了一个又一个英雄的传奇。

许世友：
像一尊坚毅的雕像

对于南京人来说，长江大桥不仅是一座地标建筑，更像是一个屹立不倒的“神话”。坊间流传的许世友将军与大桥的故事，更为这座大桥平添了几分魅力。

1968年3月23日，在一片欢庆的锣鼓鞭炮声中，许世友就任江苏省革命委员会主任。中共中央签发的《同意成立江苏省革命委员会的批示》中，特别使用了“以许世友同志为首的江苏省革命委员会”字样，让人眼睛一亮。当时各大报纸正在批判“多中心即无中心论”，在这个风口上，中共中央的文件使用这样醒目的字眼，是为了提高许世友的声望，不能不说是独具匠心。

“文革”初期，许世友饱受“造反派”之苦，曾经住进安徽的大别山后方医院。20世纪30年代红四方面军在那里打过好几仗，对那里的地形比较熟悉。一旦“造反派”追过来，可以上山打游击。许世友就任省革委会主任的第一件事，就是下令解散红卫兵和各种“造反派”组织，并在一份文件上批示：谁再造反先杀后报。他还在一次重要会议上强调说，南京若再出现“造反派”，不用审批，统统杀光，一个不留。

许世友常说：“我喜欢打仗，打仗一条经验就是分工明确，各司其职。”肩负军政一把手，工作千头万绪。但他的工作方法是举重若轻，不包揽所有工作，将部队工作交给了副司令员、副政委，以主要精力做地方工作。他将大的工作统筹安排，把大部分工作分工给几位副主任，自己抓总、抓急办的事情。

身为革委会主任，自然也就成了南京长江大桥建设委员会的主任。依许世友的做人原则和个性，他在任何处境下，都不会放过为国为民建功立业的机会。当年的南京大桥，由于不同观点的群众“造反”组织忙着打派仗，许多年轻工人不上班，老工人干着急，“支左”的解放军也无能为力，工程基本处于干干停停的状态，通车的前景遥遥无期，被称为“胡子工程”。许世友决心恢复大桥建设，尽快建成通车。他说，不行，太慢了，要指挥部重新讨论工程进度和竣工时限。5 月 12 日，江苏省革命委员会给中央的报告请示：

1. 原设计公路路面宽度 15 米是合理的，后来改为 8 米、12.3 米，还是一次做足 15 米比较适当。

2. 原经总理选定的桥头堡建筑方案上有三面红旗，显示我国人民永远高举毛泽东思想伟大红旗奋勇前进的坚强意志，是大桥完整形象不可缺少的部分，还是恢复修建的好。

3. 力争铁路桥元旦通车，公路桥明年“7.1”通车。

4. 尚有其他一些项目是否全部恢复，建议由铁道部主持进行一次全面审定。

5. 为了加强对大桥施工的领导，建议由铁道部和大桥工程局会同省、市革委会共同组成大桥施工指挥机构，实行统一领导，以便早日建成通车。

后来国务院指示，要求 9 月底完成铁路桥，向国庆 19 周年献礼，年底完成公路桥，比原来的方案分别提前了 3 个月和 7 个月。

6 月 1 日，大桥指挥部在大桥南岸施工现场召开 3000 人大会，许世友亲自动员，组织会战。

上午 10 点，一辆吉普车疾驶而来。许世友从车上走下来，健步走上主席

临汾旅在师长武占魁、政委彭勃的带领下参加了南京长江大桥的建设

台，讲话铿锵有力，令人振奋。他在会上大声宣布：为了保证大桥在预定时间顺利通车，他决定，调工兵部队和“临汾旅”驰援，解放军护桥部队立即进驻大桥工地。许世友还把他的“洋拐杖”、时任上海警备区副司令员、上海铁路局军管会主任柴书林调来大桥工程指挥部，组织协调大桥建设。

柴书林就读于北平（京）大学，是“三八式（注：指 1938 年入伍）”干部，酷爱学习，精通英语、俄语，工作能力强，经常被许世友当作“救火队员”，哪儿的任务艰巨棘手就往哪儿放。参加大桥建设的指战员，每个人都感到无上光荣，豪情万丈，信心百倍，干劲十足，纷纷写决心书，表示坚决服从上级命令，坚决按时完成上级交给的各项任务。指战员们以战斗的姿态，浩浩荡荡地开进来了。建桥工人一看来了这么多的解放军战士，布满愁云的脸上，顿时神采飞扬。

工地急需把“龙门架”从铁路引桥搬到公路引桥上。“龙门架”高50米，重达千吨，由几万只螺丝拧成。如此庞然大物搬动一次，照老办法计算，需要34个人45天才能拆装好。“临汾旅”官兵和建桥工人并肩战斗，打破常规，仅用23人、半个月时间，就将“龙门架”跨立在公路引桥上。

原南京军区工兵红一连

南京部队工程兵某部一连，是1930年毛泽东率领工农红军去安源时，以安源矿工为基础组建的我军第一个工兵连，被誉为“红一连”。有一天，江面刮起8级大风，吊机失去作用，战士们就搭起人梯；风大站不住脚，他们就用绳子把自己系在钢架上，为建桥工人施工赢得了宝贵时间。

许世友隔三差五地到工地视察。8月的南京像一支燃烧的大火炉，工地上温度常常在40摄氏度左右。许世友穿着布草鞋，戴着草帽，不时地在工地上检查、了解情况，并说有困难尽管讲出来，“要人给人，要钱给钱，要机械给机械”。临近国庆节了，许世友几乎天天守在工地上，“许司令接管了大桥工地”、“有困难找许司令”，这是工地上流传半年的口号。

与此同时，江苏各地的工人自愿来到大桥工地，南京的部队、学校和市民，自发组织起来到大桥义务劳动，有的知识青年在离开家乡前还赶来干上一阵，为家乡的大桥建设做出一份贡献。每天上万人参加劳动，人们不停地挥动着手中的铁锹，搬动手里的水泥砖块，喊着高亢的号子，脸上汗水和着灰尘，整个工地呈现一片紧张忙碌的沸腾景象。在那个特殊的年代里，南京大桥成了全国人民共同关注的地方。正当大西北上空又一次升起蘑菇云的时候，大桥全面建成通车，“一桥飞架南北，天堑变通途”。毛泽东的这句诗，激荡着亿万人民的情怀。几十年后，南京人提到长江大桥，总忘不了许世友立下的功劳。

大桥通车典礼时，许世友端坐在主席台正中。天空飘起了毛毛细雨，警卫给他撑伞，他挥手推开；警卫又给他披上雨衣，他扯下来甩到地上，任凭雨水淋在脸上身上，浑然无觉，像一尊坚毅的雕像。许世友的情绪感染了现场观众，尽管雨水淋湿了衣服，但因心情振奋，也不感觉有多少寒意，那天的雨也一直没有下大。

在南京长江大桥桥头堡上曾有一座毛主席塑像。20 世纪 60 年代，理想和信念高于一切，全国掀起建造毛主席塑像热。常州市建材 253 厂是一家军工厂，是全国第一家从英国 Scott Bader 公司引进生产设备并掌握玻璃钢生产

许世友视察大桥工地

许世友、彭冲视察大桥工地（旁立者为工人工程师王超柱）

技术的企业。看着其他工厂矗立的主席像，工人们都强烈要求利用厂里新材料的优势，自己制造一座主席像。1968年，经工厂民主大会决定，工厂要建造一座全国最大的主席像，一方面是为了向毛主席致敬，另一方面也是为了迎接即将召开的党的“九大”。

经过20多个工人近4个月的努力，主席像终于在1968年11月铸造成功。远远望去，神情动作就好像1949年在开国大典上的一样。雕像高7.5米，当时全国多数地方的雕塑高度为3米左右，就算是在今天，这个雕像也是江苏最大一座主席像。正当大家准备把主席像矗立起来的时候，厂里接到了一份中央文件，传达了两个精神：一是要求各单位不要追求形式，要求实效，做实事，不要搞个人崇拜；二是因为全国掀起的主席像热潮降温，以后塑像，要经过中央批准。看来主席像不能立了。文件犹如一盆冷水，浇在了人们头上。后来，工厂的军代表将毛主席塑像的事情汇报到了南京军区，时任南京军区司令员许世友将军亲自下达命令，将主席像运到南京长江大桥的桥头堡上，许多老南京人至今都对桥头堡上的这座奶黄色的主席塑像记忆犹新。后来，由于塑像太高而桥头堡较小，主席像被移到江苏展览馆收藏。直到两年后，许世友按照中央“主席塑像从哪里来回哪里去”的精神，下令将这座全国最大的主席像运回常州。

为了保卫好大桥，许世友亲自挑选守桥部队和指挥员，并对他们说：“这座桥从筹建到建成我都清楚，它来之不易，你们要共同守护好大桥。”

雪花飞舞的寒夜，许世友带着两个参谋前来查哨。他看见执勤的战士穿着解放鞋、披着薄薄的雨衣站在雪地里，顿时火冒三丈，批评管理处负责人：“怎么没有岗楼，没有发毛皮鞋？”管理处的负责人回答说：“按规定，大桥上不能设岗楼，因为外宾来参观，不美观。”许世友一听这话更生气了：“这是谁规定的，我怎么不知道？如果你的孩子在雪地里站岗挨冻，你心疼不心疼？大桥上的岗楼尽快解决，毛皮鞋、雨衣你们打电话要，就说是我讲的。”

在他的督促关心下，战士们的工作和生活条件都得到了改善。

1973年底，许世友调任广州军区司令员。临行前，他来到了大桥上，与护桥部队的官兵和大桥管理处的职工话别。他说：“我奉了毛主席的命令要离开南京、离开南京长江大桥了，我对南京、对大桥是很有感情的。这座桥建起来真不容易呀，你们一定要把大桥管理好、警卫好，确保安全。我是快70岁的人了，将来退休我还要回南京，再来看你们，看大桥。”

悠悠岁月，流走了多少个春夏秋冬，流不走的是一个个感人的瞬间。在那个动荡的年代，许世友的人格固守和意志的执着，就显得坚毅和神圣了。

风雨中的红旗

钟老回忆说，20世纪五六十年代因为全国的特大建设项目不多，遇到南京长江大桥这样的大项目，高校、设计院个个摩拳擦掌、跃跃欲试，因此竞争激烈。当时的钟训正才31岁，在大师云集的建筑界，是初出茅庐的小字辈。

建筑是无声的语言，它所塑造的灿烂辉煌，从来不墨守成规，也不故步自封。它从一开始就不是独白，它一开始，就是一种对话，流动着的是中国精神的一江春水。

汪菊潜：为大桥把关开路

对一个地方的牵挂，多是缘于对一座建筑的牵挂。中铁大桥局在武汉汉阳大道上，参天绿树的包裹中，那座洁白的欧式风情的建筑，很像庄严的人民大会堂，千百次也看不腻。大楼建于1955年，高大雄伟而又不失厚重。门厅是一排哥特式的大圆柱，柱顶部分金漆饰面，门廊顶部有赵州桥的浮雕装饰，窗户及檐口用简单线条点缀。每一个房间都宽敞明亮，晨光里设计师们躬身伏案，真是自然与人情最和谐的搭配。来到这里，那些无名的烦扰顿时荡然无存，有的只是一颗简洁如水的心，纯净澄明。

进入大门，道路右侧的花丛里是大桥局首任局长彭敏的半身塑像，左侧是首任总工程师汪菊潜的塑像。两人都微微笑着看着对方，像是在推敲某个设计或施工方案的细节。

新中国成立以后，社会主义建设事业蓬勃发展。1953年，为建设武汉长江大桥，中央决定成立铁道部武汉大桥工程局，云集了全国铁路桥梁建设的人才。铁道部工程总局副局长汪菊潜、材料局副局长杨再田、翻译处处长刘麟祥来了，铁道兵团一师总工程师朱世源来了。大家汇集在一起，全是一副意气风发、精神抖擞的样子。1950年代的大桥局，可谓风华绝代。日理万机的彭敏，没有忘记给天南地北来的建设者们盖一处精致的办公场所。2006年，

汪菊潜塑像

这座办公大楼被评为武汉市优秀历史建筑，成为汉阳大道上的一景。

浏览大桥人物传记，我不仅不觉得疲惫，反而有一种意犹未尽的振奋，仿佛在先贤精彩的人生里旅行了一回。看汪菊潜的照片，五官棱角分明，是偏清秀的那种。最让他显得卓尔不群的是眉宇间流露出来的桀骜与固守，凛然不可侵犯。他可能也会说笑，但那种热闹是瞬间可以收起的。

汪菊潜1906年出生于上海，家境清寒，5岁在教会学校“自助部”半工半读，因成绩优异被保送中央大学，半年后考入南洋大学。立志学土木工程专业的他于次年转到交通部唐山大学土木系，1927年1月被交通部派赴美国留学。1930年6月，他拒绝了美国桥梁公司的高薪聘请，毅然回国到铁道部工作，年仅23岁。回国后，被分配到南京下关修建火车轮渡栈桥，出色地完成了任务，受到工程界的称赞。汪菊潜对国民党政府的腐败深恶痛绝，绝不忍让半分。有一次，国民政府交通部批请救济总署拨料，外籍仓库管理员按惯例索贿，见对方不买账，就有意拖延不办。汪菊潜亲率卡车前往，管理员见来者手持公文，一身凛然正气，只好赶紧发料了事。茅以升在上海解放前夕被国民党

全国第一届英模大会合影，前排右二为彭敏，第二排左三为汪菊潜（1950 年代）

政府强行任命为市秘书长，市长是当时的上海市警备司令，处境十分困难而危险。汪菊潜即进言："不能辞，可以病。"茅以升恍然，即日住进医院。

当汪菊潜在报上看到人民解放军渡过长江的消息后，怀着对新政权的渴望，立即从台湾乘飞机返回上海。他同茅以升一道，为保全中国桥梁公司和所属工厂以及钱塘江大桥工地的人员和财产做出了贡献。他主持修复沪杭、浙赣铁路，为抢修津浦、淮南、陇海各线的桥梁制造了所需构件，有力地支援了解放军进军南方和西北。由于他的卓越贡献，1950 年和 1951 年分别被评为"全国工农兵劳动模范"和"全国铁路劳动模范"。1949 年 8 月，他被任命为上海铁路局工务处长，次年任铁道部工程总局副局长，1954 年被任命为新成立的武汉长江大桥工程局总工程师。

大桥即将开工时，苏联的桥梁技术专家西林提出以"大型管柱钻孔法"代替"压气沉箱法"，用于武汉长江大桥基础结构施工的设想，汪菊潜坚决支持这个建议。他积极领导和组织中国工程技术人员和苏联专家一起进行装配式管柱结构和管柱施工法的试验，密切关注试验的进展情况。经过半年的紧张试验，最后取得成功。当时在技术上强调“一面倒”，向苏联学习。汪菊潜把祖国的利益放在第一位，既与苏联专家和睦相处，又不放弃原则，从不随声附和，也不模棱两可。他规定每一张设计图纸必须经他过目，出图即使在他出差期间，事后也要补送到办公室。有重大分歧时，他首先召集设计及施工负责人探讨。当有人提出“这是苏联专家意见”时，他沉下脸严肃地反问：“我是问你自己的意见，你自己有没有看法？”因为汪菊潜的严肃严谨，使中国工程师从来不敢推卸本身的责任。

1958 年 9 月他调任铁道部任副部长，先后任铁道部科学技术会议副主席、铁道部科学技术委员会副主任，具体参与了大桥的建设工作，从整体方案的提出到审定，他都积极参与。在工程施工中，从水下基础到上部结构他都仔细过问。

同年 10 月，大桥工程局会同中国科学院技术科学部组织召开了三大桥技术协作会议。在百余位专家研究的基础上，最后上报的是大桥局的总体设计方案，该方案由大桥局长彭敏、中国科学院技术科学部主任赵飞克、汪菊潜和南京工学院（现东南大学）建筑系主任杨廷宝组成的领导小组审查确定，技术上汪菊潜起着重大作用。引桥墩身中是否加设钢筋的问题，有不同意见。为了结构的需要和保证质量，他决定加设钢筋，并向在场的工人讲清加设钢筋的道理，妥善调解了分歧意见。

汪菊潜

1963 年，有全国人大代表提出对南京长江大桥基础工程质疑议案，国务院批转铁道部办理，铁道部委派汪菊潜主持处理。经研究讨论，汪菊潜与原提案人坦诚交换意见，获得了理解。1964 年，汪菊潜代表铁道部对南京长江大桥各项工作包括引桥、江中基础、上部结构的设计、施工进行审查，提出今后安排意见，协调了监理原则，为大桥顺利完成铺平了道路。3 号墩采用的是在覆盖层中深置的管柱加沉井基础，基岩破碎复杂。在管柱钻岩时，发生了孔壁坍塌事故，长时间不能封底，基建、设计、施工三方持不同意见。汪菊潜在现场经过实际勘察，提出抛片石笼处理的方法，最后统一了大家的意见，解决了 3 号墩施工中的难题。

汪菊潜与家人合影

除致力于武汉和南京长江大桥的建设之外，汪菊潜还在许多方面做了一系列工作。1959 年，修建人民大会堂工程时，周恩来总理亲自组织审查设计，点名由茅以升任结构组组长，汪菊潜任结构组联系人，辅助茅以升圆满完成了周总理交给的任务。1960 年，中南海怀仁堂大修加固工程中，设计与施工部门意见不一。周总理确认汪菊潜的意见可行，决定更换钢屋架。1964 年，汪菊潜参加我国第一颗原子弹爆炸固定装置结构的设计审查会议。他在周密思考后，直截了当地表示：结构设计是可靠的……

一座大桥不知凝聚了多少人的劳动，他们的名字都应该镌刻在大桥陈列馆的展墙上。

梅旸春：
沉井似尊大佛，稳坐在江底

1985 年，南京长江大桥新技术获得国家科学技术进步奖特等奖，国家共奖励了 47 名做出突出贡献的人员，其中梅旸春、王序森、刘曾达、陈昌言、曹桢、殷万寿、邹义章等 7 人名列前茅，他们是大桥工程的主要完成者。他们当中既有大桥工程运筹帷幄的主持者，大桥钢梁、桥墩的设计者，也有施工的指挥者。星光与夜空，总是相互需要，交相辉映。桥梁建设呼唤英才，岁月推移，一个个大师的形象更显得鲜活明亮。

20 世纪，江西南昌的网民们评出了他们心目中的现代南昌籍十大文化名人，个个响震八方，其中有两位梅姓叔侄特别引人注目：一位叫梅汝春，1946 年作为远东国际军事法庭的法官，庄严审判日本战争罪犯；另一位叫梅旸春，是梅汝春的堂叔，我国桥梁界泰斗式人物，为修建钱塘江、武汉、南京三座长江桥做出过重要贡献。

梅旸春

梅旸春，1900 年 12 月 1 日出生于江西南昌青云谱区朱姑桥梅村，早年家境贫寒，后由堂兄资助，与堂兄长子、只比他小 4 岁的梅汝春一同进了学堂。1916 年，北京清华学校留美班在江西招录 3 名学生，16 岁的梅旸春与梅汝春一同考取。1923 年毕业后，公派赴美国普渡大学机械系学习，获硕士学位。梅旸春虽然学的是机械，但其志愿却在桥梁事业，遂于 1925 年到美国费城桥梁公司工作，因工作勤奋、成绩突出且网球也打得非常好，同事们竟误认他为日本人。梅旸春始终眷恋着灾难深重的祖国，怀念年迈衰弱的母亲，在学习与实践均有所获时，旋即辞去美国优厚的待遇，于 1928 年回国，在原籍南昌工业专门学校任教。

1934 年，茅以升博士受托组织筹建钱塘江大桥，聘梅旸春为正工程司，担任钱塘江公铁两用桥的设计工作。此时国内钢铁生产落后，需向国外定制。为了减轻重量、节约资金，在国内首次采用铬铜合金钢。当设计图完成向英国道门朗公司承订时，英国公司拘泥于本身经验，提出修改图纸。梅旸春以精辟的理论和实际经验，直接与之对话，据理力争，使对方折服，为中国工程师扬眉吐气。谁想到，日军逼近，南京政府对通车仅 3 个月的钱塘江大桥下达了“炸桥”令。钱塘江桥通车前后，梅旸春赴汉，任汉口市政府工务科

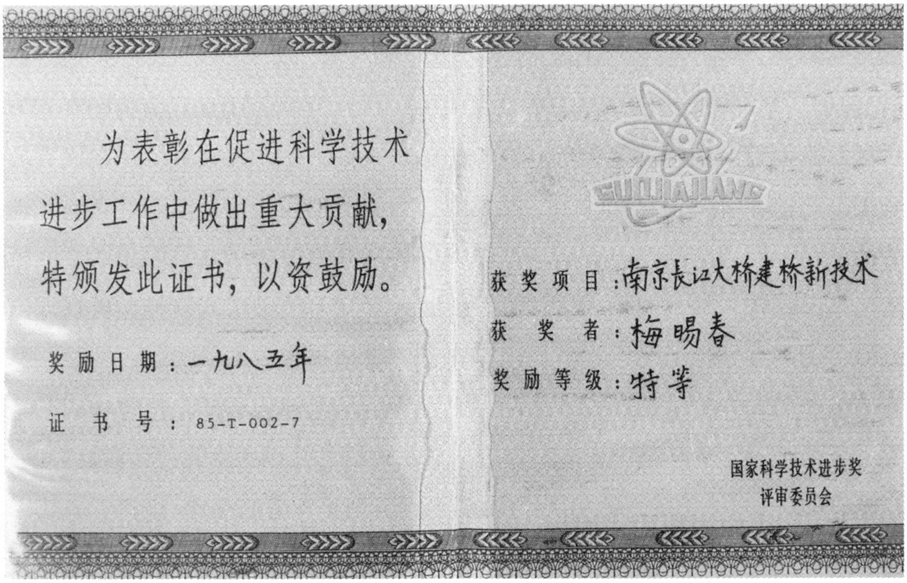
为表彰在促进科学技术进步工作中做出重大贡献，特颁发此证书，以资鼓励。

奖励日期：一九八五年

证书号：85-T-002-7

获奖项目：南京長江大桥建桥新技术

获奖者：梅暘春

奖励等级：特等

国家科学技术进步奖
评审委员会

梅旸春获奖证书

梅旸春（左）和同事在工地上

长，主持武汉长江大桥的设计前期工作。1938 年武汉沦陷，梅旸春辗转到昆明，担任交通部桥梁设计处正工程司，主持设计了滇缅路上的昌淦桥。遗憾的是，建成 42 天便被日军炸毁。为抢通湘桂铁路上的柳江大桥，设计是在一节空车厢里完成的。白天为躲避轰炸，将车厢拉到离城较远的地方，晚上再拉回。由于利用废料修建，结构新颖轻巧，司机望而生畏，梅旸春毅然随机车过桥。1944 年日军攻到桂林，桥奉命炸断。1944 年梅旸春进入茅以升组织的重庆缆车公司任总工程师兼工务处长，设计建造了重庆市第一座登山缆车——望龙门缆车。1953 年成立武汉大桥工程局，梅旸春为副总工程师，配合苏联专家与从全国调集而来的桥梁界的精英，共同建造武汉长江大桥。

1958 年，国家决定修建南京长江大桥。1959 年初，中央任命梅旸春为大桥局总工程师，主持南京大桥的设计和施工组织工作。南京大桥是在没有苏联援助的情况下决定修建的，这既是对梅旸春的信任，也是严峻的考验。他受命之初，便考虑到江面宽阔、地层条件复杂等情况，需要采取相适应的桥梁上下部结构。他查阅了北京、清华、北大等知名图书馆的资料，再根据已经取得的测量钻探记录，初步提出了自己的整体构想。他带着这一构想，邀请国内著名的专家学者和技术顾问，分别举行从上部到下部、从结构到艺术等一系列研讨会。经过集思广益，最后形成了建桥的几点原则和整体设计方案。梅旸春的事业心、使命感和组织协调能力，得到了充分的展现。

蓄势已久，其发必速。南京长江大桥如期开工后，建设速度很快。但是，国家遇到了困难，连续三年的自然灾害，加上经济建设上的失误和冒进，必须压缩基本建设，大桥工程奉命缓建。此时，大桥工地上旗帜招展，士气正旺。梅旸春听到缓建的消息，心急如焚向上级领导反复陈述自己的意见。然而，客观形势不允许，小局必须服从大局。不久，在中央“调整、巩固、充实、提高”八字方针的指导下，国家的暂时困难很快被克服，南京大桥恢复施工，梅旸春又焕发出新的活力，几乎每天都亲临现场视察和指导工作。

长江北岸的1号墩处在覆盖层深的古河槽，下沉深度将要接近世界纪录。此时，前武汉大桥苏联专家组组长西林出于友好感情，自费到南京大桥工地考察，对1号墩重型沉井基础的施工方案提出不同意见，认为沉井不可能达到预期目的。梅旸春已经深思熟虑，坚持按原设计方案进行。他认为沉井下沉较深，总比单纯的管柱基础稳固得多。他还形象地比喻沉井似尊大佛，稳坐在江底，总比火柴棒顶上加个火柴盒帽子（比喻管柱形式）强得多。在试验时，自己率先进入沉箱，一直到达江底，终于打消了人们的顾虑。

在重型沉井下沉时，他主张同时射水，破坏井壁土壤阻力，使沉井稳固地到达岩盘，没发生任何意外。

大桥工地生活艰苦，工作节奏非常紧张，梅旸春身患多种疾病，高血压病症经常复发，家人又不在身边，每次他都默默地采取一些应急措施。只要稍有好转，他就手拄拐杖，继续出现在工地上。

1961年12月21日上午，梅旸春按例主持了旬逢“1”召开的生产会议，一切正常，未见异状。散会时还对大家说，下午继续开会。中午吃饭时，突然筷子落地，本人感到右身发麻，失去知觉，被紧急送往南京军区总医院，诊断为“脑血管栓塞”。大桥局长宋次中立即向铁道部副部长武竟天和江苏省副省长周一峰汇报，周一峰当即给医院领导打电话布置。院方介绍了北京宣武医院的院长赵以成教授、上海第一医院张源昌教授，说他们是我国医学界神经病学的权威。大桥局向华东局计委汇报，华东局计委十分重视，立即联系，张源昌教授当夜赶到南京，宋次中亲自去迎接。周一峰第二天参加了会诊，强调了梅旸春在我国桥梁科学技术上的重大价值，指示医院一定要全力抢救。铁道部也与空军联系，赵以成教授乘空军专机，于24日零时到达南京。上午，两位专家和军区总医院神经科主任项伟共同会诊，商定了具体治疗方案。

决定采取积极治疗的办法，周密地考虑了过去的病史、目前症状、平素性格、饮食爱好等情况，对症下药，并同时进行吸氧、注射盐水、增加食物营养等措施，终于将他从死亡线上拉了回来。梅旸春关心工程的进展，并为自己患病卧床不能工作而深感不安。病情稍微好转，即重返工地。

1962 年 5 月的一天晚上，梅旸春旧病复发，瘫倒在工地办公室隔壁的卧室里。医生经过努力，竟把心力交瘁的梅旸春再次抢救过来。他的妻子和子女闻讯后，也很快从北京赶来照料。梅旸看到孩子们特别高兴，嘱咐他们一定要到大桥上去看看，还说："你们看了才知道，我们祖国有多么伟大。"但是，这次发病严重，他已瘫痪不起，组织上决定送他到北京疗养。他放心不下南京大桥的建设，不肯离开工地。经再三劝说，才勉强同意。

临行时，他要求到南岸工地再看看。浩浩江面上，施工船和打桩机连成一片，1 号墩和 8 号墩已经竣工，挺立着傲然的身躯，世界第一大桥已露端倪，欣喜的泪水浸湿了他的眼睛。也许自知不久，这天他的情绪特别激动，当晚脑病复发，12 日 7 时在江苏医院逝世，享年 62 岁。

梅旸春是江苏省人民代表大会代表、中国铁路工会全国委员会委员。他心地宽广，说话全无客套，与大家相处很融洽。他持南方口音，话语里常夹有英语和外国人名，英文说起来比中文还熟练，发言时有些专业词汇，他常常要问："这个词中文怎么说来着？"他爱打各种球，打麻将，还能唱京剧。在和苏联专家联欢时，表演了马连良的"卧龙吊孝"和"空城计"。只见他拉开架势，自打快门，有板有眼，唱腔抑扬顿挫，略带沙哑，俨然就是诸葛再世，博得一片掌声。那时国家比较困难，财务控制比较紧，从南京到武汉坐火车要走 3 天。但是他说，工程的事耽误不得，紧急的事坐飞机！研究工程难题时，他总是静静地坐在一边，让大家把各种意见都摆出来。他认为谁说的对，就让谁最后再说，他予以补充完善。他既懂桥梁，又懂机械，说起话来一言九鼎，工程技术人员都服他。他的逝世，令大家都很悲痛。

此后，大桥局派副总工程师刘曾达、陈昌言（原四桥处总工程师）及勘测设计处处长王序森 3 人来到指挥部工作，填补梅旸春留下的真空。刘曾达代理总工程师职务，掌握全面工作，并主持定期的生产会议和每日施工、计

梅旸春（左四）和同事在南京中山陵留影

划、物资、机具、调度部门的碰头会；王序森、陈昌言则分别主管设计及施工。为了取得一致意见，陈昌言与王序森约定，经常同去第一线查看、了解工程进度和质量，发现问题及时商讨对策，供局领导参考。

江苏省人民委员会、铁道部于 18 日在南京公祭，300 多人参加。江苏省省长惠浴宇、铁道部副部长武竞天主持公祭仪式，铁道部基建总局长彭敏致悼词，最后深情地说："梅旸春同志永别了，我们将永远记着你，向你学习，你所献身的事业将永远胜利地向前发展。"

梅旸春是学机械的，给孩子们留下了一堆"传家宝"：自制的工作台、台钳、电烙铁、木锯、钢锯、锉刀、老虎钳等。一般的家庭给孩子买的都是玩具，但他却专门置办了这些自制工具，在家里发挥了很大的作用。同时也告诫后人：

要多做实事，不图虚名。

他从 1956 年起就开始查阅资料，根据已经取得的勘测记录，初拟一个设想方案：正桥为7孔，中间5孔是半穿式刚性桁梁，柔性的钢拱，基础则有沉井、管柱和管柱加沉井、锁口管柱加沉井等不同方案。最终因受制于许多主客观的原因，所定 9 孔大桥方案并不如梅旸春最初设计的理想。

梅旸春为南京长江大桥主要完成者获奖第一人。此时，离他逝世已经过去 20 多年，人民没有忘记，历史没有忘记。

曹桢：
“现在我发表个人意见。”

武汉大桥局对面，隔着汉阳大道，有一座凤凰山。山不高，却郁郁葱葱一片。1950 年代，大桥局在这里盖了 9 栋小楼，除了苏联专家、局级领导，曹桢等几个专家也住在这里。站在山上，眼前一览无余，可以看到武汉长江大桥工地。如今，这里的东面成了大桥局的会议中心，西面则是开发商盖的别墅区。在周边大楼的挤压下，凤凰山显得局促，记忆里的场景已经荡然无存。

曹桢于 1914 年 10 月 4 日出生在浙江省嘉兴的一个书香门第，自幼聪颖好学，学习成绩总是名列前茅。1936 年在唐山交大土木系以第一名的成绩毕业后，分配到沪杭甬铁路管理局沪杭工务段。1945 年 7 月至 1946 年 6 月公派赴美国芝加哥西北铁路公司实习，1947–1949 年在浙赣铁路任正工程师兼桥涵股长，1949 年杭州解放后任上海铁路管理局一等工程师。

青年时的曹桢

1952 年间，上海铁路管理局请来苏联专家吉赫诺夫和一些国内知名的老专家商讨钱塘江大桥修复方案。此时曹桢因胃病住院，未能参与讨论。而后接到方案，深感其实施难度大，可靠性不足，而且费工费料。曹桢抱病筹思，他认为原基础沉箱有较大的襟边富余宽度，只需将围堰结构做出改变，按墩身外形改为长八角形的设计，便可将其着落于原有的沉箱基础之上。这样一来，不但使工程更为简捷、稳妥、可靠性增强，也不会造成基础负荷的大量增加。当吉赫诺夫听完曹桢就新方案做出的答辩之后，默然良久，最终向曹桢竖起了大拇指，赞赏新方案的周到细致。在 20 世纪 50 年代，鲜有人敢与苏联专家公开持不同技术观点，唯曹桢不随流俗，不屈求自保。

1954 年，长江发生了一场特大的洪水，将连接北京至上海的南京铁路轮渡系靠设施连根冲掉。该轮渡的系靠设施原由英国人设计，在建成使用的 20 多年中，屡用屡坏。这一次的洪冲事故，又给了曹桢一次大显身手的机会。在承担抢修的重任下，曹桢设计出采用可升降的平衡重以吸收靠船冲击能的浮式靠船设备，一劳永逸地解决了英国人无法解决的难题。1980 年，曹桢将此设计写成论文，在国际桥梁协会的维也纳年会上，获得用三种语言宣读的机会。同行们评价：虽是 20 世纪 50 年代的成果，但在 80 年代仍然具有国际先进水平。

1959 年以后中苏交恶，技术交流开始逐渐中断。此时国家决定兴建南京长江大桥，自此我国的建桥技术由依靠合作进入了独立自主、自力更生的发展阶段。修建南京长江大桥的最大技术难点是水中工程的桥墩基础，其桥位的水深是武汉长江大桥的两倍，在当时是世界上数一数二的深水工程。水文及地质的情况多变，不像上部结构那样可以看得见。时任大桥局总工程师的梅旸春，知人善任，挑选了曹桢担此重任，主持水中基础方案设计和基础施工设计。工程进入实施期，在南京工地成立了指挥机构，曹桢负责主持南京大桥设计组的工作，承担除上部钢梁设计以外的全部设计工作和施工技术工作。这一安排使曹桢在技术发挥上如鱼得水，也从此

曹桢在工作

步入了人生道路上最辉煌的建桥生涯。

曹桢夫妻合影

曹一平回忆说，我父亲有比较严重的胃病，局长关心我父亲，觉得你家不搬来的话，生活上没人照料，所以很早就把我母亲也调到指挥部。但是还是不方便，1963 年的时候就把我们全家搬到南京去了，住在扬子饭店三楼，隔壁就是陈昌言、王伟民。我那时候六七岁，在江边就能看得见工地，但是离我们最近的是火车轮渡，我经常坐在江边看轮渡过江，盼望着大桥早日修起来。

曹桢通过一系列的科学试验，从各墩墩位所处不同的水深、覆盖层厚度和地质条件的差别等具体自然条件出发，因地制宜地提出了采用 4 种不同类型的基础方案。其中，7 号桥墩施工方案的形成，就是一个极具勇气的创举。

7 号桥墩水下是挤压破碎带岩层，原设计采用的基础方案虽然已上报铁道部获得批准，但曹桢仍觉得不满意，就在他苦苦思索更好方案时，偶然看到一本杂志上描述的美国金门大桥，不由灵感忽现，创造性地提出“薄壁钢筋混凝土浮运沉井”方案。用钢筋混凝土代替纯钢，既节省钢材，又便于施工。

7 号墩的新方案送到铁道部鉴定委员会评审。要评审了，曹桢发言。他说：“刚刚我汇报的是大桥局方案，现在我作为一个参会者，发表个人意见。”他说：“我认为这个地质条件，应该是做薄壁钢筋混凝土浮运沉井。”很多测量技术人员人反对，最后，总工程师梅旸春总结说，曹桢的方案是可行的，虽然有一点困难，但是他是实事求是的，是因地制宜的。由于梅旸春的支持，7 号墩方案实施成功，不仅节省了大量钢材，还加快了施工进度。后来，6 号、4 号、5 号墩也相继更改成这种新方案。

南京长江大桥的基础设计及其巧妙的施工工艺设计，在当时可以说是集大型桥梁深水基础技术之大成。1 号墩采用沉深 50 余米的混凝土沉井，为当时世界上少有的最大沉入深度，其纪录于 1997 年才被江阴长江大桥北岸锚碇基础沉井打破；2 号、3 号墩采用新创的钢沉井加管柱的方案，解决了管柱沉深过大的技术困难；4 号至 7 号墩几经权衡而在国内首次采用浮运沉井基础。此方案虽有美国先例，但曹桢在设计中只吸收其能浮于水面的技术原则，在下段用钢壳浮体，将上段改为在浮托中逐段接高的钢筋混凝土薄壁腔体结构，这是一项吸收并创新改进国外技术的先例。这些技术上的成就，为我国后来桥梁深水基础的发展与进步，打下了坚实的基础。

武汉长江大桥自建成通车以后，曾经发生两起较大的技术事故，其中一件是在南京大桥建设期间发生的。在 1959 秋年季的一次大检查中，发现汉阳岸引桥 7 号墩刚架桥墩的上游侧立柱基础下沉，横梁出现裂纹。跟随检测至 1961 年，下沉继续发展，裂缝大量扩展。当时，青年工程师杨进采用了炸矿施工中的竖井倒砌井壁法，设计了一个新的井筒式基础，将其筑到轨面以下 40 米深处的岩盘上，上承公路梁，用万能杆件拼装的框架来支撑，确保交通不中断的前提下进行施工。这一新方案提出后，有关领导因事关重大，一时无法裁决。此时，曹桢正在南京主持南京大桥的深水基础设计工作，正巧因公回武汉，听取了杨进的方案汇报，认为杨进的方案思路周全，技术上是可行的，当即明确表态签署意见，予以全力支持。此方案因而得到铁道部的批准而付诸实施，该项目于 1965 年胜利完成，7 号墩迄今再未出现问题。曹桢不愧是既能负重又敢于负责的具有铁肩担当的难得的技术领导者。

曹一平说，南京桥技术上一些早期的设计方案，一些大的设计构想是梅总，但梅总在 1962 年的时候去世了，我们原来说是回上海过年的，结果我父亲没有走，因为梅总去世了，工地上的事情很多。梅总留下的构想我父亲都完成了，他为此感到很自豪。我父亲从未担任过总工程师的正职，也从未在职位上升迁到更高的层次，只保有处副总的职务，而人们一直尊称他为曹总。有次做黄河上一座桥的预算，单位从经济效益考虑，让他多做一点费用，给职工们发奖金。父亲果断拒绝说，这样会造成工程的浪费，以后贻害无穷。

因为他比较倔，因此在“文革”中，给他安的帽子是“反动技术权威”。曹桢说，我自己都没敢说自己是权威，他们跟我说我是权威，怎么这样调侃呢？

说他是美国特务，他说我从美国回来的时候，我带的都是美国的资料，要说特务，我是中国特务，因为我偷的是美国的情报。1970 年代曹桢恢复了工作。

曹桢在武汉长江二桥工地

曹桢为人胸襟豁达，自立自信，一如既往地在技术创新中自得其乐。在上海兴建金山化工厂期间，急需建成金山铁路支线上的黄浦江大桥。该桥照套了惯用的基础方案设计，在施工上不能满足通车的要求。曹桢主动提出采用施工环节少、速度较快的大型钢管桩方案，并做出了大致的工程预算。他的一片好心遭到守旧的人的责难，将他从上海撤回。后来，工程陷入僵局，曹桢再次书面向上海市推荐钢管桩打入方案，终被上海直接采纳，如期将桥建成。

综观曹桢的技术思路，他总是从经济效益和社会效益出发，没有丝毫个人功利色彩。他就像是立在秋风里的竹子，自贵其心。我们就是从这一些枝枝叶叶中，体会和感受大师超拔的风范。

晚年的曹桢对孩子们说，我这一辈子，如果选择留在上海，生活条件比武汉好得多，但是我不可能造那么多桥。尤其是南京桥，我作为设计师，感觉到是最自豪的。因为从此以后，那么多年我们国家都再没有南京桥那么大规模的桥梁。

陈昌言：陪着机车司机过大桥

大桥最后一任工程总负责人是大桥局副总工程师陈昌言，他的大儿子陈宗杰住在南京城南的一个小区，甫一见面，那朗朗的笑声就感染了我们，仿佛多年不见的兄长。陈宗杰下过乡，在教育系统工作多年，很是健谈，给我们讲了许多鲜活的细节。

陈宗杰说，父亲出生在南京老城南一个清贫的小职员家庭里，家中经济拮据，住处狭小拥挤，他自幼勤奋好学，发誓要改变贫穷的现状。小学毕业后，以第一名的成绩获得奖学金得以读到中学毕业，后又以高分考取南京中央大学工学院土木系。大学读书期间，如果成绩不是前 3 名是得不到助学金的，陈昌言始终名列前茅。当时住宿和伙食费还需自己解决，陈昌言每天步行从中华门外的家到成贤街的学校，中午则仅吃两个烧饼伴以开水充饥，终于在 1933 年 7 月完成学业。为了挣钱养家糊口，他立即参加了艰苦的浙赣铁路野外的勘探工作。

1949 年杭州临近解放，在新旧政权的交替时刻，国民党政府强迫技术骨干集体加入国民党，拟集中迁往台湾。陈昌言时任铁路局桥梁股长，硬是冒死不理并设法躲避，直到解放大军的到来。军代表刘白涛宣布：“所有没有跟国民党走的工程技术人员一律保留原职务，按原薪支付工资。”就是这一

陈昌言（左）、何赐乐（中）、邹义章（右）在南京大桥建设工地上

席话，让陈昌言感到温暖，从此有了信仰。

1959年底，中铁大桥局调集精兵强将修建南京长江大桥，陈昌言担任第四桥梁工程处总工程师，负责北岸1—4号桥墩及其以北工程的建设，后调入指挥部主管施工。“文革”开始后，工地大部分工程技术人员奉命回武汉接受“再教育”，陈昌言在这危难之际奉命担任工程的唯一负责人。此时人们的思想已经搞乱了，技术上需要处理的问题又错综复杂。但是陈昌言是个乐观主义者，每天早晨提着保温饭盒，里面装着爱人悉心准备的饭菜，笑呵呵地出现在工地上，亲切地和大家打着招呼，工地上的人们都信服他。“造反派”把单位公章抢走了，每月到银行开工资领取工程款，一笔就是几万、几十万，全凭他的私人小方章。

陈昌言在大桥工地接待越南客人

南京大桥3号墩的下部结构是钢沉井加管柱基础，由于正好地处河床地质的断裂带上，事先没有发现，结果在灌注水下混凝土时，发现水泥浆都流失了，这个难题很长时间都没有得到解决。陈昌言深思竭虑，多方请教，并收集了国内外相关资料。最后从葛洲坝水利工程的资料中受到启发，提出了“多孔联通填充灌浆”的施工方法，终于使3号墩基础下的地基难题得到彻底解决，断裂带由上而下形成了一个很大很强的混凝土实体，坚不可摧。在施工期间曾有一艘万吨级巨轮撞到3号墩上，事后经检查，船头撞坏了，但桥墩的基础既未发现沉降，也未发现裂缝，还安然屹立在设计位置上。

南京长江大桥钢引桥的联结工艺是用铆钉烧红对正铆孔用风枪挤压铆死联结的，板层多达9层，板束厚达180毫米，共有155万个铆钉。工人在现场炉旁烧制时温度很高，劳动强度很大。陈昌言几乎每天都要在梁上爬上爬下，来回巡视检查，督促质检人员认真工作，并提醒工人：“铆钉要烧红烧透，达到一定温度，进孔要正，开裂弯曲的一颗也不能用，否则必须重铆。”铁道部的验收评语这样写道：“施工单位做了大量培养青年铆工工作，建立严格的检查制度，质量良好地完成了铆合工作。铆钉群整齐良好，铲除8个铆钉检查，钉孔填充率都在合格以上。”几十年来，桥上这150多万个铆钉的返修率极低，几乎可以忽略不计。铁道部的专家称赞他把“关”把得好，是“铆钉专家”。

1968 年 9 月，历时 10 年的艰辛建设，南京长江大桥铁路桥终于建成，定于 9 月 30 日通车。27 日晚，首次开行重载试验列车，双机车挂着 7 节装满货物的车厢，等待着发车的指令。大桥上站满了人，他们既兴奋又紧张，焦急地等待那揪心的一刻。望着黑沉沉的江面，司机心里有些发怵：铁路桥完全是国产的技术和设备，万一出现质量问题，机车就会坠入江底，桥毁人亡。他敞开工人阶级的大嗓门：把陈昌言喊过来，他上机车我才开车！陈昌言闻讯后没有丝毫犹豫，大步上前登上机车。司机拉下闸把，一声汽笛划破夜空，重载列车缓缓驶过长江，开了一个来回，人群中爆发出经久不息的欢呼。走下机车后，陈昌言轻松地说：“我有绝对的把握，大桥肯定没问题，绝不会垮……”

铁路桥通车后，“造反派”开始对陈昌言下手了，一顶“反动技术权威”的大帽子又扣在了他的头上，家门对面围墙上张贴着打红叉的大标语，陈昌言胸前挂着铁牌子在各个工地轮番批斗。有天晚上，陈昌言在家中谈道：“今天工地上有位工程师从桥面上跳下来自杀，摔下来就死了，真可惜。”他接着说：“人总不能自己打倒自己，眼下不是共产党的一贯作风，要相信真理。要我死，我才不死哩。”每天批斗回家，他把脸一洗，衣服一换，照常吃喝，像刚刚打了一场胜仗。“造反派”把他们一家 7 口从原来住的大房子里撵出来发配到工程处 8 平方米的小房子里居住。后来又将他送到湖北沙洋干校，成立所谓“陈昌言专案组”，边审查边劳动。这些陈昌言都熬了过来。最后经过长时间的调查，终于宣布：“陈昌言从未参加过国民党，没有欺骗组织。”

陈昌言生活上节俭朴素，烟酒不沾，除家中的生活必要开支外，他把节省下的钱都买了科技书籍。他不仅在技术上刻苦钻研，对外文也很精通。在大学时他已熟练掌握了英、德两种语言。为了工作需要，便于直接和苏联专家切磋技术上的问题，他自学了俄文，后来又自学了日文。像他这样精通四国语言的桥梁专家，在大桥局甚至在国内也是为数不多的。陈昌言在晚年还翻译了不少国外桥梁建设的文章和报道，在新技术推广方面付出了很多的努力。

陈昌言（前排中）与南京桥工作组成员合影

1985 年，南京长江大桥获得了国家科技进步特等奖，陈昌言代表 7 名主要完成者，到北京人民大会堂领奖。从北京领奖回来，陈老领着孩子们逛大桥，介绍大桥各个部分的结构原理，一句也没有讲自己。20 世纪 80 年代汽车还不多，陈老高兴地站在大桥路中央，留了张影。晚年的陈老高高胖胖，微微笑着，一副温文尔雅的老先生模样，笑着走进了科学的春光里。

陈昌言退休后在大桥留影

1991年3月6日，陈昌言因病逝世，享年82岁。家人按照他生前的愿望，将他的骨灰埋葬在长江南岸的象山上，让陈老每天都能望着他心爱的大桥，体味到那厚大的手掌抚摸钢梁时温暖的感觉。

方秦汉：儿子眼中的“钢霸”

在武汉凤凰山，我采访了华中科技大学自动化学院方华京教授。说起父亲方秦汉，他笑着说，父亲是我国多种桥梁用钢的开创者，有人就给我父亲起了“钢霸”的雅号。我童年时印象的父亲体质不太好，一直很消瘦，常年咳嗽，不擅言语，让我怎么也和这个威风八面的雅号联系不起来。

1925 年，方秦汉出生在浙江黄岩县一个较为殷实的橘农家庭，家里有 20 亩橘园。幼时体质弱，抗战爆发后，家道中落，父亲打算让他去学店员，但读书的大哥不同意，坚持让小弟继续读书，并自愿负担学费。1946 年 7 月，方秦汉和同学来到上海，考入清华大学土木工程系，掌握了系统的土木专业知识。1950 年 8 月，毕业后分配到铁道部，后来到武汉大桥设计组，在设计组长王序森的指导下工作了 4 年，取到了“真经”。王序森给了他直接的帮助，也让他有机会接触到苏联和国内建桥专家。他深入思考中国古代桥梁建筑，对大桥的结构有过深入的思考，虽然不善言语，但是志向宏大，心气极高，大桥的蓝图早在他的心里默默勾画。1954 年，武汉长江大桥的总体设计完成后，方秦汉独当一面，受命担任了湘桂线衡阳湘江大桥设计负责人。他运用所学，将正桥上部结构设计成公路铁路上下分层的连续钢桁梁，公路引桥为装配式钢筋混凝土结构。这在 20 世纪 50 年代是比较先进的，该桥被称为“小武汉桥”，初出茅庐，就一鸣惊人。

参加南京长江大桥设计时的方秦汉

1958 年，南京长江大桥建设启动，才 33 岁的方秦汉受命担任了南京桥钢梁设计组组长，负责大桥钢梁的安装设计。

新中国的铁路桥梁是在木石古桥的基础上起步的，但是铁路建设的发展，一下子就将方秦汉推到世界桥梁科技的前沿。为了研制出抗拉、抗压和抗剪强度都很高且相对较轻的匀质材料，方秦汉一方面自学钻研钢材资料，另一方面积极与鞍山钢厂、山海关桥梁厂密切交流合作，终于独立自主地研制出新钢种，其强度比武汉长江大桥用的苏联 3 号钢提高了 30%。新钢种研制成功后，并不意味着南京桥的建设就一帆风顺，尤其是在高强度螺栓表面处理上，需要增加摩擦力，减少磨损和防锈。当时流行的做法是对螺栓表面进行喷砂、喷锌或采用复性油漆。方秦汉经过试验发现这些方法不仅不能完全解决问题，反而会带来环境污染和很大的安全隐患。经过多方咨询和联络，最终协同宝鸡桥梁厂攻克了这个难题，他们使用在工厂里喷铝的方法来处理高强度螺栓表面技术，这样一方面不危害人体健康，另一方面又耐风化，同时也符合技术标准。

南京长江大桥的钢梁部件多，如果不掌握计算的技巧，很容易发生错误。而在当时，所有的计算都是靠计算尺一个数字一个数字拉出来的，其艰苦性可想而知。仅钢梁杆件截面的选定，他就带着十多个人计算了 4 个月，这种复杂繁重而枯燥的工作，靠头脑也要靠体力，更要靠意志。单挑一幅杆件交会处节点板上钉孔的分布图来看，就令人眼花缭乱，头晕目眩。想到整座桥梁的钢梁该有多少张表、多少幅图、多少个数据啊，而每一个数据的正确与否都关系到桥梁的安危。设计超静定的桥梁钢桁梁，方秦汉已经是第 4 次设计了，已经有了充分的把握，不会出错。但是，在 1959 年底，钢梁设计完成后，他得知中国科学院计算技术研究所有电子计算机，就提出委托该所进行核算。该所创建于 1956 年，是中国第一个专门从事计算机科学技术综合性研究的学术机构，不久前刚刚研制出我国第一台通用数字电子计算机。计算所运用计算机核算，证明方秦汉他们的计算准确无误。之后，南京长江大桥钢梁的安装计算都是交由电子计算机完成的，节省了大量的人力和时间，提高了设计质量。计算所还为他们培养出第一代电算人员，大桥局是铁路系统最早引进电算技术的单位。

钢梁的架设需要精心设计和施工。不用说正式拼装、架设，仅是钢梁的存放、预拼场的设置、杆件的转运、临时墩及墩旁托架等附属结构的设计、构建等就颇费心思，稍不留意就会带来意想不到的后果。从开始架设直到全桥合龙，他一直在架梁的最前线，和工地的施工人员密切配合，保证施工的万无一失。

说起那时的父亲，方华京说，他那时在南京工地，一待就是 10 年。来武汉的时间很短，手里总是提着一个黑色的手提包，里面装着计算尺和本子，一副忧心忡忡的样子，总是在思索什么问题。和他说话，他也心不在焉。偶尔也逗我们玩，玩着玩着，讲着讲着，就走神了，陷入沉思之中。现在想起来，这与工作繁重有关系。父亲讲故事也是和南京桥有关，就是送给孩子的礼物，也多与桥有关。至今，方华京还保存着父亲送给他的一套《南京长江大桥》明信片。父亲虽然一心忙于工作，但从未放松对我们的教育，有一次他检查我的数学作业，发现一道题没有做对，立刻沉下脸来训斥说：你这样马马虎虎，将来怎么做工程师？对于工程来说，图纸就是法律，不能有半点差错。夜已经很深了，父亲还在伏案审图，这种严谨认真、一丝不苟的精神，深深影响了我。那个年代，没有个人的名利，只有集体的荣誉，大家都在为国争光，拼命奉献。

南京长江大桥通车前夕，方华京来到南京看望父亲，工地虽然一片繁忙，但是紧张有序。工人们在呛人的浓烟粉尘里给钢梁除锈，学生们手工打磨水磨石地面，战士们排着整齐的队形席地就餐。有艘货船撞了桥墩，方秦汉和军代表坐船去检查。桥墩旁边的涡流很大，小船反复几次才靠近。经检查，墩座只受了点“皮外伤”。大桥就要通车了，方秦汉带着儿子到大桥下，因为整日繁忙的工作，竟没有留下一张照片，如今要告别大桥，转战他乡，所以才迫切地希望在他设计的钢梁前拍张照片。因为这里属于军事禁区，又在“文革”期间，守桥战士严肃地制止拍照。所幸的是随行人员与警卫很熟，说明他就是这座桥梁的设计者。战士顿时肃然起敬，同意儿子为父亲拍张照片。照片效果不是很好，而且逆光，但方秦汉一直妥善地保存着，这张照片时常给他信心和力量。南京长江大桥建成后，方秦汉主持编写了《南京长江大桥技术总结》一书，为桥梁界所瞩目。

1968 年，方秦汉在南京长江大桥

回顾南京长江大桥建设，方秦汉总是谦虚地说：“山中无老虎，猴子称大王。不是英雄造时势，而是时势造英雄。”在南京桥这个大舞台上，他尽展才华，也从此奠定了他在桥梁建设领域的地位，成为领军人物。此后，他相继主持了四会北江大桥、京山线蓟运河大桥、天津子牙河新虹桥、天津海门开启桥、长东黄河大桥的设计。1975 年，方秦汉奉命主持九江长江大桥的钢梁设计和科研，历时 20 年，创造了厚板栓焊钢梁新结构，解决了大跨度钢梁架设和合龙问题，实现了九江桥全伸臂架设 180 米跨度和 216 米跨度的中间合龙，并达到了合龙误差仅 2 毫米的世界先进水平。九江大桥获得国家科技进步一等奖，方秦汉排名第一。1996 年，71 岁的方秦汉又一次挂帅出征，接过设计跨世纪的标志性工程、我国首座公铁两用大型斜拉桥——芜湖长江大桥的重任。他大胆尝试钢筋混凝土桥面板与钢析梁结合、正桥主航道 9—12 号墩采用大跨度、副航道采用三孔一联连续钢析梁结构方案，解决了该桥受三个标高所限的难题，而且还节省了大量钢材，减轻了桥体自重，使大桥整体曲线优美，桥面平直设计水平达到世界先进水平。1997 年方秦汉入选中国工程院院士。

2008 年，时隔 40 年后，方秦汉在南京长江大桥

几乎长江上的每座大桥，都凝聚了方秦汉的心血。他设计的那些气贯长虹的大桥，如同一条五彩斑斓的画廊，把人们引向波澜壮阔的奇峰异景之中。

2017 年，笔者在中铁大桥局查档时，在厚厚的卷本后面，不经意间发现夹着两张不大的纸，是用便笺写的信，没有列在文件的目录里，后面署名方秦汉。看着一行行秀气的笔迹，仿佛还留着大师的体温，心中不禁一阵惊喜。因为字迹比较小，有的笔画辨认不出来，我请方华京教授亲自校订一遍。信是方秦汉写给当时大桥局勘测设计处处长王序森的，根据信中的内容推测，此信应该写于 1962 年，内容是桥研所王所长谈的明年几项工作，从中可以窥见钢梁设计的繁复程度。

王处长：

您好。

桥研所王所长来谈，桥研所现即着手拟定明年研究项目，有关钢结构部分，拟请您来宁共同商定。经请示刘总并指示，您暂勿来宁，要我先了解一下桥研所明年列入的有关项目，并向您汇报。

下列这些研究项目都是王所长谈的，许多啰啰唆唆的文字是我加上去的。

（1）南京桥安装模型试验，即目前委托铁研院进行的试验。最近马工程师等在铁研院联系提出的实验项目，基本上包括在最早我与铁研院联系的项目内，那不过更具体化而已。其中空气动力试验，可能是增加的项目，是否值得做，可能曹总已与您商量过了。（主办问题）

（2）节点模型试验。王所长说这是有三根杆件交汇一点的节点模型，我想可能就是伸臂安装时两联间临时连接部分的模型实验。根据组内同志的计算，这部分的节点刚性影响次应力比较大。我上班后对这些计算进行了学习，可能据以计算的假设，偏于安全并且与安装时的实际情况亦有不符之处，修正的计算限于人力尚未完成。从节点的实际结构来看是比较复杂的，很难用简单的计算来反映实际的应力情况。但从以往桥梁的施工经验表明，这种构造还是可行的。如果条件许可，提高设计质量，做一下试验还是必要的。马工程师在京曾向铁研院提议这个试验项目，曹总或许亦已与您商量过了。

（3）厚板束的铆合试验及剪切试验。王所长说铆钉由桥梁厂供给，桥处铆合，勘设处提供设计资料，我想施工处也应该要参加的。

（4）国产16锰钢的试验，这是部定研究项目。听说国产的6锰钢达不到国定标准。我想南京桥钢料的唯一来源指靠国内生产，1967年通车方案有可能实现的话，桥研所似可多做一些这方面的研究工作。

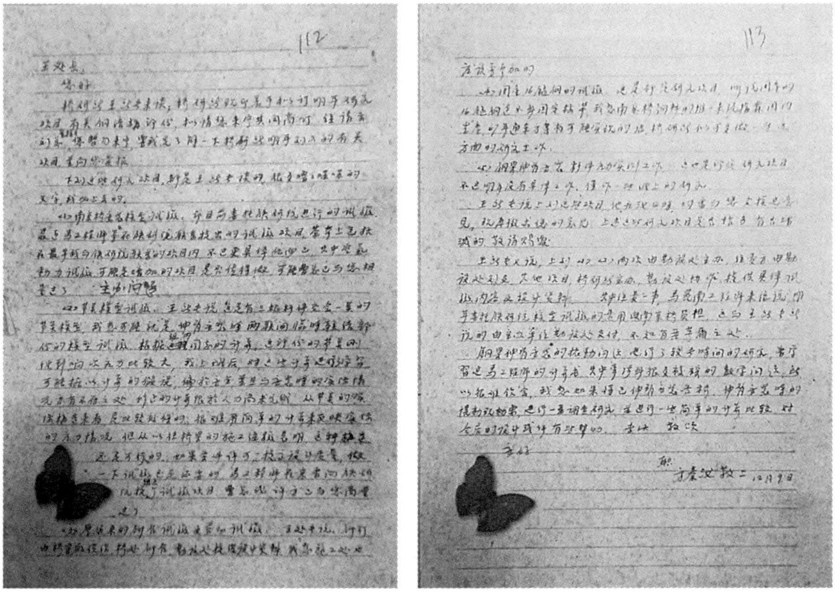

1962年方秦汉写给王序森的信

（5）钢梁伸骨安装杆件应力实测工作。这也是部定研究项目，不过明年没有具体工作，仅做一些纸上的研究。

王所长说上列这些项目，他在汉口时均曾与您交换过意见。现再征求您的意见，上述这些研究项目是否恰当，有否增减的，敬请赐处。

王所长又说，上列（1）（2）两项由勘设处主办，经费亦由勘设处列支，其他项目桥研所主办，勘设处协作，提供具体试验内容及设计资料。其中经费一事，马冕南工程师来信说，明年委托桥研院模型试验的费用由南京桥负担，这与王所长所说的由主办单位勘设处支付，不知有无矛盾之处。

钢梁伸臂安装的振动问题进行了较长时间的研究。曾学习过马工程师的计算书，其中牵扯到很多复杂的数学问题，所以很难领会。我想如果将已伸臂安装各桥，伸臂安装时的震动现象，进行一番调查研究，并进行一些简单的计算比较，对今后的设计或许有些帮助。专此，敬颂

安好

生活中的方秦汉不同于学者型专家，没有知识分子架子，平易近人，又十分健谈，无论是干部工人还是技术人员，都愿意和他交朋友。他没有记笔记的习惯，无论多少数据，都装在脑子里，脱口而出，丝毫不差。方秦汉的办公室在6楼，坚持每天步行上楼梯，没有人看到他乘电梯上下班。父亲的风范也深深影响了家人，说起当年的往事，方华京几次哽咽。

马冕南：
北京之行让大家吃了定心丸

在大桥局，马冕南是个传奇。他的母亲是上海名流舞女，他的父亲曾留学美国，回国后曾创办了上海江南造船厂，并担任第一任厂长，国民党海军中将。1949 年随国民党撤往台湾，将他们孤儿寡母留在上海。

马冕南在上海交通大学毕业后就参加了武汉长江大桥的钢梁设计和建设。他天资聪颖，又勤奋好学，第一个用自制的电子计算机为武汉长江大桥反复演算。他自己制作的计算机像台缝纫机，按他的马苏式 S 公式演算的精密度不差分毫。看到操纵万能吊机的司机每天都要攀登几十米在高空作业，十分辛苦，又不安全，只改装了一个小小的遥控器，就使工人坐在地面按电钮就可以操作了。他不仅自己努力、苦心钻研，还热心培养一批新的技术人员，买技术书籍一般都是买两套，一套自己用，一套大家公用；买自行车也是两辆，一辆自己骑，一辆借给大家骑。他因公出差从来不用报差旅费，向困难的职工总是伸出援助之手，钱和东西只有借出去的，从来不要收回。而他自己长期艰苦朴素，吃大食堂，上班下班都是那套青蓝色的劳动工作服。困难时期，天天在食堂吃五分钱的菜，一心扑在桥梁事业上。他被评为“学毛著”的先进典型，入了党，参加国庆游园，在中山公园里见到了日夜想念的毛泽东主席。

南京大桥正桥钢梁结构的设计用手工计算是相当困难和复杂的，当时设

马冕南在接受采访

计组有少量的手摇计算机，工作起来轰轰地想，像个机械车间。马冕南在工地设计组中是唯一精通电脑的工程师，也是全路仅有的几个计算机专家之一，曾被铁道部借去编程。经过严格的政治审查，工地派马冕南到北京去上机。当时需要验算的工程项目很多，排队排了很长时间，但是验算起来很快，几十个人几个月的工作量，计算机须臾之间就完成了。通过鉴定证明，电子计算机计算的结果非常精确，假定的大桥力学模型是合理的，我们自主设计的大桥是安全可靠的。马冕南的北京之行，让大家吃了定心丸。

马冕南母亲在“文革”中受到批斗，不堪屈辱，悬梁自尽。马冕南因为响应号召，贴“大字报”也深陷旋涡，自身难保。回上海处理完丧事后，他将父母亲留下的私房和全部遗产统统交公，放弃继承。后来传说大桥的设计图纸丢了，又怀疑到马冕南，他在上海被捕，押来南京反复审问、对质，马冕南坚决否认。就这样折腾了约两个月，毫无结果，只好把他放了。

马冕南如今孤身一人居住在九江，年近九旬。提到那段经历，一生桀骜不屈的马冕南仍愤愤不已。

林荫岳：设计平衡重止摆船

大事业总会有大悲大患。在正桥基础施工过程中，发生了惊心动魄的险情。

1964 年 9 月 18 日 20 时 35 分，在秋汛洪水的冲击下，意想不到的情况发生了，连接南岸一侧导向船的边锚，其直径为 43.5 毫米的钢缆居然在水中被磨断了，5 号墩沉井开始晃动。第二天 17 时 10 分，又传来第二根边锚绳断裂的消息，沉井左右晃动加剧。第三天，第三根边锚锚绳断裂，沉井朝南北向摆动幅度加大。负责 5 号墩建造任务的二桥处采取应急措施，一天就补抛了 3 个 25 吨重的混凝土锚。然而，其中的一根第二天就断了。22 日又连续断了 4 根。截至 23 日 19 时，5 号墩导向船组的边锚断裂数累计达到了 9 根。

林荫岳

建桥工人以“人在沉井在，誓与沉井共存亡”的英雄气概迅速投入抢险作业。

接下来就是 3 天狂风暴雨，沉井摆动时绷得很紧的前定位船缆绳被上游冲下来的稻草、草包等漂浮物缠绕。如不及时清除，就会增加缆绳的负荷，使缆绳绷断。工人们冒着生命危险，顺着缆绳滑下去清除缆绳上的漂浮物。通往配电房的水下电缆，因遭受长时间洪水冲击，突然断了，顿时沉井上的照明灯熄灭，各种机械停止了工作。接通电源必须上到沉井下游30多米外的江中“孤岛”配电房，通往配电房的跳板因风浪大早已拆除。在这关键时刻，共产党员、电工杨卫东挺身而出，与电工王耀宗及另一名水手领受任务。他们乘着橡皮筏子前行，一连两次都没有成功。后来，他们改用小舢板顺着水势冲上去。当他们冲到离配电房1米远左右的地方时，杨卫东顺着手电筒光束，猛地挥起手中的竹篙，钩住管柱上的吊梯。借着浪涛的颠簸，纵身跳上配电房，随即接通电源，施工现场顿时又灯火通明。在抢险的日子里，因为风大浪急，岸上的人无法到桥墩上去换班，墩上的职工就连着干了三天三夜。当时墩上有简易食堂，饿了，啃一口冷馒头；累了，就在船上打个盹，接着又干起来。

许多技术人员一个多月的时间就一直住在桥墩上，晚上家里人会送来换洗衣服，像地下工作者接头似的，就在岸边，很短暂的交谈一下。许多人去值班时就说：我现在去值班，能不能回来都不知道，心里虽然有点怕，但还是要去。中国人自己修的桥，不能出事情，哪怕我牺牲自己，也不能让桥垮。

一波未平，一波又起。9月28日，四桥处负责建造的4号墩沉井也发生摇摆，入水深度达19.3米，最大摆幅达58.6米。一个面积接近篮球场、重量达7000吨、足有7层楼高的悬浮体，以3分钟的周期，二三十米的摆幅，在江心摇荡。工地上每个人的心都提到嗓子眼里。

情势危急，大桥工程局立即向全国各地紧急求援。铁道部安排专车从大连运来加粗缆绳，沿途各站将专车通过情况及时通报工地；上海、沈阳用特快和专车送来加粗缆绳；工地需要锚链，浦东造船厂迅速赶制；青岛、连云港、东海舰队派员支援。因为浓雾笼罩长江，风大浪急，大小船只都已停航，武汉长航两艘2000匹马力的拖轮闻讯后连夜生火，破雾夜航，仅用十几个小时就赶到南京，立即夹住沉井，左摆左顶，右摆右顶，连续工作了一个多月，创造了该轮开机时间最长的纪录。

在抢险过程中，技术人员先后试验了“顶推法”“摩擦法”“收紧放松法”，但始终不能解决问题。为避免井毁桥亡的灾难性后果，大桥指挥部紧急下达一道密令：万不得已时，砍断主锚绳，让沉井顺水冲下去，保住墩位。这是一个“两害相权取其轻”的无奈决定，且不说风浪之中砍断主锚绳可能会引起人员伤亡，就是沉井真的冲向下游，沉入江中，也会对长江航运产生极大影响，只有迅速止摆才能保住墩位和沉井。

后来大家冷静分析，沉井摆动是桥孔压缩使水流紊乱、边锚受力不均失去平衡所致。当时正值长江第二次洪峰来临，水面上停靠众多船舶，桥墩全面施工，形成较大的挡水面积，造成流速增大，流向紊乱。从理论上说，摆动是由于卡门涡流效应，涡流的自激作用促使浮体振幅扩大。大家经过深入研究，决定采用“平衡重吊重法”原理来止摆，即用沉井摆动的能量把平衡重提起，然后再用绞车把平衡重放下的消能止摆方法。

二桥处 31 岁的年轻工程师、设计组长林荫岳收集了沉井摆幅的时程曲线资料，对 7000 吨浮体的横向摆动力做了理论分析，经过周密计算，浮体横向摆动的力只有 20 吨。摆动物体所含的动能，来自滔滔不绝的水流冲击力。如何把这个动能转化为做功？他提出“平衡重止摆船”的古老设计构思。这个装置的原理是两个边锚锚缆分别通过一个挂在支架上的平衡重，锚缆的一端联结在卷扬机上。浮体摆动时随着锚缆的张弛，卷扬机使平衡重始终保持悬吊状态。

林荫岳的设计方案经过论证后被领导采纳，他以最快的速度拿出平衡重止摆船设计图纸，工人们在现场日夜加班赶做。它由一艘铁锚船、一个钢支架和一块 15 吨重的钢锭组成，船体、钢架、重块随沉井摆动而起落。10 月 4 日开始拼装，8 日将两艘船拖靠到 5 号墩导向船两侧，试运转时发现船首导引钢缆转向的马口状态欠佳。他又连续奋战 30 个小时，设计出一种立体的双向马口图纸，既省工省料，又容易制造。12 日开始启用，浮体的摆幅大大缩小。紧接着，林荫岳又设计了一种钢丝绳测力架。18 日，工程队将 5 号墩的全部边锚在受力均匀的前提下逐步收紧。就这样，摆动时间达 1 个月、摆动次数 1.3 万余次、先后断过 12 根锚缆的 5 号墩浮体在 10 月 19 日终于被稳定住了。11 月 6 日，两艘止摆船继续用于 4 号墩作业，10 个小时后，4 号墩浮式沉井也停止摆动。

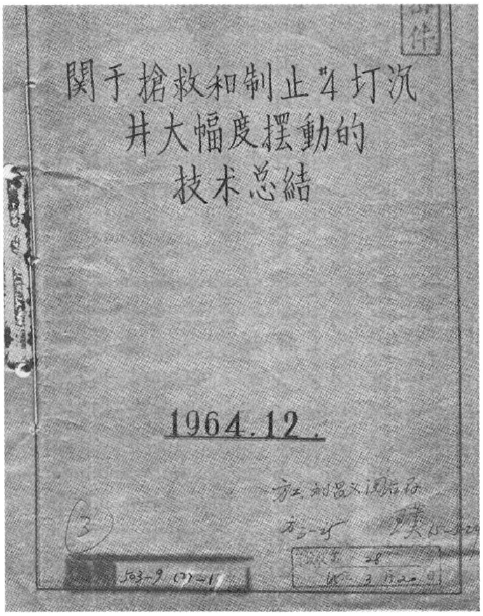

4 号墩止摆总结

5 号墩止摆总结

林荫岳等参加国际桥协大会

繁忙的大桥工地

有时候，一种心物碰撞的契机，会突然把人的经验一层层剥开，科学隐秘的大门也就随之一重重开启。

11 月，二桥处召开 5 号墩止摆总结大会，林荫岳获得了一等奖，领导让他编写了《5 号墩止摆总结》。1980 年 9 月，在维也纳召开的国际桥梁与结构学会召开的第 11 届大会上，林荫岳宣读了和殷万寿、赵燧章合写的论文《深水浮式沉井的摆动》。林荫岳潜心钻研，屡有建树，以后担任了大桥局副总工程师、教授级高级工程师。

由于 4、5 号墩沉井左右摇摆，使工期延长近半年。抢险结束后，为了挽回耽误的时间，工人们加班加点抢进程。

钟训正：中国精神的一江春水

初春的午后，飘着淅淅沥沥的小雨。从北京东路拐进一条小巷，浓密的绿荫里掩映着20世纪的几座住宅楼，外表涂着灰色的水泥，显出旧相。但是楼道十分整洁，难得的是闹中有静，南京长江大桥桥头堡红旗雕塑的设计者钟训正就住在这里。

钟训正是湖南武冈人，1948—1952年他在国立中央大学（南京大学）求学期间，得到我国“一代建筑宗师”杨廷宝、童寯等先生的赏识和直接的指导培养，这为他日后在建筑学领域取得显著成就奠定了基础。毕业后，先去湖南、武汉支援建校，1954年起在南京工学院（现东南大学）任教，1997年11月当选为中国工程院院士。钟老今年92岁，面色红润，精神矍铄。老人平静地向我们述说他和大桥之间的故事，尽管其中的情节我们已经大致知晓，但是从钟老口中自己讲出来，这其中的情感，带着岁月磨砺的沧桑，还是让我们感到建筑的诗意在涓涓流动。

在钟训正的记忆中，从1958年起，南京长江大桥就开始桥头堡的设计。最初设计方案大致与武汉长江大桥差不多，只是大一些而已。大桥局不满意，于是在全国范围内征集方案，各大高校、各设计院纷纷参与角逐。南京工学院地处南京，自然是责无旁贷，势在必得。

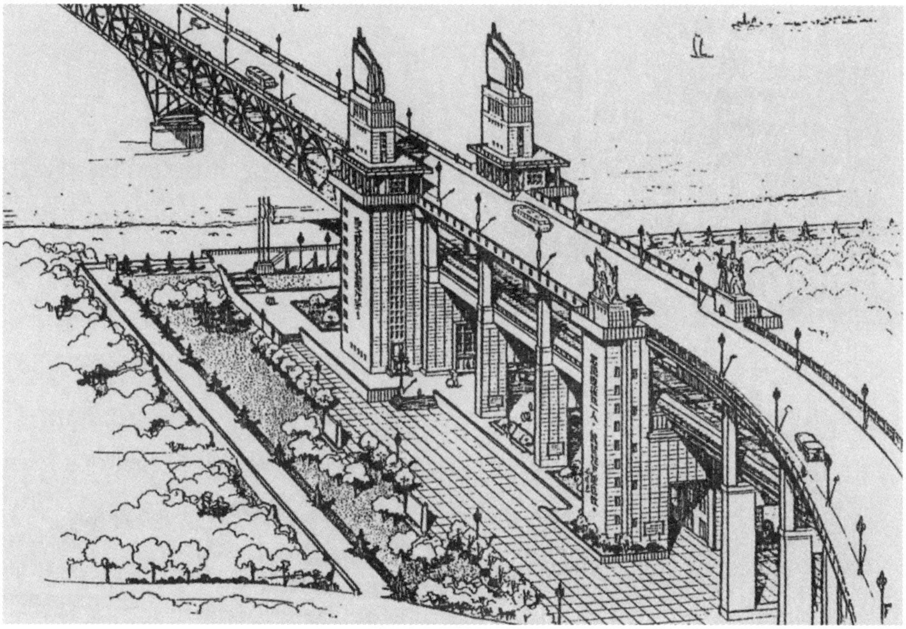

钟训正院士手稿

南京工学院建筑系被誉为“建筑师的摇篮”，大师级别的杨廷宝、童寯、刘敦桢等杰出设计师们，为中国设计了一大批具有代表性的经典之作，引领了整个中国建筑行业的潮流，也使南工成为中国现代建筑教育的发源地。半个多世纪以来，其建筑专业便一直与清华分享着“执中国南北建筑牛耳”的盛誉。南京工学院设计的南京工艺美术大楼、新华书店、国际展览中心、南京师范大学新校区、阅江楼景区等，动辄建筑面积上万，工程造价过亿，组成了南京城市建筑群中不可或缺的脉络。

因为关系到学校的荣誉，校领导决定打破学校教学程序，动员建筑系所有的教师、学生共同设计，先在学校内进行评选，评出的优秀作品再送交铁道部。教师和同学也都憋足了劲，在前二轮方案研究的基础上，由系主任刘敦桢会同杨廷宝、童寯诸先生，带领全系教师及全部高年级学生，投入了第三轮方案的研究。最后在百余种方案中选出了 7 个推荐方案、38 个备选方案参加全国性方案竞赛。当时全国送交的桥头堡方案，可谓五花八门，让人看

参加竞选的部分桥头堡设计稿方案

得眼花缭乱。在设计风格上，有中式和西式兼备，有中国古典攒尖顶式，有西洋古堡式，有凯旋门状拱券式，还有象征新中国时代形象的红旗式等。这些方案曾在北京展出，征求广大群众及有关单位的意见。

南京著名的“老字号”福昌饭店，地处市中心的新街口，始建于1932年。饭店主楼为6层，为当时南京最高建筑，也是当时西方现代派建筑代表作之一。饭店内拥有当时世界最先进的、国内少有的OTS手摇式电梯。当时的南京城只有两部，一部在国民政府办公大楼“子超楼”内，另一部就在福昌饭店。许多宾客的第一顿西餐、第一杯咖啡、第一口茅台、第一次约会都是从“福昌”开始的。1952年起由南京市政府交际处承租，作为重要内外宾的接待场所，“文革”时期曾一度改名胜利饭店。

1960年3月19—22日，福昌饭店见证了一个重要的时刻。由中国建筑学会专家组成的设计方案讨论委员会，在南京福昌饭店对全国17个单位送交的58个方案进行审定。最后经过反复评议，呈送中央3个推荐方案，其中两个是南京工学院青年教师钟训正的作品——红旗和凯旋门，另外一个是北京建筑科学院的群雕作品，设计者恰好也是南京工学院毕业的。钟老回忆说，20 世纪五六十年代因为全国的特大建设项目不多，遇到南京长江大桥这样的大项目，高校、设计院个个摩拳擦掌、跃跃欲试，因此竞争激烈。在设计红旗时，考虑一面不行，太单薄了，所以把红旗做成一个体积，比较有分量一些。当时的钟训正才 31 岁，在大师云集的建筑界，是初出茅庐的小字辈。

当初选方案定了以后，钟训正也跟着到了北京铁道部，等候周恩来总理的审定。那段时间周总理正好出访南亚国家，回来接着开会，他们就一边等，一边再加以修改。当初方案是两面红旗，后来结合当时的形势，改成了三面红旗，象征总路线、“大跃进”和人民公社。

在北京等了差不多一两个月，始终没有排上计划，后来得知周总理到上海开会，铁道部领导就把方案带到上海汇报，由周总理亲自拍板，选定将红旗方案作为主要方案，认为它简洁大气，富有时代气息，并将红旗群雕方案

1961 年最终入选方案

2016 年 10 月 19 日，钟训正院士夫妇在大桥留影。右一为南京大学城市建筑学院院长丁沃沃，左一为鲁安东教授

进行综合。

建筑是无声的语言，它所塑造的灿烂辉煌，从来不墨守成规，也不故步自封。它从一开始就不是独白，而是一种对话，从钟训正成长的经历中似乎可以找到某些答案。

钟训正不倦探索国外先进经验和手法是在我国社会文化背景下实践的新途径。早在 1958 年，钟训正与北京工业建筑设计院合作设计北京火车站，他所作的综合方案（造型），就是周恩来总理选定后实施建成的。20 世纪 50 年代，在中苏友好的背景下，国内建筑大都学习苏联的建筑形式，刮起一阵欧式风。1953 年赫鲁晓夫上台后，推行简单实用的建筑模式，必然波及中国建筑思潮的转向。钟训正敏锐地觉察到事态的走向，以最简洁的建筑语汇、最鲜明的时代特征，从众多的作品中脱颖而出，被周恩来总理的慧眼相中。

1963 年 3 月，南京长江大桥指挥部将征集到的 17 个单位的 58 个方案摄成照片，汇订成册。从中可以看到，桥台的方案都具有大体量、高基台的新古典主义特色，笨重、繁杂，苏联建筑的风格非常明显。而钟训正的作品，流动着的则是中国精神的一江春水。

钟先生的弟子们编撰了一个记录钟先生学术成就的专辑，钟先生看了以后一脸茫然，诧异地问道："你们是在说我吗？我听着好像是另一个人。这个人的确很好，但不是我吧？"众人大笑："我们写的都是真事儿。"钟先生从来都认为自己是一个普通的建筑人，做了他应该做的事。钟老的爱人说："在他的眼里，红旗雕塑只是他无数个作品中的一个，并没有什么特别之处。"他们家离大桥并不远，桥头堡落成以后，很多年他都没有来过。

做一个普通人，严谨治学，心静如水，在争做名人、力求一鸣惊天的当下，钟老的品格尤为可贵。2018 年，钟训正在其 90 寿诞之际，决定向建筑学院捐赠 50 万元。受到先生大义行为的感染，弟子们在征得先生的应允后积极跟随捐赠，并共同商议在东南大学教育基金会成立“钟训正—青蓝基金”，启动金额 160 万元，用以激励建筑学院的学子在建筑设计领域的学习、探索和创新。

我曾经在一个夏日的午后，披着满街的绿荫，来到福昌饭店。此时的饭店空无一人，我从一楼走到三楼，即使以今天的眼光来看，福昌饭店依然豪华、气派，浓重而不失活泼的色调，自然优美的线条，给你豪华舒适、至尊至贵的体验。我仿佛看到 100 多张图纸依次摊开，评委们时而驻足细观，时而悄声交谈，现场气氛热烈紧张。最后大家围坐在一起，反复比较，各执一词。3 月 22 日的傍晚，一大片橙色的夕照带着窗棂和外边的树影，斑斑驳驳投射在桌上，金灿灿放着光芒。评委们依次投票，由主持者宣布结果，一锤定音……

黄壬年：26 岁设计了“工字堡”

说出来可能很多人不相信，南京长江大桥原来的设计图纸上并没有“工字堡”，是由于建桥工人的动议，临时设计建造加上去的。

南京大桥的桥头堡，已经成为南京的新地标，人们都很熟悉，而对工字堡则有些陌生。笔者以前多次从大桥经过，汽车开得飞快，一直没有留意，老照片也遍寻不到。工字堡在上桥口，南北各有两座，用来分隔地面道路和引桥。由于长期被广告覆盖，隐身数十年，以致许多市民和外地游客都忽略了它的存在。2017 开始的大桥维修，才让它露出真容。

黄壬年（摄于 1960 年代）

工字堡的设计者是黄壬年。偶然一次听说，黄老退休后住在苏州的古镇附近。一个星期天的上午，我打开高德地图搜索古镇周边的小区，然后再找到小区物业的电话，撒网似的挨个地拨打。等打到第五六个电话的时候，接电话的是一个中年男子，飘来我期待的消息：“哦，是黄老师，我认识他，他就住在我们小区。”很快和黄老师联系上了，76 岁的老人热情爽朗，听声音仿佛还是那个青春似火的青年……

“文革”动乱中的1968年3月，南京市革命委员会生产指挥部成立城市建设交通组，城建局副局长王鑫任组长。为了适应大桥施工现场的需要，又临时组织了一个生产班子，与南京市勘测设计院的技术人员在工地上相互配合，保证了大桥工程建设的顺利进行。这年夏天，市里的设计人员按上级通知都要去“五・七”干校学习，但大桥年底前就要全面建成通车，工地目前正是紧张施工的阶段，把技术人员抽走了，无异于釜底抽薪。王鑫急忙找到省革委会副主任彭冲，向他反映大桥施工急需技术人员的情况。彭冲果断拍板：“市勘察设计院的全体同志不要去‘五・七’干校劳动了，改去大桥工地参加施工劳动，边劳动边解决施工中遇到的难题。”彭冲没有想到的是，他这个干脆利落的决定，不仅雪中送炭，还催生了上桥的标志。

那是个没有尊卑、敢想敢说的年代，工人不但是“老大哥”，而且名义上被赋予“领导一切”的地位。在公路桥施工中，有工人师傅提建议说：大桥正桥有个桥头堡，而上公路引桥好像缺少一个标志性的建筑，建议在上引桥处也修建一个建筑，与桥头堡相对应。勘测设计院领导对此极为重视，马上发动技术人员提出方案，一共设计出20多个方案。后经市领导审查，从中批准了青年工程师黄壬年的“工字堡”方案，那时黄壬年只有26岁。

黄壬年当时想的是，这个小堡既不能超过主桥的桥头堡，还要成为具有鲜明的时代特征，和当时的政治氛围吻合，便想到了工人阶级的“工”字。他设计的工字堡，上部四面各有一个“工”字，不论站在那个方向，都能看到这个醒目的大字，体现了南京长江大桥是中国工人的伟大创造，既朴实又美观。工字堡的内外侧立面各有一个红旗齿轮图案，代表中国共产党领导下的工人阶级。面向入口的立面，一左一右书写着当时流行的语句：“大海航行靠舵手，干革命靠毛泽东思想。”建成后的工字堡高15米，底部是3×3米的正方形，里面是一个小房间，拱形门。堡顶转角处安装了四个方向的灯，到晚上可以看到堡顶上的四面灯光像宝塔熠熠闪亮，照耀着人们步入大桥的方向。此外，工字堡还和值班亭、花台巧妙地结合成一体。

由于时间紧迫，从设计到建成，只用了几个月的时间。建成后，工字堡

工字堡

今日工字堡

南京长江大桥公路桥施工

一方面作为南京长江大桥的入口标志，另一方面也作为警卫岗亭使用。大桥通车后，是护桥部队 24 小时持枪值守的一个哨位，1980 年代此哨位被取消。1990 年代，这里糊满了广告，被商业的浪潮吞没，从此工字堡的真容就不容易被人们看到了。

黄壬年生长在家家枕河的苏州水乡，从小就喜欢绘画，1961 年毕业于南京建筑工程学校（现南京工业大学）工业与民用建筑专业，分配在建筑设计室。虽然只有中专学历，但是由于心有灵犀，鉴赏独到，很快在设计院崭露头角，被破格评定为高级建筑师。当时，南京市鼓楼国庆检阅台、新街口广场标语

黄壬年近影

塔在全市征求设计方案，黄壬年的方案被接连选中。西哈努克亲王准备来玄武湖游览，迎客亭也出自黄壬年之手。大桥通车时，黄壬年为通车庆典设计了主席台，为此受到省领导彭冲的专门接见。黄壬年后来还参加了侵华日军南京遇难同胞纪念馆和渡江战役纪念碑的设计。在朴实无华中超凡脱俗，在超凡脱俗中返璞归真，黄壬年准确地把握了那个时代的特征，成为最为风光的着色者。

黄壬年编写的书籍

黄壬年精心保存的大桥开通纪念茶杯

执着于对美的追求，多才多艺的黄壬年还编辑出版了《苏州古典园林》《建筑花格集锦》《庭院住宅及市内装帧设计 100 例》等多本大众读物，深受读者欢迎。大桥通车后，奖励参建者每人一个景德镇生产的白瓷茶杯，黄壬年舍不得用，至今保存在包装盒里。他参与设计的工字堡等作品照片也完好地保存着，让我们如获至宝，庆幸找回了丢失的历史。

一瞬的灿烂焕发永恒的光芒。

龚锦涵：
一封 54 年前的感谢信

上海黄陂北路街道弯弯曲曲，一棵棵法桐都一般粗细，修长而又窈窕，好像同年生的姐妹，海军干休所就坐落在这里。海军潜水医学专家、正军级研究员龚锦涵家的客厅很宽敞，墙上挂着两幅很大的照片，是用镜框装裱起来的。一张是 1963 年周恩来总理调查“跃进”号轮船事故的照片，总理抱着臂膀向大家提问，龚锦涵紧挨着站在总理左侧，参与汇报。另一张是 20 世纪 90 年代，江泽民视察“蛟龙”号载人潜水器。龚锦涵穿着白大褂，打着手势，在讲述着什么。两张照片，一张黑白，一张彩色，显示着主人不凡的经历。

龚老已经 90 岁了，身体硬朗，至今还保存着 1965 年 1 月 3 日大桥二处潜水班写给他的感谢信。谈起为南京长江大桥做医学保障的往事，清晰如初。

南京长江大桥是我国自主设计的第一座特大型桥梁，在建设过程中遇到了数不清的困难。毛泽东主席党中央号召全国人民支持大桥建设，其中深潜水作业的难题，就是海军医学研究所帮助解决的。

那是 1963 年的冬天，南京大桥工地派人来到位于上海的海军医学研究所，请求帮助他们解决潜水中遇到的困难。南京大桥一共有 9 个桥墩，其中 6 号墩位于江心，水深 32 米，水下的泥沙层也是 32 米，一共 64 米，而桥墩要穿过泥沙层打到岩石里面 2 米。冬季沉井里水温约 8℃，寒冷条件也给安全潜水、

龚锦涵

减压带来很大的困难。当时60米是国际上公认的潜水员极限，超过了这个深度，不仅不能有效地作业，还容易发生生命危险。

龚锦涵当时在潜水医学研究室工作，正巧承担一个课题，探讨一种新的潜水方法，叫作吸氧水面减压法。即在水面建一个减压的吸氧舱，潜水员出水以后，踩着木板搭成的栈桥来到驳船上，马上卸装进入加压舱，在暖和的环境中呼吸医用纯氧，逐步完成减压过程。而传统的水下减压法，是在完成水下作业后，按照计算好的潜水减压表，一站一站地停留减压。如水深60米，工作15分钟，在水下减压就要达到60分钟。这么长的时间，在夏天还能坚持，在寒冷的冬季冻得嘴唇发麻，反应迟钝，体力消耗过大，工作效率也低。接受任务以后，龚锦涵用了半年的时间做准备工作，制作了超过51.8米的和60米的减压表，安排十几个海军潜水员做了124个人次7—9个深度的试验。除此以外，他们还请大桥工地派两名医生到所里系统地学习潜水医学知识，制定了“水面吸氧法实施细则”、“深潜水医务保障条例”、“氧气安全使用规则”等六项规章制度和确保安全的预案，为水面吸氧减压法的实施提供了依据。比如脱卸潜水装具，使用的是12螺栓重潜水装具，潜水头盔与领盘间有12只螺栓固定，压铅、潜水鞋用绳索固定。因为构件十分笨重复杂，规定4分钟内完成。但是潜水员按照程序操作熟练了，只用一分钟就可以完成卸装，使出水后迅速升压到出水站时的压力间隔时间6分钟以内，保证了水面吸氧减压的安全。

当准备工作全部完成以后，1964年8月，龚锦涵带领一个工作组来到了南京大桥工地，进驻潜水班，和潜水员一起生活训练。他们先对潜水员进行了体检，把符合要求的人留下来，安排循序渐进的加压锻炼和水面减压训练，调整潜水员伙食标准，建立健康档案。到次年1月份，在大桥6号墩清底作业中，首次采用了水面吸氧减压法，一共做了17人、151人次的大深度潜水，其中60—65米56人次，66—67米95人次。每次凿岩、清岩后，往往不到一天，

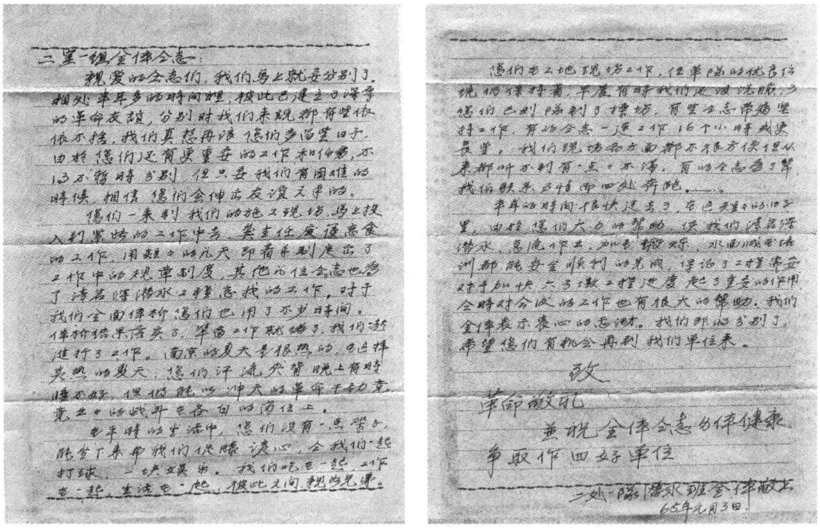

二室一组全体同志：

亲爱的同志们，我们马上就要分别了。相处半年多的时间里，彼此已建立了深厚的革命友谊，分别对我们来说都有些依依不舍，我们真想再留您们多留些日子，由于您们还有更重要的工作和任务，不得不暂时分别，但只要我们有困难的时候，相信您们会伸出友谊之手的。

您们一来到我们的施工现场，马上投入到紧张的工作中去，龚主任废寝忘食的工作，用短短的几天即着手制定出了工作中的规章制度，其他几位同志也为了搞好深潜水工程忘我的工作，对于我们全面体检您们也用了不少时间。体检结果落实了，笨重工作就好了，我们进行了工作。南京的夏天是很热的，在这样炎热的夏天，您们汗流浃背，晚上有时睡不好，但仍然以冲天的革命干劲兢兢业业的战斗在各自的岗位上。

在平时的生活中，您们没有一点架子，能坐下来和我们促膝谈心，和我们一起打球，一块娱乐，我们吃在一起，工作在一起，生活在一起，彼此之间亲如兄弟。

您们在工地现场工作，任劳任怨的优良传统仍保持着，早晨有时我们还没洗脸，您们已列队到了操场，有些同志带病坚持工作，有的同志一连工作16个小时或更长些，我们现场各方面都不很方便，但从来都听不到有一点一滴的不满，有的同志为了帮我们联系，多次带雨四处奔跑……

半年的时间很快过去了，在已过去的[illegible]里，由于您们大力的帮助，使我们深潜潜水、急流作业、加长软管、水面减压培训都能安全顺利的完成，保证了工程需要，对于加快六号墩工程进度起了重要的作用，同时对今后的工作也有很大的帮助。我们全体表示衷心的感谢。我们即将分别了，希望您们有机会再到我们单位来。

致

革命敬礼

并祝全体同志身体健康。

争取作四好单位

二处一队潜水班全体敬上

65年九月3日。

1965 年大桥二处潜水班写的感谢信

潜水员就能完成全部探摸，其间没有一个潜水员得减压病，也没有发生任何的医疗事故和潜水事故，保证了 6 号墩如期完工。龚锦涵带领的保障小组除了每天和潜水员工作在一起外，大家还生活在一起，业余时间大家打篮球，开展娱乐活动，结下了深厚的情谊。每天早晨，潜水员还没有起床，战士们已经在操场上列队了，始终保持着军人的严整和规范。临走的时候工地潜水员恋恋不舍，给龚锦涵写了一封感谢信，里面谈到了他们的心得体会。海军科研组回沪后，二处潜水班按照制定的有关条例和方案，继续实施潜水作业，勇闯难关，有 96 人次达到 69—71 米，还进行了高难度的水下电焊和切割，没有发生一例潜水疾病，实现了新突破。

2017 年 11 月 5 日，龚锦涵在家中接受采访

空气潜水（60 米以

技术人员正在调试减压舱

下和 66 米水面）减压法在 1987 年全国科学大会上获得了奖励，龚锦涵个人也被评为全国做出重大贡献的先进工作者。1995 年，美国来了一个医学军事代表团，龚锦涵和潜水专业的同行对口交流，他们带来的减压表上标注的还是 51.8 米。而这个记录，我们在 30 年前就打破了，达到了世界先进水平。说起这事，龚锦涵笑得像个孩子。

作为一名潜水研究人员，能为新中国的国家工程助力，他感到十分欣慰，也是他生命里的一段重要经历。当年在大桥建设中参加培训的两名潜水医生始终和龚老保持着联系，每年的春节还会打来电话，互致问候，唠唠家常。

王超柱：
工地上的三届中央委员

1960年代，在虎踞龙盘的南京大桥工地上，红旗飘展，歌声震天，一江激流成为任人驰骋的自由天地。这是一个造就英雄的时代，原本平静如水的日子，被激情燃烧得火红。

“北有王铁人，南有王大桥。”在南京长江大桥建设过程中，出现了一位享誉全国的工人阶级典型代表——王超柱。

王超柱1917年3月出生在山东省济南市长清县马山镇焦庄一个农民家庭，初小文化。小时候很苦，7岁时父母就双双离世，由哥哥抚养。后来从青岛坐船闯关东，被姥爷收养。姥爷的技术非常好，是架子工（即现在的装吊工）的领班，手把手地教王超柱。王超柱虽然文化程度不高，但是心灵手巧，悟性很好，很快就达到了该工种的最高技术级别——八级装吊工的标准，被评为工程师。在沈阳，王超柱曾被日本人抓过，准备去做苦力。王超柱趁看守不备，撬开车门逃跑了。后来到沈阳水泥厂工作，加入了中国共产党，1948年10月，在沈阳铁路桥梁厂工作。

1950年抗美援朝开始后，王超柱积极报名，冒着美军飞机的轰炸扫射，参加了抢修鸭绿江大桥等工程。1954年起先后任铁道部大桥工程局四桥处工长、领工员、副队长。王超柱善于装吊技术，热衷于技术革新，自创土办法，解决工程上的难题，因此被人们称为“工地上的工程师”。

1959年底，王超柱刚刚参加完重庆白沙沱长江大桥的建设，又风尘仆仆地赶到南京，投入到南京长江大桥建设。在打桩机还没有到位的情况下，王超柱提出打基础试验管桩的建议，并与工人们一起研究，用汽车做动力，试制成功了一台打桩机，将试验桩打到了设计的深度，为大桥建设赢得了时间。

南京长江大桥基础工程完成后，铁路引桥架梁任务又摆在建桥工人的面前。当时要把每片长31.7米、重100吨的预应力梁架到桥墩上，急需拼装一台50米高、40米宽的门式吊机。原设计拼装这台龙门吊机要三次合龙，待正式合龙后再拆除，这样费时又费工。王超柱认真钻研，提出了一次合龙的建议方案。王超柱带领大家不断优化方案，细化工艺流程，保证了门式吊机一次合龙的成功，比三次合龙提前工期几个月。

1966年夏，“文化大革命”开始，建桥职工分成两派互相“武斗”。王超柱凭着对党的朴素感情，看不惯这一套，哪一派都不参加。他动员一批老工人，成立了工人生产队，顶住各方面的冷嘲热讽和压力，每天坚持正常上下班。

1968年10月，南京大桥铁路桥通车以后，公路桥预定于当年元旦前通车。工程非常紧，许世友将军紧急调来富有施工经验的工程兵部队支援。长江北岸公路桥两侧各有一条平行的铁轨运输线，西侧的运输线十分繁忙，挤占、交会的矛盾很突出，严重影响了工程进度。这时，有技术人员提出把东侧的运输道搬到西侧来运预应力梁，这样不仅要花费大量人工，而且还使西侧铁道过多，互相干扰。王超柱和线路工研究后，提出一条建议，在13、14号公路桥中间铺设一条S形弯道，连接引桥两侧的铁道，增加两侧铁道的利用率，让运梁车和运料车顺利通过，不在铁道线上“打架”。为了切实解决这一难题，王超柱跑到两台运梁的台车跟前，仔细观察起每一个部位和零件来，琢磨了半天，终于找到一条安全通道。靠着丰富的实践经验，设计出的“S形弯道”解决了运梁和建桥墩的运输矛盾，大大提高了工作效率。大家说，实践出真知，土办法也能解决大问题。

大桥施工紧张阶段，有一台重型塔吊发生故障，是底盘中的一颗大如排球的钢珠坏了，塔吊不能旋转。这是台能吊装重达几十吨、上百吨水泥构件和钢梁结构的大型器械，按常规作业，先要把塔吊和底部转盘拆卸下来，把损坏的钢珠换掉，再逐步安装起来。这样要耗费3个多月的时间，严重影响施工进度。王超柱想出的“绝招”是，用8根杯口粗的钢缆从八个方向把塔吊从上到下牢牢固定，然后松开底盘螺栓，再用多台千斤顶同时把底盘上部平稳顶起，取出坏珠，换上新珠，只用3天时间就把故障排除了。这一绝活，让许多老桥工和技术人员佩服不已。

王超柱（右二）在大桥工地上

桥头堡建筑是大桥后期建设的一场攻坚战，其施工特点是：堡体高达10层，相当于民用建筑24层楼的高度，外部工程装饰采用汰石子，材料用量大，南北桥头堡共用木材2400立方米，钢筋419吨，混凝土3020立方米。按常规算，最快也要九个半月。施工中还遇到一个技术难题：按常规每砌一层，水泥凝固需要18天。王超柱建议：选用高标号的水泥，这样每层水泥的凝固期只有两天，可大大节省时间。大桥指挥部经过研究，采纳了他的建议。

在南京长江大桥建设过程中，王超柱的许多合理化建议都被采纳，深受江苏省革委会主任、大桥建设委员会主任许世友的赏识。大桥建成后，许世友设家宴，请王超柱等功臣喝庆功酒。

1969年4月1日，王超柱被选为中国共产党第九次全国代表大会的代表。开会的座位按照姓氏笔画排列，“王”的笔画少，因此坐在了主席台的第二排，正好在毛泽东主席身后偏右点的位置。有位新华社记抓拍到了这张照片：主席神采奕奕地坐在前面，微微侧着脸，王超柱则和一位年轻的解放军女代表微笑着鼓掌。在九大上，王超柱当选为中央委员。此后，又连任党的十大、

1970 年，王超柱父子在南京长江大桥合影

十一大代表及中央委员，被树为工人阶级先进典型的代表。

从北京回来的王超柱，已是中央委员。南京市革委会政工组下属的宣传报道组笔名“宁宣东”，到大桥工地采访。王超柱接受了两次采访，采写的文章最后以他的名字刊登在 1969 年 9 月 30 日出版的第 10 期（总第 217 期）《红旗》杂志上。王超柱的事迹被编入教材，翻译成外文宣传册和拍摄成纪录片。王超柱以后还担任过江苏省革委会副主任、湖北省总工会主任、铁道部大桥工程局党委副书记等职。1973 年 6 月 11 日，王超柱随中央代表团参加了坦桑尼亚喀尼卡非洲民族联盟 10 周年纪念活动。

党和国家给了王超柱很多荣誉，而王超柱总是说，我做的工作微不足道，教育子女永远都要怀着一颗感恩的心，学好一门技术，老老实实做事，清清白白做人，听毛主席的话，跟共产党走。

随着王超柱职务的升迁，按照规定，配备了警卫和服务人员，但他仍然保持桥工本色，穿着朴素，工作服上打着好几块补丁，对待职工亲切和蔼，怀念母亲做的家乡饭菜。大桥局工作的性质是流动性的，建好一座桥就要到别处继续造桥。南京长江大桥建好以后，四处的职工就调走了，留下家属带着孩子住在江北的建桥新村。王超柱看着大家年轻闲着没事干，还经常家长里短的闹矛盾，就办起了轨枕厂，招了几百名职工家属。经铁道部科研单位鉴定，厂里生产的枕木还参加了广交会，名噪一时。以后这些家属退休后，都按月领取退休工资，生活有了保障。一提起轨枕厂，大家都怀念王超柱，说他为桥工办了一件超大的好事。

当年王超柱在建南京长江大桥时，孤身一人住在南京工地，其妻子带着孩子们住在武汉，他不允许搬过来，说这是搞特殊，影响不好。1971 年，小

王超柱在工地上

儿子王明福中学毕业要找工作。王超柱虽然离开了南京，但是对南京长江大桥有很深的感情。他说：我建大桥，你就守大桥吧。儿子就入伍来到南京，当了一名水上武警。1975 年退伍时尽管有很多选择，但是王明福还是决定选择到他父亲参加工作的单位四桥处，从最基层的岗位干起，后来还担任了车间主任、支部书记，一直到退休。

王明福现在住的房子紧靠大桥，走到阳台上，就能看到大桥车来车往的繁忙情景。看到大桥，就仿佛看到父亲当年忙碌疲惫的身影。

陈琼：保存一块红旗雕塑玻璃钢砖

我一向认为，在诸多工作中，做文字工作是最清苦的，一篇文章不知要调动多少积累，每天都要不间断地学习补充。每次写完一个大材料，总有种被掏空的感觉。因此，对能写出锦绣文章的人，总是带着几分敬佩。

初次看到“陈琼”这个名字，是在《跨越天堑》这本书，他和大桥二处宣传科长严玉昌合写的《中国桥梁史上的丰碑》，全面记述了南京长江大桥的建设过程，用语严谨，大事要事不漏，不乏鲜活细节的描述，很有史料价值。开始，以为是位女同志，后来经了解得知，陈琼在二处机关工作，是单位有名的“笔杆子”。他原来住在南京方家营的大桥新村，后来有病，爱人去世后，就搬到金陵村的一个小区，和女儿女婿住在一起。我们一路寻来，由于没有详细的住宿地址，就在小区里四处打听，恰巧遇到工会韩主席，听说找陈琼，主动当向导带我们到了陈琼家里。

初冬的季节，屋里的暖气烧得很足，像春天似的。菜刀在案板上有节奏地起落，土豆片变成了细细的丝，热锅冷油，葱花炝锅，随着“欻啦”一声，再倒些少许酱油，快速翻炒起来，香气弥漫整个厨房。

陈琼今年已经83岁了，戴着一顶酒红色的毛线贝雷帽，精神、时尚。前些年突发脑出血，经过治疗，加之女儿女婿的精心照顾，现在身体恢复得很好，

陈琼家庭合影（摄于1971年）

尽管说话有些困难，但是整天乐呵呵地没有老态，医生都说是一个奇迹。

陈琼的女儿叫陈娟，1960年生于武汉，第二年就随父亲来到南京大桥南岸工地。女儿说，父亲1935年3月生在湖南城步苗家一个普通农家，因家里注重教育，5岁时就跟着私塾先生学习，6岁时就步入了正式学堂。由于成绩比较优异，10岁考入了县城的5年制简易师范学校。1951年3月参加了解放军，任文书一职。1956年3月退伍后，分配到大桥局工作，1958年来到南京参加南京长江大桥建设，在机关任定额员，后来担任企管办副主任，时常要与一线的工人们交流沟通。他经常感慨地对家人说："南京大桥和武汉大桥不一样，国家一穷二白，建座大桥真的是举国之力，不容易啊！建桥过程中的艰辛，也许只有大桥人才能知晓。"

陈琼是一个工作非常认真的人，也是一个酷爱文学的青年。除了每天的工作，晚上还会搞一些文学创作。把白天看到和听到的工人们建桥工作中一个个动人的事迹，用充满激情的文字体现出来，如散文《革新能手江华堂》、诗歌《夜焊》等。女儿说，小时候常常一觉醒来，看见父亲还在伏案疾书，黄色的白炽灯把父亲的身影拉得好长。母亲说："你爸爸就是喜欢写。"

陈琼写过很多文章和诗歌，大多会寄给报社、杂志社发表，既满足了自己的爱好，又可以挣点稿费，补贴家用。

在建设桥头堡的决战关键时期，桥处将科室里的管理人员全部充实到建筑工地的一线，参加各部门的工作，陈琼被派到安装三面红旗小组。三面红旗是在先搭起红旗的框架上，由专业贴砖师傅用一块块红色玻璃钢砖贴满整个框架而形成，陈琼只是分派到这里负责搬砖工作。由于长江大桥最高点有

三面红旗的釉面砖

37层，大桥下面又有湍急的江水，很多人上去都会产生晕晕乎乎的恐高现象，单位就挑选了3位身体素质和心理素质比较好的同志负责向上搬运。陈琼因为年轻时当过兵，符合以上条件，就被选为负责搬运的同志之一。砖是经过特别烧制的，一块一块地向上传递给操作工，需要准确细致。由于当时的工艺技术不过关，这些砖里还有一些不合格的产品。在工程结束后，陈琼就从这些挑出来的残次品中，拣了一块相对好一点的玻璃砖，作为这次工作经历的纪念品保存下来。玻璃钢砖为正方形，边长10厘米，厚1厘米，正面是正方形网状格图案。虽过去半个世纪，颜色依然鲜艳。

陈琼参加了《人民日报》社上海分社、上海作家协会等5家文学社组成的文学创作组，编写南京长江大桥建设的事迹材料。在编写过程中，他和同事们奔赴一线，多方走访，亲身体验，收集资料，将建桥过程中的动人事迹整理成文字材料。经过写作组成员的努力工作，编写的报告文学集——《南京长江大桥》一书在通车不久就很快出版了。陈琼还参与了纪录片《南京长江大桥》解说词的写作，撰写了多篇总结回顾文章，其中《中国桥梁史上的丰碑》《管桩生产二三事》两篇文章被收录在南京政协1996年编写的《跨越天堑》一书。潜水员胡宝玲的先进事迹也是陈琼整理出来的。

南京长江大桥建成后，二处转战九江，陈琼留在南京，改行做了大桥职工子弟学校高中语文教师，女儿也曾是他的学生。陈琼心灵聪慧，知识面广，讲课生动风趣，《增广贤文》能倒背如流，很受同学们的欢迎。女儿说，父亲和母亲都是特别善良的人，我们学校在方家营，地点比较偏僻，交通也不方便，每当学校分配来了大学生的新同事，星期日没处去的时候，爸妈都会把他们请到家里来玩上一天，并做一大桌丰盛的饭菜招待他们，这也是我们一家人最开心的时刻。父母从不算计花了多少钱，那些大学生也是那么的简单淳朴。耳濡目染，对我们姊妹价值观的形成起了很重要的作用。父亲手上有很多珍贵的大桥资料，随着时间的流逝，它的价值已经逐渐显现出来。但是他并没有留给孩子，而是全部转送给了他的一个学生。这位学生当年是班长，专注大桥历史的研究，根据父亲的资料，写了很多有关南京长江大桥的故事，在报刊上发表。

笔者在研究大桥历史时，常常遇到不懂的问题，就通过陈娟请教他的父亲，一来二去的，陈琼成了我的“活字典”。一次是关于大桥使用苏联钢的问题，有人说是北岸第一孔钢梁（即从长江北岸往江心架设的128米那一孔），有人说是3孔。老人肯定地答复说，是北岸第一孔。第二次是请教大桥指挥部的问题，老人说，1968年大桥建成前夕又成立了一个指挥部，还提供了几个人的名字。第三次是大桥组织表里，在“预制品厂”的前面有一个“砼”字；还有的手写体，把左边的“石”字省掉了，只在“人”字下面加一个“石”字，键盘打不出来。陈琼说，这是混凝土的简称，在大桥内部约定俗成都知道。至于什么时候发明、谁发明的，陈琼说他也记不清了。后来我查字典知道，“砼”为混凝土的同义词。在工程设计和施工中，经常把“混凝土”3个字简写为一个“砼”字。

陈娟上过电大，受父亲影响，有些写作功底，省里为迎接大桥开通50周年，正在编辑一本建桥人自述，我就鼓励她写写父亲。发来第一稿，感觉很不协调，里面莫名其妙地塞进去“天兵怒气冲霄汉”“万马战犹酣”等词句，显得生硬。陈娟说，这是父亲加上去的，他嫌我写的文字缺乏当年建桥的奇伟气势。

由于患病，记忆力衰退，陈琼很多事情都想不起来了，只有大桥的事情他记得特别清楚。一说大桥，他的精气神就来了，他还沉浸在那个火红火红的年代，这辈子和大桥都纠缠不清。

文工团：
激情燃烧岁月里的芳华

2017 年底，冯小刚执导的电影《芳华》上映，随着《草原女民兵》的音乐响起，将观众带入了 20 世纪 70 年代。殊不知，在 1960 年代，大桥工程局第四工程处业余文工团排演了《桥梁女民兵》，个个英姿飒爽，舞姿翩翩，在南京人民大会堂演出时，激起满堂喝彩，也曾风靡一时。

1947 年，吕永兴从当时的奉天铁路学校报话班毕业。1957 年 6 月到大桥局工作，任工会指导员。1958 年初冬的一天，工会组织部长张思全找到他，要他担任大桥工程局文工团团长，说是彭敏局长亲自点的将。局长和书记指示，文工团要为桥梁建设服务，要歌颂桥梁建设的职工。文工团刚成立时有将近 60 人，都是从各地选拔上来的文艺青年，参照部队建制，有着严格的作息制度，集中住在凤凰山下的 4 栋，当时家住在 40 栋的吕永兴也按规定和大家住在 4 栋。

刚建团不久，吕永兴就挨了一次批评。按照领导的指示，给每位团员做一套团服。作为团长的他，考虑到文工团的“脸面”，选用了草绿色的海军呢，男团员是中山装，女团员是小翻领的双排扣，庄重又时尚，费用也比较高。当时的大桥局政治部主任戴树芬把吕永兴叫到了办公室。刚坐下，就见戴素芬脱去外套，指着里面的假领子，对吕永兴说，我们都穿成这样，你为什么

文工团演出剧照

把团服规格做的这么高，真是浪费啊。

这番话让吕永兴羞愧了好一阵子。

文工团经常到桥梁工地演出，慰问颂扬一线职工，走到哪排到哪演到哪，给建设者带来了一路欢笑、一路歌声。黄河大桥抢险时，文工团到郑州工地，杨恒新根据实地采访的素材作词谱曲，只用了不到一天的时间，就创作出一首大合唱，演出时台下的职工兴奋得把手掌都拍红了。铁道部部长刘建章曾经观看了文工团的演出，也赞赏不已。

1960 年代初，国家遇到经济困难，大批工程下马，各行各业压缩非生产性机构和人员。大桥局领导考虑到大桥工地分散，职工工作条件艰苦，文化生活相对匮乏，而此时南京长江大桥已经开始建设。为了将这支来之不易的文艺队伍保存下来，就打了“埋伏”，在征求个人意见后，宣布文工团解散，将其中大部分人员下放到担任南京大桥 1—4 号墩建设任务的四桥处。四桥处业余文工团原有团员 30 多人，也具有很高水准，团长为李道清，指导员周汉森。大桥局文工团员来了以后，被分配到各个车间班组工作岗位，他们和四处文工团员们一起，边劳动边创作，排演了器乐合奏《沸腾的桥梁工地》、男声小合唱《桥工赞》、表演唱《四个老汉看大桥》、歌舞《桥梁女民兵》等一批反映南京长江大桥建设的文艺节目。大桥浇筑桥墩时，机关干部齐上阵，上千人连续四昼夜不停地施工，文工团员们火线演出，精彩的文艺节目极大地鼓舞了职工的士气。

1964 年 9 月 28 日，在秋汛洪水的冲击下，4 号桥墩悬浮沉井的锚绳崩断，自重 6000 多吨的沉井在激流中作最大幅度 30 米和 58.6 米的周期性摆动，大桥面临着沉井倾覆、桥址报废的巨大危险。在一个多月的时间里，建桥工人以“人在沉井在，誓与沉井共存亡”的英雄气概连续抢险。抢险后大家创作了歌舞《抢险》，演员们在滔滔洪水中挽起臂膀，呼喊着雄壮的号子，再现了南京长江大桥建设中最为惊心动魄的一幕。在此期间，文工团排演了连专业文工团都不敢想象的大型歌剧《白毛女》和《洪湖赤卫队》全剧，排演了话剧《年青的一代》，大型厂矿企业和部队争相邀请前去演出，轰动了整个

舞蹈《桥梁女民兵》剧照

文工团员在南京大桥留影

南京城。他们还为来访的亚非拉各国工会代表团演出，与日本合唱团合作排演了大型声乐节目，为南京市节日游园举办过专场文艺演出。在为浦口区贫代会演出歌剧《白毛女》时，演员精湛的表演将观众带入剧情，纷纷往饰演黄世仁、穆仁智的演员身上扔土块石块，还有的代表甚至要冲到台上揪打“黄世仁”……

“文革”期间，大桥职工坚持生产，文工团创作演出了大合唱《大江东去》、器乐合奏《晨练》，移植改编了器乐合奏《样板戏音乐》和舞蹈《采药歌》、《红太阳》等，受到职工群众的欢迎。文工团给桥工单调的生活带来了欢乐。每当有演出，犹如迎来一个隆重的节日，人们总是早早地到场占了位置。1983年，长东黄河大桥开工前夕，文工团到山东黄河桥、河北青龙河、滦河桥工地进行了最后一次巡回演出，才最终完成了历史使命，四处业余文工团宣布解散。文工团解散后，很大一部分人留在了南京。退休之后大家自发地组织起来，继续发挥自己的特长，在社区开展文艺活动，为南京大桥护桥部队表演。

罗时芳是文工团中的“四朵金花”之一，精心保存了当年的演出剧照。

2011 年 10 月，文工团员在中铁大桥局聚会留影

回首桩桩往事，当年演出小歌舞《侉地瓜》时还是十七八岁的小姑娘，如今已是七八十岁的老太太，进入耄耋之年。再次演出《侉地瓜》，仿佛穿越时空，重新回到傲人的青春时代，文工团生活成为每个人挥之不去的记忆。

在生命的舞台上，日子慢慢打开。暮色中的往事中，把夕阳从天边裁下，做成美丽的舞裙，舞出四季轮回，舞成一首永恒的恋歌。看着这些可亲可爱的老人，我的心里也跟着年轻起来、甜蜜起来。

红旗：
东方文明鲜艳的地标

历史和艺术才是建筑的精髓。

铁路桥梁设计规范的总则里规定，桥的外表应力求美观。

1958 年长江三大桥会议认为，南京大桥正桥长度超过 1500 米，两岸引桥比较长，为了衬托大桥的雄姿并衔接引桥，桥头建筑以复式桥台为宜，桥头建筑应体现出社会主义建设的特征及全国人民的精神风貌，并具有永久性纪念意义。会上指定由南京工学院（现东南大学）负责桥头堡的设计。

第一轮的设计，由宛新彰带领 4 名师生负责。第二轮设计，在孙钟阳、徐敦源的带领下进行。最终提交给大桥建设委员会的美术方案共 12 张图纸。

1959 年 12 月，南京工学院建筑系提出了 5 个方案，送铁道部鉴定，随后又补充了两个方案，并报送江苏省委和南京市委审阅。结合省委和市委意见，南京工学院决定，跨越公路的 3 孔跨径采用中孔较宽、边孔较窄的比例，大堡高出公路路面约 27 米，形式为重檐十字脊桥亭。小堡高出地面约 18 米，上有单檐方形攒尖式桥亭。大小堡之间为 3 孔，廊亭之间有连廊，桥头堡至此具备雏形。

建议方案呈报中央审阅以后，中央认为，该方案与武汉长江大桥的桥头建设大同小异，要求重新考虑新的方案。并指出，南京长江大桥的桥头建筑

南京福昌饭店

应该与武汉长江大桥有大不同，应该更为雄伟壮丽，风格不拘。

1960 年，南京长江大桥工程指挥部委托中国建筑协会在全国范围内发起了桥头建筑的设计竞赛，全国各主要建筑单位及建筑院系积极参加了桥头堡设计工作。此次征求方案于 1 月 23 日发出，至 3 月 15 日截止，收到 17 个单位的方案 58 个，图纸 144 张。

3 月 19 日至 22 日，竞赛的发起方、中国建筑协会在南京的福昌饭店召开了桥头设计方案讨论会，指定由杨廷宝、刘敦祯、童寯、鲍鼎、吴景祥、张镈、方山寿、戴念慈等 13 人组成委员会，实到 8 人。专家们对方案分别从功能适用、工程技术、艺术造型三个方面进行分析，一致认为，前高后低的形式比较生动有力，并符合桥台的受力，可以烘托出重点——正桥，同时与引桥到正桥逐渐升起的趋势相协调，因此认为是较好的类型，进而选出 7 个建议方案报送上级审阅。这 7 个方案中，委员会选出了建筑工程部建筑科学研究院的群雕和南京工学院的红旗与凯旋门 3 个推荐方案作为可发展的优秀方案，请原单位进行修

杨廷宝

今东南大学校园

改。重庆建筑学院、同济大学、清华大学、北京建筑工业设计院 4 个方案作为参考，反映更多艺术造型，一起报送中央。

后经周恩来总理决定，将红旗方案作为主要方案，在此基础上将红旗方案和群雕方案进行综合。

与此同时，大桥指挥部将这些方案制成相册，发给全国各主要建筑单位及建筑院系，还在北京展出了一段时间，征求社会各界的意见。

南京工学院和建筑工程部建筑科学研究院共同合作，根据评审会议意见进行综合方案的创作，最终选定了复式红旗方案并经铁道部鉴定批准。

当年 12 月 30 日，成立桥头建筑工作室，由南京工学院、建筑科学研究院和大桥工程指挥部三方面人员组成。

1961 年 6 月 9 日，南京长江大桥桥头建筑工作室在南京工学院第一系会议室召开第六次会议。参加的人员有杨廷宝、梅旸春、钟训正、王伟民、胡壮卿、戴宗诚、是栋才等 18 人。下面是会议纪要的有关内容：

会议根据最近制作的模型提出了最后修改的意见，对塔楼的隔音防震及围护结构等问题进行了讨论，提出了下一步应该进行的工作。

（一）建筑细部修改

与会者对根据上述会议提出的修改意见而进行制作的1/100的模型表示满意，但对塔楼顶部三面红旗的造型，认为尚需作进一步研究。会后将由南工做两三个比较方案后再做决定。比较方案的内容可以考虑：

1. 红旗边缘可简化些，象征性成分较多为宜。

2. 旗杆可更接近于八角形。

3. 旗的厚度在背面可做薄一些，旗侧面应显示旗杆旗面向内收，使从正面看仍可保持现用的厚度，从背面看就可薄一些。三面旗杆顶部大小可采用一致的。

公路路面塔楼回廊全部与人行道相连，回廊檐口视角不一定突出过多，避免日本式建筑味道。

关于大厅墙面上大幅镶嵌的尺寸问题，经讨论决定由南工横向、竖向的两种布置，交指挥部转请北京工艺美术学院、杭州浙江美术学院等单位自行择定并进行创作。大厅贴面及地面之大理石颜色，初步选定贴面用莱阳白，地面用莱阳绿。南北两岸之间大厅可用颜色深浅不一的大理石。

（二）二红旗材料

待景德镇试制之红色瓷砖运宁后，将请北京玻璃陶瓷院进行耐久试验。但是玻璃仍需进行试制和试验，以便与瓷砖比较，做最后选择。

（三）维护结构材料之选择（略）

（四）电焊接头疲劳试验（略）

（五）隔音防震（略）

作者采访大桥局副总工程师周璞老先生

由于投资锐减，1963年，公路桥路面宽度由原来的18米缩减为15米，桥头堡的设计也随之进行调整。遵循不失原定风格的原则，建筑上由南京工学院负责方案的修改，结构上由大桥工程指挥部设计组进行配合，工作持续了数月。修改后的方案保留了大堡的红旗雕塑、回廊平台以及小堡的人物雕塑。建筑体量的尺度和比例做了进一步调整，并缩减了建筑面积。对艺术造型更注意了建筑尺度及比例，做到色调鲜艳明快，面材选用上注意了耐久和美观，使桥头建筑方案更趋完善。

修改过的桥头建筑方案，必须尽快呈送国务院复审。设计组在南京连夜赶制了缩尺为1:200的模型，经有关单位审查后，转呈国务院审定。大桥局派朱世源副局长、设计组周璞还有一名木工赴京汇报。

1964年4月初，携带模型到京后，由木工将模型安装在中南海丰泽园的颐年堂外廊，等候中央领导审定。4月11日6时许，周恩来、李先念、陈云、李富春、薄一波等中央领导同志一起来了。周总理第一个走到模型前，询问了大桥建筑方案修改的主要内容。他看到用大字写成的说明书，就一字一句地读起来，读完后请大家发表意见。李先念首先说："从模型来看与武汉长江大桥有很大不同，有雄伟的感觉。听说前几天武汉长江大桥上有大雾，电车误上了人行道，碰断了栏杆，由于司机及时刹车才没有掉下江，电车有一半悬在栏杆外，真是大幸。"周总理说："我已知道了。"又问："南京桥上有没有防护的措施？"朱世源回答说："对南京大桥公路桥面两侧的防护我们已有考虑，缘石在设计上已提高到30厘米。"周总理表示满意，在场的中央领导对修改方案表示赞同。周总理又问："主堡红旗下的平台有什么作用？"听完了汇报，他说这是一个观看风景的好地方，可以很好地利用。

审查即将结束时，周总理强调了三点：第一，此方案省市有没有意见？

第二，铁道部有没有意见？第三，18 米改为 15 米，是几车道？是否满足交通要求？朱世源一一做了回答，说明这个修改方案已经省市及铁道部同意。周总理说："同意你们的修改意见，我同意了，由我负责。建筑美化部分不可太节约，这是百年大计。栏杆要注意设计得牢固些。但是基础及结构质量要你们负责，桥头的四周要绿化好。"

此后，由于再次缩小建设规模，一切都简化，以致后来南京大桥和其他平平常常的大桥一样，没有任何标志性的建筑物。

1968 年 5 月 12 日，江苏省革命委员会《关于建设南京长江大桥建设情况报告》中强调了桥头堡的重要意义，建议恢复桥头堡的建筑。当年 8 月，桥头堡开始施工。在此期间，由桥头建筑工作室人员担任施工阶段进一步的建筑设计、科学研究等工作。9 月 28 日，桥头堡建筑正式落成。

回顾桥头堡的设计过程可以看到，本次设计是在广泛参与、不断优化的过程当中进行的，不仅有专业人员的评审，还广泛征求了群众的意见。设计人员在创作过程中互相学习，互相启发，经过几番修改，将集体创作的精华集中起来，形成了最终的方案。

周总理在审定红旗方案时还做了具体的指示：要用红旗，颜色必须保持鲜红，不能褪色。

周总理对红旗要求的指示，一时把设计组给难住了。如果用一般的颜料，经过长时间的日晒和风吹雨淋，红颜色就会褪掉，变得难看；采用红色油漆，也解决不了褪色的问题。大家商定采用陶瓷材料，红色陶瓷用于红旗，金色用于旗杆尖。

1960 年的一天，设计组人员偶然在苏州街头看到平江钟表店有镶嵌的红瓷砖，即向苏州市房地产管理局发函了解。经调查，这家商店的瓷砖是日本货。早在 1937 年间，在苏州阊门外吊桥头设有专门经销日本陶瓷的商店，畅销一时。苏州市人民商场、新艺戏院都是那一年建造的，在门外扶梯上都镶有彩色瓷砖。但该店闭歇以后，这类彩色瓷砖也就没有了。

大桥指挥部 1961 年 1 月 17 日给景德镇艺术瓷厂发函，请求研制并寄去 50 元试制费，后来又寄去 150 元。开始大家想得很简单，以为在瓷砖上涂上

正在吊装三面红旗雕塑

一层红颜色烧制，就会大功告成。

景德镇艺术瓷厂很重视，很快研制出东方红 1 号和 3 号样品，但是瓷块不平整，色彩不均匀，一直到 1964 年也没有烧制出满意的样品。大桥指挥部以后又陆续发函给唐山德盛瓷厂、东缸瓷厂和上海万丰玻璃厂、苏州日用瓷厂以及玻璃钢陶瓷科学研究院等，设计组周璞、胡壮卿、张以忠还分别去上述工厂催促进度，但是生产的瓷砖规格与色泽均不理想。后来才了解到，中国自有瓷器以来就烧不出鲜红色的釉彩。

此时已经是 1968 年的 9 月，大桥铁路桥通车进入倒计时，“红旗”的面砖尚未过关。南京玻璃厂闻讯后主动请缨，试制出红色玻璃钢砖，1 厘米厚，10 厘米长。样品拿到工地上，大家一看，颜色既鲜亮，又结实耐用，军管会当场就定下来。工期不等人，玻璃厂便日夜轮转，加班烧制，烧一箱出来马上就送到工地上，立即往上贴。可是一批量生产问题就来了，因为每一炉上面与下面的温度不一样，烧出来的颜色也不一样。但是，已经没有挑拣的时间，6万多片面砖现烧现贴。由于赶工程，很多参加义务劳动的非技术人员也参与了建设工作。贴玻璃用的是一种特殊的环氧树脂胶，也是由江北的钢铁厂匆忙赶制出来的。

钟训正院士在后来的回忆中，也对三面红旗和桥头堡建造有过一段描述：

> 做三面红旗费了很大周折。我们有一位老师建议要有一个红旗的动态，要有飘动的感觉，这个设想很好。所以做钢板的时候，用双曲面。
>
> 在桥头堡的外面有一层洗石子，就是我们大的工程都敷上一层水泥、各种颜色的小石子、水沙石，用水一冲，刷子一刷，石子就露出来了。当时我们采取常规办法，颜色比较稳重，有很多深色石子也有很多浅色石子，呈比较稳重的颜色。结果军代表说不行，我们大桥粉刷不能有一点污点。他们把黑石子看成是污点。大桥局的工人可受罪了，只好想办法，把很多鹅卵石打碎，放在搅拌机里搅，把棱角全部去掉，变成很小的小卵石，小卵石又颜色牢又比较淡，看上去还不错。后来一刷上去，大家一看，根本不行，原来是深深浅浅的各种颜色在里头，显得很稳重，现在看起来很惨淡，有病态的感觉。彭冲那个时候才落实政策，来看大桥，他说这个不行，一定要用常规的做法。最后还是用一些黑石子掺进去。我们那个时候追求快。其实，一个杰作不在乎它时间建设的长短，国外有很多工程建造一百年年的都有，我们一个月就建好了这个东西。

就这样靠着八方支援，桥头堡以每天一层的惊人速度进展着。仅仅用了28天的时间，两座桥头堡奇迹般地立了起来，保证了1968年国庆日大桥的全面通车。尽管工程的质量不尽如人意，但这丝毫也不能降低其设计创作与建造上的重大成就，最引人瞩目的是两堡上高高矗立的红旗堡顶，三面旗一

建筑工人在桥头堡紧张施工的情景

高两低，两侧下部呈双曲面向外突出，旗上有金黄色旗穗和杆尖。设计者恰如其分地选用它作为那个特定年代的象征，并用娴熟洗练的手法将其在江风中飘动的姿态表现得极为传神。三面红旗雕塑很快作为南京的象征，并被许多的设计者竞相效仿，一时间红遍了大江南北。

红旗是中国革命的符号，矗立成东方文明鲜艳的地标。它在黄色的长江和蓝天浓郁的背景上虽然只是洗练的一笔，但它却是永远能触动心弦的景色。

1970 年，技术人员考虑玻璃砖有可能掉下，会给行人和游客造成很大的安全隐患，遂将玻璃砖全部取下，改为直接在钢板上定期刷漆。

大桥建设：十年坎坷而成

长江，中华民族的母亲河，世界第三大河。在孕育伟大的东方文明的同时，也带来了严重的交通阻隔。因为有了长江，中国才有了南北之分。谁征服了长江，谁就能以长江而定天下，历史的巨澜在这里惊涛拍岸。

1958 年，中国人吹响了在长江上建造大桥的集结号。

1959 年 2 月，大桥工程局第二桥梁工程处由江苏邳县进驻南京南岸工地，承担 5—9 号墩及其以南工程。6 月 28 日，引桥工程开始打桩。工程处负责人先后为：处长刘麟祥、张虹村，政委杨守高、孙忠恒，总工程师王同熙、黄丕佑、殷万寿。9 月，大桥工程局第四桥梁工程处由四川重庆进驻浦口区长江北岸工地，承担 1—4 号墩及其以北工程。工程处负责人先后为：处长池涌波、苗凤翥，政委周永生、郝全堂，总工程师邹义章。

1960 年 1 月 18 日，在 9 号墩的导向船上举行了开工典礼。9 号墩钢围笼浮运下水，主体工程正桥桥墩开工，南京长江大桥建设全面启动。

大桥局先后在江苏招收了几批建桥工人，职工高峰时，南岸、北岸各有 5000 多人。两岸工人最多时，共有一万多人。

伟大的工程拉开序幕，千百年沉积的土地焕发了生机。

江北浦口工地放眼望去，除了很少一部分是刚收完的高粱玉米的耕地外，全是一片芦苇荡。汽锤声声，打破了江滩的宁静。

当年的机械条件有限，许多工序还离不开铁锹、竹筐和扁担。先期到达的工人白天一身水、一身泥地打试桩，夜晚就睡在低矮潮湿的工棚里。

深水基础关系到大桥建设的成败。1959年11月，在南岸的江滩上建起了试验墩。经过5个多月的努力，试验墩所有的项目都圆满完成，取得了经验。

墩号	开工时间	竣工时间
1	1959年11月6日	1961年4月29日
9	1960年1月18日	1965年5月11日
2	1960年4月5日	1963年5月31日
8	1960年11月1日	1962年5月5日
7	1961年1月26日	1964年4月29日
3	1961年2月19日	1966年4月27日
6	1962年12月10日	1966年1月19日
4	1964年2月7日	1966年4月11日
5	1964年2月9日	1966年4月11日

三年困难时期，粮食供应紧张，如技术员每月定量仅有25斤粮、3两油、2两肉，电焊工定量34斤、2.5两食油和2两猪肉，只好“低标准，瓜菜代”，甚至喝酱油汤充饥。

电工吴鹏生回忆说：

1960年初到南京后被分配在四车间（电工车间），当时的情况很是糟糕，宿舍的墙泥还没有干，睡的床是用木板钉的一长溜的统铺。道路泥泞（还没有发雨靴），到车间、食堂，深一脚浅一脚从泥浆中趟过去。两边是明挖的排水沟，稍不留心就会滑到沟里去。一幢宿舍就一个自来水笼头，洗衣、洗漱、喝水都靠它。所谓的自来水也就是从长江里抽上来的水，稍微沉淀一下泵到高高的水塔上供大家使用。

大桥开工不久即遭遇了三年的天灾人祸，粮食定量一下子从45斤减到36斤，而且到了月中再扣减9斤，这个窟窿难以弥补，到了

1965 年四处俱乐部礼堂门口留影，前排右一为吴鹏生

1965 年在大桥下留影，右一为吴鹏生

月底基本处于半饥饿状态。菜中无油更无肉，连包菜（又叫卷心菜）也长不好，碧绿的叶子就是不包心，我们叫它“飞机包”，吃在嘴里又涩又苦，这样熬到 1964 年后才稍有好转。

测量技术人员朱海涛回忆说：

买点胡萝卜，一边咬胡萝卜，一边干活。否则走不动路。那时候一个月 2 两荤菜票，我的女儿在幼儿园里面。回来时候，2 两荤菜票要给她吃，自己舍不得吃。

青年突击队队长、全国劳动模范董明芳回忆说：

那时候劳动强度都很大，全靠肩扛人挑。我们灌注混凝土，不像现在机械化程度这么高，都是人推。只要开了盘，就一直不停，吃饭的时候也是嘴里噙着馒头，抬着杠子往前跑，保证及时供应。冬天洗石渣就跟上战场一样。班里只有我一个人是共产党员，我就喊着说：共青团员先下。等洗到后半夜，那个蓑衣上滴的水都成了冰棍、冰柱了。那个时候都有个什么心情呢？参加大桥的建设，能够为国家尽一分力量，那是很大的荣幸。

水上桥墩围堰时需不停顿地灌注上千方混凝土，全靠肩挑人扛，机关人员包括党政干部齐上阵，连续两天三夜，一天分3班，每班8小时。

到了午夜时分，大家又冷又饿、又困又累，这时食堂给在桥墩上参加施工的，不论处长、队长或是工程技术人员、工人，每人分发一片两指来宽的红烧肉，大家就着一个馒头，吃得香呀。时任四桥处党委书记兼处长周永生，四川宣汉人，是1932年参加革命的老红军，他每次到食堂吃饭，没端碗就问：“我这一碗饭是几两？”不说清楚他就不动筷。他一再强调：“工人的定量哪怕一两也绝不许沾！”在他的影响下，四桥处干部严格按每人的定量吃饭。党员干部的号召力在那时特别强，因为大家坚信，困难只是暂时的，有我们党的领导，一定会战胜困难。

1960年，周永生因病不得不入院治疗。四桥处二大队工程师钱权去看望他。周永生扶着钱权的肩头感慨地说：“我住院后一定和医生配合好，争取

机工窦润芳精心保存的大桥工地生活照片

周永生

早日出院。干革命总会有牺牲，个人不计较这些。但万一不行了，不能亲眼看到南京长江大桥建成，这是我唯一的遗憾。作为施工者，你我都要牢记几句话，‘多快与好省，要好字当头；组织与安全，就是不但要基本功扎实，有组织能力，还必须树立安全质量第一的思想；需要与可能，就是技术上需要这样做，但现实情况能否办到？不能简单强调一个方面，需要综合考虑。’这里面都有辩证关系，就在于琢磨、实践。你我共勉吧。”一番话说得是情深意切，语重心长。

周永生因积劳成疾，于 1960 年 6 月病逝。1979 年 12 月 12 日，经湖北省人民政府批准，追认为革命烈士。

在大桥诸多工种里，有一个鲜为人知、带有神秘色彩的专业队伍——潜水员。

1969 年 1 月 2 日，《人民日报》发表题为《威震长江——记参加南京长江大桥建设的英雄们》的报道。大桥局二处潜水员、共产党员胡宝玲名列其中，这是又一位与王超柱齐名的建桥英雄。他和他的战友们在极艰难的条件下，在深潜水的“警戒线”下创造和演绎了一个又一个世界潜水史上的新纪录，为南京长江大桥建设立下了不可磨灭的功勋。

潜水员准备下水

南京长江大桥正桥共有 9 个桥墩，其中 2、3 号墩沉井基底在水下 73 米，4—7 号墩沉井基底在水下 65 米左右。水下检查、清障、电焊、切割等大量工作是在 65 米以下进行，超过了国际公认的用普通装置下潜 60 米的极限深度（水深每增加 10 米，就增加 1 个大气压）。超过这一深度，潜水员就会发生程度不同的氮气麻醉、二氧化碳中毒等症状。轻者反应迟钝，重者可出现昏迷，并可能发生各种危险的潜水事故。所以，国际上超过 60 米深度的潜水均要改变呼吸气体，使用氦氧混合气。

胡宝玲和几个骨干在总结以往水下作业经验教训的基础上，将有关设备和操作方法予以改进：把每块 15 公斤重的铅饼改为 18 公斤；每只潜水鞋由 9 公斤改为 12 公斤；把过去测量尺寸的竹竿，用胶线绑上尺寸标记；把下潜速度由原来的 15—20 米 / 分，改为 25—30 米 / 分等。经过反复试验，1963 年初，在 7 号墩的潜水作业中，胡宝玲率领潜水班十几名同志连续突破了“警戒线”，先后 200 多人次下到 65 米深水下作业。

5 号墩沉井钢刃脚落到岩层时，有一个约 2 米长、20—30 厘米宽的漏洞，引起了翻砂。如不堵住，混凝土浇下去，就不能与岩层紧密结合，桥墩就不坚固。同时还要堵得快，不然砂土还会流入其他井孔，导致安全生产事故。开始用棉絮堵，堵好后一抽水，因压差大棉絮被吸了出来，失败了。有技术人员提出用水玻璃掺混凝土堵，试验也失败了。潜水工们提议用钢板在水下焊接，这一技术在浅水里试验过，成功了。但在 60 多米深水能行吗？中外潜水作业史上没有先例。胡宝玲心急如焚，且又十分自信地抢先第一个下水了。在漆黑一团的江底，他左手摸着焊缝，右手紧握焊钳，以娴熟的技艺，一口气将一包焊条焊完，工作了 17 分 15 秒。接着严永富、李清元两位年轻的潜水工相继潜入水底继续工作。水泵再次启动抽水，漏洞被堵住了，深水电焊终于成功了。

后来，胡宝林作为大桥职工的代表，参加了 1969 年的国庆观礼，当选为全国人大四届、五届代表，任大桥局副局长。

在大桥施工中，从大桥局到各个处室，都有一套完善的质量管理制度。材料进场，无论钢材或砂石，都必须经过检验。所有混凝土，都进行了混合比试验，沙子经过淘洗，石子用水冲洗。引桥打下的桩，都经过承载试验，并把承载试验列为新技术施工程序。桩长 48 米，入土深度超过 46 米，职工们依据地址情况，总结出“三平、一直、一准备”（桩架平、桩帽平、法兰平，桩下直，预先做好各项准备）的操作规程，创造了世界打桩史上罕见的

铁路桥正在施工

万米不断桩记录。如果发现有问题，坚决推倒重来。大桥通车后，桥墩先后遭轮船30多次撞击，都没有造成结构性的破坏，被誉为“桥坚强”。

大桥共架设31.7米预应力混凝土梁1269片（铁路桥636片，公路桥633片）。在此之前，国内只能生产16米型梁，技术人员也仅有苏联的31.7米预应梁分段灌注资料。从1959年起，在浦口工地进行各种单项试验，后来又在南京桥梁厂做整片梁的静载破坏性试验，以检验载体的极限强度、刚度和稳定度。每段工序都经过反复试验和改进，大小试验不下千次，耗时一年多，压断3片梁，从设计、试验研究到试制成功历时3年，终于获得成功，在我国推广预应力混凝土技术上起到先导作用。半个多世纪的火车、汽车超负荷运行，没有一片梁开裂或更换。

大桥钢桁梁的连接工艺是用烧红的铆钉对正铆孔，用风枪挤压铆死，板层多达9层，板束最厚达188毫米，共有150多万个铆钉。工人在现场炉旁烧制时温度很高，劳动强度极大。时隔50年，在2017年开始的南京长江大桥大修中，人们惊奇地发现：150万颗铆钉绝大部分完好无损，需要更换的只有6000多颗，即每1000颗里只有4颗需要更换。

大桥钢梁的架设，正值“文化大革命”期间，绝大多数干部、技术人员和工人始终坚守在生产和工作岗位上。1967年8月16日，历时21个月的架设，正桥在位于江心的4号墩合龙。正桥钢梁总长1576米，高16米，总重量约3.1万吨，9万根杆件准确无误地联结在一起，钢梁拼接实现了准确到位，达到了世界先进水平，主体工程至此基本完成。

钢梁合龙了，浦口北岸的工人顺着钢梁往南边跑，南岸的工人也往北边跑，

铆工班合影

钢梁合龙留念（1967年8月16日）

大家紧紧地拥抱在一起，欢呼着、跳跃着，庆祝这一历史性的时刻。

1968 年 9 月 2 日，距离大桥通车还有不到一个月的时间，桥头堡会战开始了。

三面红旗是南京长江大桥的标志，也是桥头堡建设的收官之战。三面红旗由钢架结构组成，外侧焊接 8 厘米厚的钢板，8 米见方，外贴红色玻璃砖，重 10 吨。为了便于操作，三面红旗旗面在机修厂分为纵向两个半片制作，旗杆单独制作成一片；而三面红旗钢板内起稳固作用的钢骨架，则是现场先行安装固定在基座的预埋件上。三面红旗安装在大堡观景平台塔楼上的红旗基座上，旗尖距地面 70 米高。由于场地受限，吊装有一定难度。安装工人不仅心理素质、身体素质要好，而且技术水平要高，能吃苦耐劳。另外还需多部门、多工种协调配合，才能顺利完成任务。

为了高质量完成这个里程碑式的工程，大桥二处、四处分别抽调精兵强将，组成青年突击队，其中有铆工、装吊工、吊车司机、电焊工 4 个工种，约 50 多名青年工人。指挥部给每一个上桥头堡的工人发放了通行证，桥上有专人看守，上桥要凭证才能放行。

在桥头堡的脚手架上挂着一幅大标语："苦战两天两夜，插上三面红旗，夺取最后胜利。"突击队分为两个班，每班 12 小时作业，电焊工吃住全部在桥面。突击队员每天四餐饭（含夜餐），工人们顺着脚手架一步步往上爬。由于上下桥不方便，工人们就把桥头堡当成了宿舍，工作连轴转，连吃饭、睡觉也都在上面。不管白天黑夜，桥头堡上始终火光四溅，像燃放烟花一样壮观。为了保证工人们的营养，大桥指挥部特地为他们准备了夜宵，每人标准两角 5 分钱，每天晚上都由班长（组长）将夜餐证分发到每个人手里，一荤一素一碗米饭。说是荤菜，其实就是菜里加了几片肉，但已经是那个年代过节会餐的标准了。到了最后一餐，有人舍不得吃了，把夜餐证留下，一直保存到现在。

经过三天三夜不停地施工，工人们提前两天完成了任务。经过专家组验收，焊接质量全部达标。工人们一同下桥以后，大家互相一看，每个人的眼睛都肿成了桃子似的，红通通的，一直休息了半个月，眼睛才恢复正常。

在大桥建成前紧张施工的日子里，工地上来自机关、部队、工厂、农村、学校的义务劳动大军每天多达数千人。有一天，已是深夜11点多钟，一批十六七岁的女中学生，自带干粮，从城内步行来到大桥工地，要求参加义务劳动。她们对工地负责人说：“我们就要到内蒙古去插队落户了，请允许我们在出发前，为长江大桥贡献一点力量吧！”她们在工地上整整干了一个通宵。

铁路桥首次在国内大型桥梁上铺设了无缝钢轨，列车通过平稳，噪音小，减少了对桥梁的冲击力。公路面钢筋混凝土行车道的粗骨料采用了新材料粉煤灰陶粒，代替传统的碎石，具有质地坚硬、重量轻的特点。引桥后半部分第一次在特大型桥梁上使用了双曲拱桥的设计，为古都南京留下一处美丽的景观。

公路桥紧张施工的场面

南京长江大桥横跨天堑

摄影的特性是使它与记忆如影相随。一座座桥梁沟通南北，让世间容光焕发。浏览摄影师的相册，让我们内心激荡的，不仅是从建设到通车的无数个美妙瞬间，还有大国工匠的手艺，浓墨重彩地拓印在每个人的心里。

南京长江大桥的成功建设，以及中国在建桥过程中发展出的低合金桥梁钢和深水基础工程等技术，是中国桥梁建设的里程碑。50 多年来，南京长江大桥像一个巨人，巍然屹立在浩浩江面上，成为中国人民自力更生、奋发图强的精神象征。

铁路桥：首次在大型桥梁上铺设了无缝线路

乘坐火车的人都有记忆，1960 年代，我国铁路铺设的是每根 12.5 米或 25 米长的钢轨，中间接头用夹板和螺丝固定。这样，就在钢轨与钢轨之间就产生了缝隙，大约为 6 毫米。留轨缝的道理很简单，是为了防止钢轨在热胀冷缩时产生的温度力。不要小看这个温度力，当钢轨温度每改变 1℃，每根钢轨就会承受 1.645 吨的压力或拉力；轨温变化幅度为 50℃时，一根钢轨则要承受高达 82.25 吨的压力或拉力。如此巨大的力足以将钢轨顶得歪七八扭，造成轨道不平顺，影响列车快速通行。

轨缝热胀的问题解决了，但是另一个问题又出现了：这道不起眼的轨缝是个“捣蛋鬼”，造成车轮与钢轨的撞击，容易产生“断轴”，缩短车轮的使用寿命。而且列车在行驶时产生振动，发出“咣当咣当”的声音，声音很大，一直持续到旅行的终点，休息不好的人几天都无法入眠。解决这个问题的办法就是使用无缝钢轨，即把标准长度的钢轨焊连而成的长钢轨线路，又称焊接长钢轨线路，因为长轨条没有轨缝而得名。无缝线路是铁路轨道现代化的重要内容，经济效益显著。据有关部门统计，与普通线路相比，无缝线路至少能节省 15% 的经常维修费用，延长 25% 的钢轨使用寿命。此外，无缝线路还具有减少行车阻力、降低行车振动及噪声等优点。但是，物质不灭定

铁路桥施工场景

律告诉我们，任何一种物质都不会消失，只不过从一种形式转化为另一种形式。钢轨的温度力也同样如此，它不可能消失。要充分发挥无缝线路的优越性，必须同时满足强度和稳定性方面的设计要求，以保证钢轨冬天不被拉断，夏天不致胀轨跑道。

中国从 1958 年开始铺设无缝钢轨，1963 年先后在一些中小跨度的多种类型桥梁（简支梁、连续梁、桁梁、有碴无碴桥）上铺设无缝线路，并对桥上无缝线路梁轨相互作用的原理进行大量的试验研究，涉及了多种类型桥梁上无缝线路纵向力作用规律，以及桥梁墩顶位移（高墩）等多种因素的影响，建立了桥上无缝线路伸缩附加力、挠曲附加力的计算原理和计算方法，为中国在桥上铺设无缝线路奠定了基础。1968 年，在上海铁路局工务处的主持下，首次在南京长江大桥这座特大桥梁上铺设了无缝线路。

首先在设计上考虑了线路的拱度。南京长江大桥原来公路路面行车道宽是 18 米，后来改为 15 米，铺装做了改变，钢梁载重有所减轻，所以钢梁的上拱度偏大。此外，原先在设计钢梁上拱度时对拱度曲线的匀顺注意不够，拱度曲线一些部位坡度也过陡。为此，维持采用了两种规格的桥枕，即 20×24×300 和 22×26×300（厘米），并采用了不同厚度的木垫板，把线路调整成平顺的曲线。其次，为了保证行车安全，在 1 号墩、4 号墩、7 号墩及 10 号部位分别设置了伸缩调节器，上下行的伸缩调节器反方向错开布置，长钢轨与伸缩调节器之间用鱼尾板和高强度螺栓连接，不留轨缝。另外，选用扣压力较大的木枕 K 型的扣件，锁定长钢轨，防止钢轨爬行；选用钩头道钉，减小了钢轨的轴向负荷；为了防止护轨串动，每隔 25 米设防爬器一对。为了减轻大桥重量，桥面铺设木枕。

试验列车通过大桥

铁路桥桥面

在铺设时采用“换铺”的作业方式施工过程如下：

1. 预铺临时线路的短轨。

2. 在焊轨厂里，用气压焊把未钻孔、未淬火的 25 米长的钢轨焊接成需要的长度（用于连续梁的长度为 217 米及 250 米，用于简支梁的为 137.5 米及 150 米）。整个焊接工作包括配轨、调直、轨端处理、焊接、清除焊瘤、正火、研磨、矫直及探伤等一系列工艺过程。

3. 用专门列车将长钢轨运送到大桥上，卸至临时短轨的外面。

4. 用铝热焊把 217 米及 250 米的长钢轨焊接成 467 米，与伸缩调节器连接后恰好与每联钢梁需要的长度相等。

5. 用换轨小车把长轨铺入线路，引入轨槽，同时把临时短轨卸入道心。

6. 长轨铺入线路，再与伸缩调节器连接，并调整线路，至此完成施工。

实践证明，无缝线路用于大桥，列车通过平稳，噪音小，减少了对桥梁的冲击力。经过数年运营，线路一直保持良好状态，规定距离、水平无明显变化，线路无爬行扭曲现象，有利于养护维修。

1968 年 9 月 30 日：铁路桥通车幕后故事

或许是建造的过程太过艰难，或许是想留住几多动人的历史回声，或许是战役指挥员想审视百折千回走来的风景，南京长江大桥铁路桥和公路桥通车时分别举行了两次典礼，每次都有 5 万军民参加。到目前为止，在国内大桥开通仪式上唯此一例。

1968 年 9 月 9 日至 26 日，铁道部、南京长江大桥建设委员会、上海铁路局、大桥工程局组成验收交接组，27 日晚至翌晨在铁路桥往返开行 7 辆重载列车进行试验，测试证明钢梁及其结构优良。

验收评语中写道：正桥工程质量优良，钢梁制造、架设、铆合的质量较高，正桥 3 号墩基础因处于挤压破碎带，抗冲刷能力需加强探测；引桥墩台基础质量良好，预应力混凝土梁质量优良，辅助设备齐全。可以交付运营使用。

铁路桥全长 6772 米，双轨复线，宽 14 米，连接津浦铁路与沪宁铁路干线，成为国家南北交通的要津和命脉。过去靠火车轮渡过江包括等待时间约为 2 小时，现在从大桥上通过只需 5 分钟。

大桥通车后，列车过江能力大为提高。初期每天平均通过四五十列火车，1999 年每天通过约 60 列，2011 年每天通过约 200 列。现在每天通过约 300 列，即每 5 分钟一列，时速 140 公里。

10月3日的《人民日报》，在头版用一个整版的篇幅，报道了南京长江大桥铁路桥胜利建成通车的消息和通车典礼的盛况。

新华社南京3日电：在战无不胜的毛泽东思想的光辉指引下，我国工人阶级发扬自力更生的无产阶级革命精神，自行设计、自行施工建造的现代化桥梁——南京长江大桥的铁路桥已经胜利建成，并于10月1日正式通车。南京车站也同时宣告建成。南京长江大桥铁路桥的建成和通车，进一步加强了我国南北的交通联系，具有重大的政治、经济和战略意义。

9月30日，天气晴朗，碧空如洗，晨风吹来，令人倍觉神爽。国庆前夕的南京城披上节日的盛装，到处洋溢着喜庆气氛。庆祝活动在大桥南堡下的广场举行，道路两旁摆满了鲜花，气象台升起五颜六色的大气球，大桥上下无数面红旗迎风招展，辽阔的长江江面上来往的船只悬挂着彩旗。江中正桥两侧悬挂着“伟大的领袖毛主席万岁”10个大字，每个字8米见方，约5吨重。

在高耸入云的桥头堡上，用玻璃砖镶嵌而成的三面巨幅红旗在灿烂的阳光下鲜艳夺目，气势雄伟的长江大桥显得分外壮观。主席台布置得隆重而热烈，黄色的背景墙上是“南京长江大桥铁路通车典礼”几个大字，中间是毛主席像，两边是国旗，旁边簇拥着10面红旗。主席台两侧一左一右矗立着两幅毛主席语录。

一大早，参加通车典礼的军民满怀着胜利的喜悦，敲锣打鼓，喜气洋洋，从四面八方汇集到江边、桥头。中国人民解放军南京部队司令员、江苏省革命委员会主任许世友，江苏省革命委员会和南京部队的其他负责人、南京市革命委员会的负责人参加了通车典礼。

历经10个寒暑，最激动人心的时刻终于到来了。下午二时整，通车典礼在《祝福毛主席万寿无疆》的乐曲声中开始，江苏省革命委员会副主任杨广立首先在会上讲话，介绍了大桥建设经过；铁道部负责人杨杰向参加建设南京长江大桥的职工、解放军指战员和工程技术人员表示热烈祝贺。大会在暴风雨般的掌声中通过了向毛主席的致敬电。

许世友为大桥铁路桥剪彩后，1000多名市民和部队指战员乘坐彩车驶上大桥。大桥上红旗挥舞，欢声雷动。大桥的配套工程——南京火车站也举行了落成典礼。

1968 年 9 月 24 号，大桥通车的前 6 天，装吊工冯永祥出了意外。他在刷洗公路桥背面横梁上的标语时，吊住他的卷扬机钢丝绳被绞断，从 20 多米高的公路面跌到了铁路面，当场压缩性腰椎骨折、腿骨折，石膏一打就是 3 个月。他的妻子替他参加了通车仪式，回来后描述说："桥上下都挤满了人，连桥下的马路，甚至树上都站满了人，大家都热泪盈眶……"

许世友为南京长江大桥铁路桥通车剪彩

严尤金在南京钢铁厂工作。在大桥还没有建成前，每次从城里到厂里，他都要先到中山码头坐大概一个半小时的轮船，到了南厂门码头后步行 3 公里才到南钢；或者坐轮渡到浦口，再等着一小时一趟的公交车到南钢。因为交通的不便，江南、江北的亲人想要见个面也不容易，许多重要物资运送非常困难，这些都使大家迫切希望能够早日建造一座桥连接长江的两岸。严尤金后来作为方队领队参加铁路桥通车典礼，首先过的是政审这一关。参加通车典礼的工人代表主要来自浦镇车辆厂、南化、南钢几个江北的大工厂，政治觉悟高是对参加方队的工人代表的首要要求。当时彩排了两个下午，每个人都要准确记住自己的位置。为了参加典礼，单位还特意给每个人发了新工作服。作为历史的亲历者，严尤金将佩戴过的飘带夹进书本里小心收藏，一条为纸质，一条为绸缎质地，其中一条还印有《毛主席语录》。

王朔南那天随父辈去看通车典礼，至今记忆犹新。为庆祝通车，会场放了成百上千只鸽子，大鞭炮炸到长江中，掀起一阵水花，瓢泼扑来。他们以为下大雨了，赶紧快跑躲到大交通车的旁边……

彩车经过南京长江大桥

庆祝铁路桥通车情景

南京长江大桥铁路桥

一座大桥汇集了多少代人的梦想，该播撒多少思绪，传递多少情感？这一天是古老南京城的节日，也是勤劳智慧民族的庆典。

10 月 1 日，上海铁路局正式接管铁路桥并开始运营。凌晨 3 时，从福州开往北京的 46 次列车成为铁路桥上通过的第一列客车。当列车驶上被无数彩灯照得通明的南京长江大桥铁路桥时，车厢内一片欢腾，旅客们为自己能乘坐通过大桥的第一列客车而感到幸福和自豪。他们争先恐后地挤到窗口，观看铁路长虹的雄姿。

一位署名“江虹”的作者，写了一篇《列车飞过天堑时》的散文，记录了这趟列车经过南京长江大桥时的情景：

> 列车快到南京的时候，广播喇叭响了，广播员报告一个振奋人心的大喜讯：横跨天堑的南京长江大桥铁路桥已经建成了，这次列车是从南方通过大桥开往北京的第一次列车！夜色中的旅客们睡意顿失，沉静的车厢顿时喧腾起来。

“南京长江大桥共分两层，下铺双轨铁路，上有可以并行4部汽车的公路，铁路桥全长6740多米……”广播员报告说，“这座大桥是我们靠着自力更生的精神，自己设计、自己施工，没找一个洋人，没有一点洋设备，终于建成了这座全国最大的、在世界桥梁史上罕见的南京长江大桥！”

喜讯传来，旅客们心花怒放。列车通过交通大动脉的枢纽——新建的南京车站，就要跃上衔接南北方铁路干线的南京长江大桥了，大家情不自禁地紧靠列车厢两壁，每个窗户都挤满着人群。靠近窗户的人把玻璃擦了又擦，戴眼镜的人掏出手帕揩镜片，老年人在揉眼睛，为的是把大桥看得更真切、更真切一些。

大桥灯火辉煌，千万盏彩灯把她打扮得如同一条灿烂的长虹高悬在空中。“伟大的领袖毛主席万岁”10个红色大字和巍峨的桥头堡上的三面红旗映红了江水。

列车奔向引桥，紧靠窗口的许多旅客忙看着手表，记下这意义重大的时刻——新中国刚刚进入第20个年头，1968年10月1日3点零1分。这时只

2018年8月，上海铁道报社在大桥采访留影

1968 年 9 月 30 日，即将通车的铁路桥

见那桥南的树木和电杆越来越远，越来越小，使人感到车厢仿佛在凌空飞腾，感觉出大桥气势的无比雄伟。

列车奔到大桥中间，向两边望去，好一派节日之夜的壮丽景色。茫茫长江，像闪烁着千万颗星星的银河，数不清的大小船只，悬红旗，挂彩灯，五颜六色的灯串勾画出船身、船楼和船塔的轮廓。江水晃动了倒影，喜气分外浓重。桥下江水波涛汹涌，滚滚东流；桥上列车飞跨天堑，直奔首都。

火车隆隆过大江，令一个时代熠熠生辉。

南京工学院土窑：一群年轻人烧出黏土陶粒

25岁，在你看来意味着什么？刚从青青校园毕业，走上工作岗位，茫然、懵懂，从稚嫩走向成熟，从依赖走向独立的时候。59年前，共和国的初创时期，一群平均年龄不到25岁的年轻人，在南京工学院（现东南大学）用土窑烧出了黏土陶粒，这是我国当时最先进的建筑材料。

早在1950年代初，第一个“五年计划”时，国家就提出发展新型建筑材料，要求一是轻，二是强度高，三是利用工业废料。中国建筑科学院在1956年就开始研究高强陶粒混凝土，作为今后我国建材的发展方向。

1958年长江三大桥开始设计时，大桥工程局总工程师梅旸春提出，要将每立方米混凝土的重量，由普通混凝土的2400公斤减到1600公斤，最终目标是桥面板的重量减去三分之一。这就要求公路桥面采用轻质钢筋混凝土的行车道板与人行道板，这一新技术措施有着很大的经济意义。如果把桥面板的重量减轻，大桥的自重就减轻了，没有那么多的压强，下面桁架的用钢量就可以减少了。今天，中国粗钢年产量已超过8亿吨，排名世界第一。但在20世纪五六十年代，中国钢铁年产量只有1000多万吨，节约钢材是每个工程项目首先要考虑的问题。

长江三桥科技协作办公室将轻质钢筋混凝土桥面的研究列入研究专题，

1959 年 7 月，长江三大桥轻质混凝土桥面研究工作组部分成员合影。左起：王富臣、章熹凯、朱兆铭、张尔恕、宋绍铭、夏明昶、白荣庆、王志新、董德根、夏勤奎、张共玉、舒佩璋

签订了《200 级轻质混凝土专题研究书》，由建筑工程部建筑科学研究院主持这一专题研究工作，协作单位有南京工学院（现东南大学）、中国科学院土木建筑研究所、天津大学、铁道科学研究院、北京铁道学院、南京水利科学研究所等单位，在南京工学院设立了“长江三大桥轻质混凝土桥面研究工作组”。中国建筑科学研究院宋绍铭担任组长，时年 26 岁，南京工学院姚琏任副组长，30 岁出头。工作组成员平均年龄不到 25 岁，是一群青春勃发的年轻人。

1959 年 2 月下旬，春节喜庆的鞭炮硝烟刚刚散去，工作组成员就从各地搬了铺盖卷来了，住在南京工学院。其中，建筑科学研究院来了 9 人，大桥局研究所派了一名工程师，常驻在工作组里协调工作。研究牵涉到材料、化工、结构、经济、施工、混凝土工艺专业等专业，大家以南京工学院为研究基地，抱成一团，密切协作。

做陶粒需要原料。大家首先想到一种叫浮石的天然轻骨料，是火山岩浆喷出来碰到水膨胀后凝成的海绵状的岩石，俗称火山石。工作组去了南京六合，还去了安徽芜湖，湖北宜昌、宜都。调查后认为不符合要求，继而决定用黏土来烧陶粒。

黏土做成陶粒，它对土质中的氧化铁、氧化铝、二氧化硅、氧化钙、氧化钠、氧化钾等成分有一定的比例要求。如果这个比例不适合，烧出来要么是不胀，要么就是气体，还没有烧胀它就软化掉了，淌成一坨。工作组带着一帮学生，在南京跑了象山、方山、麒麟门、孝陵卫、六合等 11 个地方，开采试验用土样。接着在实验室做化学分析，在高温炉中测定其最佳煅烧温度、膨胀率、颗粒强度，通过试验测试，选择适宜于配制高强颗粒混凝土的陶粒用黏土。在确定土源后，再开采几十方黏土回来，把它磨细，搅成泥以后像挤面条一样挤出来，用切割机把泥条搁成约 1 厘米泥球后晒干备用。

工作组同时在南京工学院里就地砌试验窑，24 小时不间断地将土球烧成供混凝土试验用的陶粒。然后采用烧成的陶粒进行混凝土的试验，选择符合大桥桥面板强度要求的最佳陶粒混凝土。配合比确定后，还需进一步测试陶粒混凝土的物理、力学性能，包括它的耐久性、抗冻性、抗渗性、抗变形能力和弹性模量等。由于混凝土试件要自然养护 28 天才能达到测试强度，为加快进度，工作组就砌了个蒸汽养护窑，自己烧锅炉。通过蒸汽养护，加快试验进度。

试验地点——五五楼

因为桥面板是一个受弯构件，当年我国还没有自己的钢筋混凝土规范，用的是苏联规范，更没有轻质钢筋混凝土的规范。所以，从事结构研究的人员，必须要把钢筋混凝土受弯构件受力性能相关的数据测试出来，又开展了受弯构件的制作和试验，其试验结果供大桥桥面板设计时采用。

上述试验完成后，研究组还试制了不同比例尺寸的桥面板，做了桥面板的静载再试验，用工字梁做支座，把桥面板架起来，上面放钢块，很多个钢块堆在上面，像一座山似的。静力实验证明，陶粒混凝土的承载能力完全符合设计要求。由于桥面承受的上动荷载，还需经得起反复疲劳的考验。因此，又在北京铁道学院做了疲劳试验。结果表明，它不比普通的混凝土差。

载重鉴定

试验得到各个单位的无私支援。北京第一工业设计院派专人来南京，参加工作组的工作，在陶粒窑的设计与修建中，起了很大的作用。在陶粒焙烧过程中，南京、红旗、新宁等砖瓦厂又都派来烧窑的老师傅来支援。在建窑过程中，八一及红旗耐火材料厂加工了许多异形耐火砖。

经过全体人员的共同努力，于4月末达到了协议书要求的指标。大家刚刚松了一口气，协作办公室于5月初又提出更高的指标：配备250级，容量为1600千克/立方米的轻质混凝土。工作组再接再厉，虽然屡次失败，但最终在7月份达到并超过了这一指标，成功地试制出280级、容量600千克/立方米轻质陶粒混凝土。

就这样，一群来自天南海北的青年人，在建设新中国的感召下，为了一个共同的目标，没有白天，没有黑夜，没有星期天，更没有经济上的补助，用了将近半年的时间，终于攻克了课题。

在正式付诸使用之前，1960年，铁道部在南京召开鉴定会，有近40个单位参加鉴定，铁道部的科学局、施工局和建工部的科学局也来了。在鉴定会现场，大桥局二处还做出了几块陶粒混凝土桥面，用工字钢梁做支座，然后把桥面板铺上去，就像真实的桥面一样，然后驾驶40吨的履带吊车从上面驶过。测试结果表明，路面既不开裂，挠度也合格，鉴定会一致通过技术鉴定。与普通混凝土相比，陶粒混凝土每立方减轻自重500公斤，南京长江大桥可以全面使用。

工作组在离开南京的时候编写了厚厚的一本培训教材，并在南京开办培训班，包括技术人员、生产工人都通过了培训。试验完成以后，工作组的人员各奔东西，工作组研究成果很快被广泛用在建筑材料上。

时间到了1967年，南京大桥公路桥要展开施工时，上海、天津、宜昌等城市很多工厂都已经生产出了粉煤灰黏土陶粒。尽管不是黏土陶粒，生产工艺也不一样，但是它的机理、原理是一样的。后来就选用了上海市建筑科学研究院研制的粉煤灰陶粒，是以煤为材料的火力发电厂排出的粉尘烧结而成，上海市建筑科学研究院还按1:1的桥面板做了校合验证。铺设粉煤灰陶粒混凝土，使桥面段质坚而分量轻，处于国际先进水平。

1985年，南京长江大桥新技术获得了国家科技进步特等奖，当时参加工作组的人员直到1988年才知道奖励有他们一份。铁道部通知了建设部，建设部通知了建筑科学研究院，分配下来几百元奖金，寄来复印的奖状。建研院通过各种渠道寻访已分散各地的原工作组成员，将奖金与奖状分别寄给了原建工部建研院的宋绍铭、陈烈芳、骆家楠、张尔恕、王富臣、张蓓真、夏勤奎、舒佩璋，原南京工学院的姚琏、董德根、周新益，中科院的王志新、夏明昶，天津大学的朱兆铭，北京工业建筑设计院的马丽权等人，奖金总数为470元，每人60元、40元、30元不等。而原建研院的李济慈、北京铁道学院的章熹凯、张光玉和南京水科院的邵永健等则一直没有联系上。

南京试验结束后，宋绍铭报名支援大三线，“文革”中回到南京，后来担任南京建筑科学院院长、江苏省土木学会副会长兼秘书长等。回想当年，他再三地说，陶粒是一个时代的产物，不能简单地把成果记在哪几个人身上。国家缺少钢材的窘况，研究人员的爱国热情，学校和地方政府、大桥局的支持，三者缺一不可。把陶粒用在国内的桥面板上，这还是第一次，梅总有气魄。

我们这批年轻人也真是“不知天高地厚”。接到任务以后，我们就一个信念，只许成功，不许失败。

几十年来，宋绍铭搬家几次，当年编写的教材、研究报告和试验报告始终陪伴身边，舍不得丢掉。捧着几本并不厚的书，感到有种沉甸甸的力量。

宋老是苏州人，今年已经87岁了，住在东南大学旁边的宿舍楼里，几件老家具还是老伴在单位先租后买的，有的凳子腿散了，就用包装绳简单地捆扎一下。从大三线回来，大女儿已经10岁了，一直由上海外婆抚养。二女儿出生后还在哺乳期，妻子就去了农场，孩子交由保姆带，是喝牛奶长大的。老伴五年前去世了，书房挂着遗照。说起妻子，宋老惭愧地低下头说，我对不起她。

采访完，老人带我去东南大学。指点体育场的方位说，那时候觉得校园好大好大，土窑就建在体育场的东北方向。试验的地点是“五五楼”，即1955年建的大楼，在校园的东北角，是座拐角楼，北面围墙外是北京东路，

自筑的土窑

东面是成贤街。试验地紧挨着土木系、化学系，每个系的设备都可以使用。

一晃 59 年，多么漫长的一段岁月啊！可以想象，他多次伫立这里，目光越过楼房，寻找过去的韶光，脑海里翻腾着一张张稚气的面孔。冬日的阳光透过排排水杉，映照一缕一缕的发丝。尽管脸上布满皱纹，但仍看得出，他年轻时生长着排球运动员的身材，是个很英俊的小伙。我看着老人，就像欣赏一座出自名家之手的黄铜雕像。

世间太喧嚣了。微信聊天，键盘敲打，公交报站，医院叫号，各种人工制造的声音无时无刻不在撕扯着我们的耳膜，让人心烦意乱。只有校园里有难得的安静，让你沉下心来思考，倾听自己思想的声音。

临别时，老人告诉我说，年龄大了，好多事已经记不住了。今天和你谈了一上午，明天再遇见你，也许就不认识了。

在将近半个世纪超负荷的运载中，陶粒混凝土路面损伤严重，加之得不到彻底修复，南京长江大桥伸缩缝跳车非常严重。在 2018 年的修缮过程中，修桥工作者们决定在桥墩和钢梁承载重量不变的情况下，把旧的混凝土板全部更换成正交异性钢桥面板。原来混凝土板每 32 米设置有一道小的伸缩缝，现在新制钢桥面板 480 米才设置一道伸缩缝，全桥只有 5 道伸缩缝，使用年限不低于 50 年。人行道也采用了聚氨酯薄层铺装，取代了容易破碎的瓷砖，依然是深红的颜色，类似塑胶跑道，迤逦而去。清晨，踏着露珠的痕迹，迎着朝阳的气息，聆听大桥的交响，心里有说不出的舒畅。

我们在享受先辈留下的丰厚遗产时，不能忘记他们创业时栉风沐雨的艰辛。

双曲拱桥：在夫子庙文源桥上做压力实验

南京长江大桥的公路桥和铁路桥一样，包括水上的正桥和岸上的引桥两部分。而公路引桥又分为两段，和正桥衔接的那段公路引桥采用的是预应力梁，与地面接触的那段引桥，采用的是双曲拱桥，在南岸连续18孔，北岸连续4孔，犹如一条彩练，把雄伟的南京长江大桥装扮得分外壮丽。

我国现存最古老的石拱桥是赵州桥。不但有个弧形的大拱，而且在桥肩上还有4个小拱。当山洪暴发时，小拱可以把洪水泄走。赵州桥坚固的秘密正在拱上。

无锡地区湖多、河多，桥也多，大大小小的桥加起来有一万多座。这么多桥中，什么类型的桥最多，什么样的桥最容易建造，什么样的桥最实惠？无锡就出了这样一位能人——苏松源，时任无锡县公路管理站站长兼交通局桥梁工程队队长，他在1964年造出了一种双曲拱桥，取代了当时农村大量使用的木桥，仅无锡地区就建造了5000多座，很快交通部就在全国大力推广。那时全国公路建设有三件宝，一是打井，二是柏油路，这三就是双曲拱桥。

这种桥类似自行车挡泥板。看起来外形同一般的空腹式拱桥好像没有什么区别，可是你如果走到桥下一看，就会发现另有乾坤。它的断面形式是由许多像瓦片那样的混凝土小拱波以及与小拱波垂直的混凝土拱肋结合而成。

无锡新安乡蔡旺村的新虹桥以及国家邮电部发行的“公路拱桥”特种邮票中的“无锡新虹桥”邮票

这样，不仅是双曲拱桥的外形是曲线拱状，而且断面的形式也是曲线型的，真是拱中有拱。

我们知道，混凝土可以承受较大的压应力，但是它受拉力的性能却很差，一般是在混凝土里增加钢筋来弥补混凝土受拉力差的缺陷。现在把拱波制成像瓦片一样的凸曲型，那么横向的混凝土小拱波受到的只是压应力，而且这种压应力是沿着曲面均匀地分散开去，这样大大提高了拱桥的强度和横向稳定性，使双曲拱桥不仅跨度可以造得很大，而且承载力比同样跨度的普通拱桥要提高一倍，还节省了许多钢筋水泥和木材。

普通的拱桥，要选取比较硬的地基，如果造在软土上就会发生沉陷，从而使拱圈开裂，以致损坏，而双曲拱桥对地基的要求不像普通拱桥那样严格。这是因为较软的地基使拱脚产生一定程度的变位时，双曲拱桥的纵横两个方向的拱形断面具有一定的弹性，来适应拱圈的变形，而不致损坏。此外，建造双曲拱桥时，预制构件的截面轻巧，支架简单，吊装时不需要大型起重设备，施工比较方便，用一般的人工就能做到，适合群体性作业。

不过，双曲拱桥用到特大桥梁上，还是破天荒第一次。南京大桥两岸公路引桥，原来设计比较短，最后决定将南岸引桥延长 18 孔，北岸引桥延长 4 孔。当初设想的是高填土方案做引桥，用土填高，垒成路堤，用以代桥。这不仅非常难看，而且要拆迁大量民房，破坏大块农田，阻塞交通，隔断水系，每年还得翻修路面，做排水沟进行绿化等。

采用高填土方案所用的土方大约为 37 万多立方米，要比采用双曲拱桥方案所用的土方数大 9 倍多，路基所占农田的面积和要拆迁的房屋都要多一倍左右。不仅如此，用高填土方案时所需的土方，在南岸要从一公里以外的象山取土，在北岸要从两公里以外的宝塔山取土，都有一定的运距，要花费大量的人工和时间。这 37 万立方米的土，要是用解放牌卡车来装，大约需要近 10 万辆。如果 10 万辆卡车排成一队就有 3000 公里，相当于从广州到沈阳的距离。

南京市勘测设计院负责引桥设计，经过讨论，决定采用双曲拱桥方案。

他们先到无锡去学习，看到无锡不仅农村有，城里也有，而且很多。跨度有十几米的，也有几十米的。听说长江大桥要采用，无锡县交通局桥梁工程队就拿出图纸详细地介绍，领到施工现场去看。桥的设计建造者、无锡的桥梁专家苏松源后来还来到南京现场指导，具体施工的负责人一直到工程结束才回去。

苏松源

双曲拱从理论上来说是可行的，但这种形式从未使用到大型桥梁中，到底能不能成功，尚需实验和数据来证明。南京夫子庙秦淮河上有座紧邻科举博物馆的石拱桥，名为白露桥（现称文源桥）。设计人员曾对这座年代久远的小桥做过一次秘密的实验，把它改造成 20 米宽的一个双曲拱桥，用铁块加压，用压力表测试，测试结果非常理想。在施工前，在正式桥址上又实地建造了两座试验桥进行试验，桥宽 4 米，3 个拱，跨度 32.2 米，主拱圈与正式桥一样，在正式桥墩上做

双曲拱桥施工

临时性的小合帽作为试验拱的支承。试验是在裸拱的情况下进行的，拱上建筑的重量以压重代替。测量了挠度及应力，观察了裂纹的开展情况，试验一直加载到破坏，取得了成功。

副院长、总工程师张思和与尹经章、陈引川、石开云、曹吴淳、汪琬如、陈德霖、杨祈昌、周陶娥、宰秀文、汤怡武、杨惠芳等工程师为建造拱桥进行了精心设计和科学实验，市政公司配合。引桥打桩任务南京承担不了，请求上海基础公司支援。上海基础公司很快派出打桩队来到南京，克服了许多困难，按时完成打桩任务。

双曲拱桥需要几万块小拱波，开始时，每天只能生产二三十块，而且质量低，废品多。照这样的进度，仅生产小拱波就需要花 5 年左右的时间。技术人员和生产工人计算出正确的混凝土配比，小拱波的产量一下子提高了 10 倍，质量也远远超过原设计标准。南引桥第 11 孔横跨铁路，考虑到火车的振动因素，加了振动系数，把结构强度提高，以保证火车能够顺利通过。施工时受到影响，工长万修成带领工人连续作战，仅以 6 天时间就完成了主拱圈任务，缩短工期 11 天。双曲拱桥共有 22 孔，长达 760 多米，工人们仅用 69 天就顺利完工，创造了建桥史上又一个奇迹。

到 20 世纪 80 年代初，我国双曲拱桥已经建造了几十万米，仅江苏一个省就建立了近万座双曲拱农用桥梁。沭阳的新沂河大桥，全长 1267 米，有 39 孔，是我国目前最长的双曲拱公路桥。在铁路工程中，也广泛采用了双曲拱型桥梁。

双曲拱桥的发明者是苏松源，1929 年出生于江苏省无锡市，教授级高级工程师，曾任中国公路学会桥梁与结构工程学会理事、无锡桥梁工程公司总经理、锡山市工程学会理事长、锡山市集邮协会交通分会会长。他仔细研究了古代石拱桥的构造，又受坟墓顶部拱圈的启示，创建了世界上第一座双曲拱桥——1964 年 7 月问世的跨径 9 米的“东拱桥”。中国桥梁之父茅以升曾

1968 年，南京市勘测设计院的技术人员在大桥留影

拱桥给南京城留下一道壮丽的景观

经说过，除赵州桥外，双曲拱桥是中国建桥史上的又一大奇迹。

苏松源还是一名集邮大家，他编写的《桥梁世界——邮品博览》，收录了他收集的各种有关桥的邮品700多件，时间跨度超过百年，地域包括162个国家和地区，真是洋洋大观。书中收录了大桥工程局陈新院士一枚实寄封。陈新的家也在无锡，两人同为桥梁专家，又是老乡。有意思的是，陈新用的是大桥局勘察设计院的信封，贴的邮票除了普通邮票外，还有我国1957年10月1日发行的《武汉长江大桥》纪念邮票中的一枚。实寄封到了无锡，陈新的思绪也跟着穿桥过洞，聆听船娘的歌声，沾上了江南的好风水。

双曲拱桥确实有很多优点，但也有一个致命的缺点，桥梁寿命比较短，1980年代建的桥如今不少都因为混凝土碳化，被鉴定为危桥而拆除。

回望历史，当年无论陶粒混凝土，还是双曲拱桥，都是在国内钢产量严重不足、水泥产量小且标号低的特定条件下的创举。虽然现在因为水泥标号提高，陶粒作为骨料已无法满足高强度混凝土的要求，钢材水泥产量巨大，已经不必再考虑节约材料而更多地考虑结构的安全性及耐久性，双曲拱桥也不再设计建造，但当年的条件下这些人的功绩和他们的创造力不应该被忘记。

1968 年 12 月 29 日：南京长江大桥全面建成通车

1968 年 12 月 29 日，对于古都南京来说，又是一个永载史册的日子——南京长江大桥公路桥建成通车，5 万多军民参加了盛大的通车典礼。对于所有中国人来说，这是一个为之自豪的日子。

冬日的清晨，天空飘起了小雨。那细细的雨丝似乎都没有重力，被风一吹就漫天飞舞了。南京市民几乎倾城出动奔向大桥，每个人都想亲眼看一看大桥，亲手摸一摸大桥。数十万人涌向桥头，人山人海，群情激奋。新华社做如下报道：

> 在亿万军民热烈欢呼我国成功地进行了一次新的氢弹试验的大喜日子里，从扬子江畔又传来一个振奋人心的喜讯：我国工人阶级靠战无不胜的毛泽东思想，高速度、高质量地在 1968 年 12 月 29 日，胜利地建成了南京长江大桥的公路桥。至此，我国自行设计和建造的最大的现代化桥梁——南京长江大桥，已经全面提前建成通车。

《新华日报》报道说：

新建成的南京长江大桥公路桥正桥两端，矗立着4座巨大的工农兵英雄群塑，桥头堡的三面鲜艳夺目的红旗，直插云霄，银灰色的栏杆旁，无数面红旗迎风招展，气势雄伟的长江大桥，显得分外壮观。

一大早，参加庆祝大会的人们，穿着最庄重、最漂亮的服装，满怀着喜悦，高唱歌曲，簇拥着毛主席的巨幅画像，敲锣打鼓，从四面八方源源不断地汇集到江边桥头的庆祝大会会场。整个城市沉浸在欢乐的气氛中，大桥周边的高大建筑物上聚满了人群，在等待着一个伟大时刻的到来。

临近开会时下起了大雨。许世友从江中乘船过来，既不穿雨衣，也不撑雨伞，满身雨水往下淌。已经在主席台上等候的所有领导，也都脱去雨衣，丢掉雨伞。

上午8时，大会的前奏——《东方红》乐曲响起。江苏省革命委员会负责人在大会上讲话，他首先向到会的同志报告了一个特大喜讯，我国成功地进行一次新的氢弹试验，向广大建桥工作者表示祝贺和慰问。建桥工人代表也在会上讲话，回顾了建桥的过程。大会通过了《给毛主席的致敬电》。

庆祝大会结束后，红色的信号弹腾空而起，在一片鞭炮和锣鼓声中，100多辆彩车徐徐通过公路桥。顿时，大江南北，桥上桥下，车内车外，一片欢腾。“伟大领袖毛主席万岁！万岁！万万岁”的欢呼声震撼大地。南京市近5千名知识青年，乘坐国产汽车浩浩荡荡地通过南京长江大桥公路桥，到苏北农村安家落户。

参加庆祝大会的人们，跟在汽车后面，如大海扬波地涌上桥头，从桥南涌向桥北，又从桥北涌向桥南。参加建设的人们，纷纷涌向照相馆，集体拍照留念。如今，通车的盛况早已随风飘散，唯有帧帧照片记录了那一刻的停留，定格了一张张幸福洋溢的笑脸。

南京长江大桥公路桥通车，意味着大桥全面建设完成，建桥队伍在各个车间里选了代表去参加通车典礼。四处机工窦润芳回忆说，早上在江北集中，乘轮渡过江以后到二处会合，规定坐几号车。等到通车典礼结束，就不坐轮

南京长江大桥公路桥通车

渡回去了，改坐汽车过江。也有在下面坐火车过江的，到处敲锣打鼓，一片欢腾，大家很开心。自己亲手建造的桥，第一个乘车过去，感到莫大的荣耀。

张金玉家住江北，当时还是个孩子，他亲眼见证了这一激动人心的时刻：桥北全部挤满了人，周边的老百姓全部上了桥，去看剪彩。剪彩过后大桥通车，然后大家从江北跑到江南，当时场面特别壮观，大家都在呼喊着“毛主席万岁！”那时候大桥上面插着红旗，特别漂亮。我和院里的孩子们步行，从人行道步行到盐仓桥，到小饭店吃碗面，然后就往回走。他们是从下午两点钟出走，一直到晚上天黑才回到家的。

文友叶明回忆说，大桥正式通车的次日，寒风凛冽，人如潮涌。我随着拥挤的人流走上大桥，来到桥头堡。只见桥栏杆上昨天通车庆典时竖的红旗，全被风吹成了布条状，没有一面是完整的，有的仅剩旗杆，可见当时江面上的风有多大。我戴着眼镜，必须用手扶着，才不至于被风吹走。联想到工人们在如此环境下建造大桥，该有多么的艰辛。

“文革”时学校“复课闹革命”，没有课桌椅，没有新课本，学校只能不间断地组织学生学军学工学农。1969 年下半年，刚从工厂学工 3 个月回到学校的我们，又被组织到江北的大桥公社学农 3 个月，与社员同吃同住同劳动。记得去和回都是背着行李，徒步过大桥的。加上两端的路程，至少要步行 10

南京长江大桥引桥

公里。那时我们 14、15 岁，没有人不走，也没有人叫累。学农结束返城走到大桥上，看到盏盏似苞蕊般的玉兰花灯时，竟然感觉是那样的美，全然忘却了因皮肤过敏、后背脓疮遭背包摩擦、血水一片而产生的疼痛。

李志晖当时在南师附中上学。她说，大桥通车前夕，毛主席号召知识青年上山下乡，我们去的是苏北，有人去淮安的，有人去泗洪的，有人去涟水的。数百辆军用卡车送我们，大车队从大桥上面通过。车子很密集，都是带篷布的，一辆接一辆，坐在里面只能看到后面一辆车。到了插队的地方，我们就跟农民宣传说，以后你们什么时候到南京，我们带你们去看长江大桥去。十几公里长，相当于农村二三十里地了。你们还没有看到过这么长的桥吧，而且下面走火车，上面走汽车。

锻工王春义说，通车后他和其他工友都很兴奋，大家常常一起从桥这头走到桥那头，来来回回走很多遍，怎么看都不厌。“对我们是心灵熏陶，有时候从头走到尾，不停地去看大堡、小堡，不乘电梯，爬上去，那种心情感到特别地自豪、骄傲，因为自己参与过，有情感的流露。不停地久久地留在那个窗口，眺望远方，站在桥堡下，看着三面红旗，目不转睛，感受这座宏伟的工程。刚来到工地时只是一个个桥墩，一旦成型，那种享受难以言表。”长江大桥还是他的“媒人”，他的妻子是当时参与大桥建设的师傅给他介绍的。现如今，王春义在各地继续从事他热爱的造桥工作，但只要回到南京，他都会找时间，找以前的工友，或是和自己的妻子，一起到长江大桥走一走，回忆当年参与建设长江大桥的岁月。

对于南京人而言，南京长江大桥是故乡的代名词，是让人魂牵梦萦家的方向。大桥刚落成时，两岸的许多乡村还没有通电，即便是城市，晚上也是灯光稀疏，漆黑一片。在孩子幼小的心里，大桥简直就是童话里金碧辉煌的宫殿。乘坐观光电梯，一会儿就升到桥面。脚下的大江浩荡东去，轮船上闪烁着璀璨的灯光，像金色的项链，和天上的银河连成一片。生活第一次展开了美丽的彩页，站在大桥上，兴奋地畅想理想和希望。

黄聿祥写了一首《南京长江大桥歌》，表达自己抑制不住的喜悦心情：“长江浩荡水流东，车马不渡惟征鸿。由来天堑称巨险，千夫辟易面失容。忽然

青春的留影

形势大改变，新人新事争出现，平地架桥跨南北，万丈彩虹落江面。”

在《你知道吗》的栏目下，薛贵宝在《火车过江今昔》的文章中，给读者算了一笔账：与大桥通车前夕比，旅客列车轮渡过江要停留两个多小时。现在从林场直开南京站只需运行 16 分钟。货运列车每辆车的平均中转时间比过去缩短了 3.6 小时。由于列车过江时间短。大大加速了车辆的周转，运行 10 年可以为国家节省 122 万个车皮。如果用这些车皮为南京人民运生活用煤，足足可用 163 年。

南京盼望大桥已经很久了。

长江自古没有桥，天堑阻断交通。多少年来，在烟波浩渺的江面上，人们只能靠渡船来往于两岸。沟通大江南北，在中国是一个久远的梦。

楚汉相争时期，项羽垓下之役突围后，被刘邦的军队一路狂追。他来到长江北边的卸甲甸，希图过江。最终因无法过江而不得不向西逃去，在乌江拔剑自刎，上演了悲壮的一幕。974 年，宋太祖赵匡胤起兵 10 万征伐南唐，用预制件在长江上成功架设浮桥渡江，这是我国在长江干流上建造的第一座正规军用浮桥。

清朝政府曾经筹谋过过江工程，由于技术难度太大而力不从心。1911 年，津浦铁路建成后，因长江阻隔，和沪宁线不能贯通，止步于浦口。孙中山在《建国方略》中规划浦口为“长江以北一切铁路之大终点”，在南京与浦口之间建过江隧道。由于各方面条件限制，这一计划始终停留在图纸上。1918 年，中华民国北洋政府请铁道部顾问、法国桥梁专家在南京进行建桥的勘测，但没有结果。1927 年 4 月 18 日，国民党政府定都南京，修建长江大桥被写入未来城市发展的蓝图之中。1930 年以 10 万美金聘请铁道部顾问、美国桥梁专家约翰·华特尔来下关、浦口间考察。终因水文复杂、地质条件差，得出“水深流急，不宜建桥”的结论。华特尔提过武汉长江大桥方案，但对南京建桥没有提出任何建议。钱塘江桥工处曾有在长江上建桥的讨论，但没有提出具体方案。此后，国民政府又先后于 1936 年和 1946 年两次考虑建桥，但因抗日战争和第二次国共内战爆发而作罢。日本侵占南京时，出于侵略掠夺的需要，一度计划开凿浦镇至尧化门的过江隧道，但也只是纸上谈兵，说说而已。江

1931 年大水后，国民政府特组水灾救济会，负责修筑长江大堤。图为勘查委员正在勘查已经修筑完竣的大堤

面宽阔、水文复杂，在南京长江的江面上上架桥，是千百年来遥不可及的梦想。

1953年南京编制的第一个城市规划《城市分区计划初步规划（草案）》，对外交通规划的部分已经开始考虑大桥的选址。在1954年在重新编制的《南京城市初步规划草图》中，规划部门初定了南京长江大桥的桥址，并且在道路的规划上增强了和南京长江大桥之间的联系。

自沪宁铁路和津浦铁路通车以后，由于长江阻隔，两岸不能贯通。后来仅靠宁浦火车轮渡，日均16渡左右，每日仅有一对直通客车由轮渡载运过江。新中国成立后，又增加了3艘较大的渡轮，日均120渡左右，仍不能满足国民经济日益发展的需要，渡口积压待运的物资常在10万吨左右。面对多方面的需求，1958年6月，中共江苏省委正式向铁道部党组、国家计委提交了申请报告，建议将南京长江大桥列入“第二个五年计划”，并争取在1961年建成。

在“大干快上”的“大跃进”中破土动工的大桥很快就遭遇了物资短缺的三年困难时期，随后又遇上三线建设、“文化大革命”，大桥工程一直在开开停停中缓慢推进。当这座比武汉长江大桥更加雄伟的桥梁建成时，新华社将它与氢弹试验成功的消息一并报道。《新华日报》破例发了上午版和下午版，上午版是大桥通车的消息，下午版是氢弹试验成功的消息。

刚建成后的南京长江大桥

《新华日报》桥头堡速写

《新华日报》小堡雕塑速写

雪后的南京长江大桥

《中国桥梁史稿本》这样评价说：南京长江大桥深水基础的实践和成功，使我国从此再没有跨不过去的江河。新中国成立 60 周年时，全国 30 多家主流媒体联合评选“大国印记：1949 — 2009 中国 60 大地标”，南京长江大桥是仅次于天安门的标志性建筑。

中国人民用勤劳智慧的双手，在万里长江上绘起一道绚丽的彩虹，必将赢来世间无尽的赞美。

新中国地标

建筑并不仅仅是建筑，好的建筑是凝固的艺术、时代的标识、文化的符号。

南京长江大桥建成通车，成为新中国历史上的一件盛事。

作为新中国建设的一项伟大成就，南京长江大桥因其独特的政治、经济、军事、科技价值被载入史册，它所承载的自信自强的民族精神更成为中国人民心中的一座丰碑。

时代的画廊、
脸面和桥梁美学

南京长江大桥集壮丽与秀美于一身，是中国人民在中国共产党领导下，万众一心、奋发图强的英雄史诗。大桥建成后，被视为新中国成就的象征。公路桥上的大小桥头堡不仅是大桥的标志，而且被誉为祖国风光的画廊、时代的脸面。走上大桥，你就会重新回到那个拼搏向上的年代，领略这一国家工程中所蕴含的独特桥梁美学。

公路桥全长 4589 米，由于引桥过长，如果只建一个桥头堡，会显得单调、突兀。著名建筑大师杨廷宝教授在设计时曾指出：

> 桥头堡建筑是美化桥梁的重要一环，桥头堡位于正桥与引桥之间。正桥由 9 孔、每孔 160 米跨度及 1 孔 128 米跨度的钢梁组成，引桥则由上百孔 32 米跨度钢筋混凝土预应力梁构成。如果只做一个单式桥头堡，既压不住，也断不开。要从主桥过渡到引桥，需要采用复式桥头堡。因主桥是钢桁梁，而不是实体结构，所以桥头堡也不能太笨重，采用一个大桥头堡加上一个小桥头堡比较合适。大桥头堡顶上有三面红旗显示出时代特征；小桥头堡塑造一群雕像，两堡之间既分开又有联系。为把主桥与引桥衔接起来，大小堡之间采

用三等跨22.9米钢筋混凝土预应力梁，形式既与引桥相似，又不完全相同，这样过渡比较自然。

经过讨论，桥头堡的形式采纳了杨廷宝的“复式桥头堡”建议，全长97米的大堡和小堡把正桥和引桥明显分离开来，使大桥宏伟和庄严的建筑风格有机地融合在一起，具有了独一无二的气质和美感。

大堡塔楼为桥头建筑的主要部分，高70米，宽11米，米黄色，分立于大桥两侧，高高凸出公路桥面，与正桥、引桥采用对比手法，一个垂直向上，一个水平伸展。塔楼有着青云直上的飞跃气势，成为重点突出的主体，有力地烘托了正桥钢梁。顶端选用了南京工学院青年教师钟训正设计的“三面红旗”方案，高5米、长8米，其骨架为钢结构，旗面为3毫米厚的钢板。红旗飘带为预制混凝土构件，旗尖与飘带外喷金粉，富有实体感。旗面朝向江面，稍微前突，稳定中的动势相对增加了红旗的长度感，并丰富了轮廓线。看似简单的红旗，不知揉进了设计者多少美妙的构思。

小堡位于大堡向引桥方向68.7米处，结构、外形、颜色与大堡类似，仅体量略小。小堡凸出公路桥面的部分为5米高的灰色混凝土群像，分为四个主题：“文化大革命”、毛泽东思想照耀世界各族人民、三面红旗、人民战争，由中央美术学院雕塑创作室和北京艺术雕塑工厂共同创作完成，具有典型的“文革”文艺风格，给观众血脉偾张的视觉冲击。雕塑均有原型，南堡上那个手捧书本的小姑娘是金陵船厂旁边学校的学生，一双清泉般的大眼睛打动了设计者，后来成了江苏省跳水队的队员。南堡西侧的雕塑原设计稿上外国人每人手中拿着一本《毛

夜色中的桥头堡

小堡雕塑

主席语录》。大桥建设委员会副主任、江苏省革委会副主任彭冲看后说：“《毛主席语录》还是中国人自己拿比较好，不要强加于人。”所以，在定稿时把外国人手中的《毛主席语录》去掉了。在当时那个政治环境下，彭冲能做出这样的决定，是很不容易的。

关于小堡，民间还广为流传周恩来的妙答。1972 年 2 月，美国总统尼克松来华访问时，突然问道：“总理阁下，请问南京长江大桥每天有多少人经过？”周恩来不假思索地回答道：“总统阁下，南京长江大桥每天有 5 个人经过。”看到对方发怔的样子，周恩来又从容不迫地解释说：“每天经过南京长江大桥的人是工、农、兵、学、商，不是 5 个人吗？”尼克松听后，连连点头赞叹。

大桥公路正桥两边栏杆上的铸铁浮雕是时代的印记，共有 202 块浮雕，其中 98 块风景主题浮雕、98 块镂空向日葵浮雕和 6 块工农兵浮雕。

美术组提出了两套风景主题浮雕的方案：一套方案是反映革命圣地的图案，如井冈山、遵义、延安、北京等；另一套方案是反映祖国各地风光和建设成就的，如北京火车站、鞍钢、大寨大队、大庆油田、抚顺煤矿等。

工农兵浮雕

向日葵浮雕

上级要求美术组 3 天拿出草图。夏天酷热难当，美术组的 12 名成员集中吃住，将整张道林纸铺在地上，电扇也不能开，连续奋战了三天三夜，困了就打个盹，终于画出了草图。经过集体讨论，认为第二套方案比较好。因为栏杆高度只有 1.4 米，游客观赏的角度是从上往下看，往往还忍不住好奇用手抚摸，如果选用革命圣地方案，似乎显得不够庄重严肃。最后，将两套方案送到彭冲审查，彭冲看后，也对第二套方案表示满意。

98 块风景主题浮雕共分为 20 种，都是描绘祖国山河风貌和歌颂当时社会主义建设巨大成就的，其中有北京车站、大庆油田、大寨英雄田、边防战士、钢都鞍山、抚顺煤矿、东北森林、长城内外、草原牧马、吴泾化工厂、新安江电站、东海前哨、湛江海港、南海渔帆、以岛为家、西南铁路、川藏公路、攀登高峰、沙漠勘探、万吨巨轮等。

北京车站浮雕

大庆油田浮雕

大寨英雄田浮雕

边防战士浮雕

钢都鞍山浮雕

抚顺煤矿浮雕

东北森林浮雕

万里长城浮雕

草原牧马浮雕

工业学大庆浮雕

新安江电站浮雕

东海前哨浮雕

湛江海港浮雕

南海渔帆浮雕

以岛为家浮雕

西南铁路浮雕

川藏公路浮雕

攀登高峰浮雕

沙漠勘探浮雕

万吨巨轮浮雕

为了尽快将草图放大成正稿，大桥美术设计组请南京工学院土木工程系与民用建筑教研组长刘忠德（后任文化部部长）带领七八名师生前来支援，图案绘制完成后分别送到工地、港口，多方征求意见。又请来上海木雕厂、苏州红木雕刻厂和南京工艺雕刻厂技艺精湛的师傅，用银杏木将图案雕刻成木模。苏州红木厂的老艺人赵子康带了两个徒弟，连续工作了两个多月，离宁前提出唯一的要求是，希望得到一枚大桥纪念章。木模雕刻好后，需要翻砂铸造。彭冲说：“‘文革’初期我在南京晨光机械厂被监督劳动过，我了解这个厂，他们的技术好。”按照彭冲的要求，由晨光机械厂承担了栏杆图案的铸造任务。

考虑到栏杆为长方形，葵花图案设计为椭圆形比较恰当。洪烨原来在武汉华中师大中文系当老师，对古典文学比较熟悉，记得司马光曾写过一首诗句：“更无柳絮因风起，惟有葵花向日倾。”于是设计了一个葵花向太阳的设计稿，因为太阳一出来就照在长江大桥上。如果将葵花镂空，图案又会印在桥上，很漂亮。向日葵图案花瓣为31瓣，四周有四片叶子，寓意当时世界有31亿人口，四面八方都向往太阳。

当时工作条件较差，制作椭圆形葵花，只能用万能角尺绘制。图案绘制的过程中，得到了南京艺术学院保彬老师的指导和帮助。

在南京长江大桥南堡和北堡，各雕刻有一幅巨型毛泽东诗词，且都使用石中珍品——汉白玉雕刻描金而成，分别位于南京长江大桥南大堡迎江面和北大堡迎江面。南大堡中间的是《七律·人民解放军占领南京》，北大堡中间的是《水调歌头 · 游泳》。

有工人提议在上引桥处也修建一个建筑，与桥头堡相对应。南京市勘测设计院发动技术人员提出方案，经市领导审查，批准了青年工程师黄壬年的“工字堡”方案，上部四周各有一个粗犷的“工”字，体现南京大桥是工人阶级的伟大创造。

引桥 22 个桥孔，采用富有中国特色的双孔双曲拱桥形式，平面曲线部分采用“曲桥正做”做法，即采用直梁按曲线拼装，而不是直接使用曲线梁。

来自全国各地的技术力量和物资设备，给予大桥建设源源不断的支持和帮助，这种现象在共和国的历史中是非常罕见的：大桥的钢桁梁是山海关桥梁厂研制生产的；南堡由江苏一建建设，北堡由驻军“临汾旅”建设；观光电梯是天津生产的；大桥上的栏杆是无锡加工生产的；桥上人行道上铺设的地砖是鞍山的；桥上的兰花灯路灯是北京生产的（他们不仅制作好，还派人来工地指导安装）；桥面上采用的优质高强螺栓是上海提供的；大桥上采用的全部高强钢丝是天津生产的……

南京长江大桥上川流不息的车辆

俯瞰南京长江大桥

大桥工程进入最后冲刺阶段，省里决定，调派南京各高校的大学生参加工程大会战，分南、北两地进驻大桥工地。时为南京气象学院（现南京信息工程大学）的全班同学，立即放下复课的书本，走出课堂，开始为期两个月的施工劳动。在带班师傅的指导下，先是学习扎钢筋，接着整修葵花和浮雕画板，打磨光滑后喷漆装上桥面；后来用砂布和水磨擦大桥正桥铁栏杆，保证栏杆光滑无凹凸。12 月的桥面上无遮无挡，朔风呼啸，寒气入骨，手掌很快便麻木没有知觉了。大家加倍用力擦拭，让手掌发热，或放嘴边呵气暖一下再干。待任务完成时，每个人都练就了一双“铁砂掌”。

在桥头堡桥面以下部分，大堡侧面写有“全世界人民大团结万岁”、“全国各族人民的大团结万岁”，小堡侧面写有“人民，只有人民，才是创造世界历史的动力”、“我们的国家是工人阶级领导的以工农联盟为基础的人民民主专政的国家”等红色大幅标语。这些红色标语在 20 世纪 80 年代曾被铲除，1999 年为迎接新中国成立 50 周年整修时恢复了南堡标语。

大桥正桥共有 9 墩 10 孔，最高的桥墩从基础到顶部高 85 米，每墩底部面积 400 多平方米。墩与墩之间的距离除北岸第一孔是 128 米外，其余 9 孔均为 160 米。

人行道旁有 150 对白玉兰花形的路灯，桥栏杆上有 1048 盏泛光灯，桥墩上有540盏金属卤素灯，桥头堡和大型雕塑上有228盏钠灯。晚上，华灯齐放，使大桥像一串夜明珠横跨江上，成为金陵新景观。

大桥铁路通车前夕，指挥部派人去苏州珠宝社制作了万枚毛主席纪念像章。10—12月，再赴江西景德镇，联系制作生产大桥元旦通车纪念茶杯8000只。景德镇陶瓷工业公司、瓷用化工厂和为民瓷厂十分重视，给予了大力支持。在时间紧、任务重、要求高的情况下，确保元旦通车前交付了这批纪念茶杯。

站在南京长江大桥桥头堡下，抬头仰望这座巨大的混凝土建筑，南京大学建筑与城市规划学院教授鲁安东再一次被深深震撼了。他想起了自己五六岁时，和父母在燕子矶游玩，却远远地被大桥雄伟的身姿吸引，一家人竟然像朝圣一般，一步一步走到了大桥的下面。“当我看到那个巨大的混凝土结构时，我突然明白了什么叫人民的力量，什么叫作集体主义，什么叫奉献。”在鲁安东的眼中，大桥的设计并不巧妙，但却有着一种拙朴的力量。

练腾空从园中分叉穿过，并将公园自然分成南北两大块。据当年在大桥工作的老同志说，为迎接西哈努克亲王 1972 年来访，聚集了南京全社会之力，修建了道路，建造了花圃、喷水池。部队和各单位出人力，园林部门出草皮和树木，许多雪松、广玉兰、银杏、桂花等名贵树木甚至是从紫金山移植来的，附近的单位也把几十年的大树移到了公园。那个大会战的热烈场景，如今恐怕很难见到了。南京市还专门派出一位出过国的园林专家，成为大桥一名员工的他，把花房里的名贵植物培育得生机盎然。

西哈努克亲王来访还发生了一件意想不到的趣事。2 月 27 日，亲王从无锡起程前往南京参观访问，专列预定在下午 3 点 30 分准时抵达南京车站，上万人在车站内外等候迎接，山呼海啸。但是，当列车在即将进站的时候，却突然来了个“站外停车”。原来负责此次接待的主人——中央政治局委员、江苏省委第一书记、省革委会主任、南京军区司令员许世友迟迟不见踪影。

西哈努克亲王和夫人与陪同人员在大桥合影

情急之下，前来迎接的领导只好赶紧通知专列站外停车。好在列车还未停稳，许世友就乘着吉普车风尘仆仆地赶来了。只见他头戴绿军帽，身着绿军装，风纪扣也扣得紧紧的，一副军人气派，但众人见了还是忍俊不禁。原来这位富有传奇色彩的将军脚上竟然蹬着一双由布条编织的草鞋，裤子和鞋上还沾满了湿乎乎的黄泥巴，熟悉他的人一看就知道这位大将军刚刚打猎回来。西哈努克一走下专列，许世友便连忙迎上前去，与亲王握手、拥抱。对于许世友这副“泥腿子”装扮，酷爱干净的西哈努克丝毫不介意，俩人仿佛久别重逢的朋友那般高兴。原来，在离京前周恩来总理就曾专门向西哈努克亲王介绍过许世友，西哈努克对这位身经百战、忠勇双全、不拘小节的将军也是早生敬慕之情了，更显一番情趣。

岁月流逝以后，大桥还在，公园还在；人走远以后，故事还在。因为这些故事，人间烟火的日子多了一些意外的韵味，寻常的景物也多了一些生动。

南京长江大桥通车典礼当天的场景很多南京本地人应该还能回忆起来，典礼仪式是在如今的南堡公园里举行的，那天可以说盛况空前，仿佛所有南京人都一起聚集到长江大桥下。为了这个典礼，南京市美术公司的筱毅和他的同事们奋战了多个夜晚，才确保当天有这样壮观的场面。

当时大桥管理处给了他几个要求：典礼要隆重又不失庄重，要气派庄严，又要朴素大方。而展厅呢，一进门要放一座毛主席石膏像，但不能用半身像，一定要用全身像，展厅要体现出毛主席提出的“独立自主、自力更生、奋发图强”的精神，展现现代中国的全新风貌。

南京市美术公司以前也曾浇铸过毛主席石膏像，但只有半身像的模子，而且也没有这么大，而南堡大厅既高又大，必须要有6米多高的石像才能显出那份气势和庄严。

筱毅打听到北京美术公司有一个这样的模型，于是就去了北京。但到了北京，人家说模型被郑州公司借去了，筱毅又赶紧前去郑州。到了郑州发现模型太大、太沉了，必须得用火车送。筱毅又赶回来跟铁路部门联系，让他们专门安排一节车厢来运模型。等车厢协调好后，筱毅又赶到郑州，亲眼看着模型装箱上车，陪同车厢一起回到南京。

大桥纪念馆的毛主席像

模型运回来了，接下来就要开始浇铸石膏像了。公司对工人精心挑选，首先要成分好，其次技术还要精湛。要保证石膏像百年不坏，主要是石膏的配方要对，不会因受潮发霉变软，又不能太脆而容易出现裂痕。最后公司精选五六个人来浇铸石膏像，一个是公司的领导，一个是筱毅，还有几个是公司工作多年的老师傅。因为人少工作量大，几个人总共花了三四天才把石膏像安装完成。50多年过去，雕像依然毫发未伤，一如当年刚做好一样，一直都没变。

除了石膏像，展厅里还有一个长江大桥模型，比例按1：300做成，也是由南京市美术公司的工人制作的。用三合板一块一块拼接起来，公路上面还跑着很多汽车，有公交车、货车，也有小汽车，十分逼真。

时隔多年，展厅大部分还是老样子，他们当年设置的橱窗和字画还在，只是橱窗里的内容随着岁月的流逝而发生了变化。没有变化的是参观的人群，认真聆听工作人员细细讲述大桥的建成史，个个都带着景仰的神情。

以前有句话说：铁路、警察，各管一段。铁路是条条管理，铁路用地属于国家所有，由铁路部门利用和管理，受国家法律保护。大桥下面是铁路的用地，公园建成后，交由铁路部门管理。铁路主要业务是做运输，财力与技术人力均难以企及。与当初繁花似锦的年代比，如今的大桥公园显得有些败落。

如今南京正在打造滨江风光带，经过和铁路部门磋商，将打通大桥南堡下面的江滩。按照规划，这里今后要做成滨江景观，南堡公园听说也会出新，到那时这里应该要比现在更漂亮，来这里游览的人会更多。

用坦克
测试大桥强度

南京长江大桥建成通车的第二年，发生过一件轰动南京城的大事，那就是原南京军区动用116辆坦克测试这座大桥是否符合战备要求。此事至今仍被南京人津津乐道，当时通过媒体的宣传，也让外国的桥梁专家们感到惊愕不已。

1969年9月25日，晨曦徐徐拉开了帷幕，江面蒙着一层薄薄的雾纱，客轮、货轮穿梭来往，轮渡鸣着嘹亮的汽笛，长江的清晨就像是一曲美妙动人的交响曲。南京长江大桥此时空荡荡的，既没有车辆，也没有行人。不久，远远地开来一辆吉普车，走下来两位军人，登上南堡东面的桥头堡，一个是原南京军区司令员许世友，一个是装甲部队作训科参谋张进宝。大桥已经戒严，今天要执行一项特殊的军事任务。

20世纪60年代末，苏联与中国关系日趋紧张。珍宝岛战斗之后，苏联沿着中苏边境，集结了百万大军，战争一触即发。正是在这样的历史背景下，1969年9月21日，毛泽东主席来到江苏视察，他在许世友的陪同下参观南京长江大桥时，特地问许世友："南京长江大桥能否满足战备需要？"毛泽东所问的这句话，引起许世友的深思。那么，怎样才能检验出南京长江大桥的承载能力呢？许世友想到了动用坦克对大桥承载能力进行测试的方案，决定从南京军区装甲某师调一个装甲团做好过大桥的各项准备。时任装甲某师师长许枫受命指挥此次军事行动。

许枫于1923年11月出生于安徽巢湖，1939年2月参加新四军，在抗日战争的烽火岁月中，曾历任挺进团一连班长、新四军五支队十团一连排长、淮南独立旅便衣队长、淮南支队独立营营长等职务，先后在来安、淮北、张楼、宿北等地打击过日军，在解放战争时期参加过涟水保卫战、兖州战役、解放淄川城等战斗。

让人意想不到的是，在原南京军区召开的常委会上，大家对坦克要从大桥上通过意见并不统一。在会上发言时，有人认为南京长江大桥名扬世界，大桥刚刚建成不久，坦克从桥上经过，万一损伤桥梁发生意外事故，后果不堪设想，而且还会造成政治影响，这个责任谁能担当得起。还有人担心，如果坦克的履带辗坏桥上的路面怎么办。

许世友在常委会上认真听取大家提出的各种意见之后，为了慎重起见，他命令许枫召集几位参与建造南京长江大桥的桥梁专家，尽快拿出验证坦克能否通过大桥的数据。许枫与几位桥梁专家经过反复论证，决定先从南京军事学院调来两辆重型坦克，半夜里在大桥上试着跑了个来回。大桥纹丝不动，桥面也没有受损，测试结果显示坦克可以过大桥。许枫将所测得的数据向许世友做了汇报。

在测试过程中，许枫和桥梁专家们还试验出防止坦克过大桥时履带辗坏桥上路面的几项措施。其中，坦克按一路纵队行驶，每辆坦克之间拉开20米的距离，保持在45公里时速，让路面平均受力；为了保护大桥的路面，坦克在桥上行驶过程中只能直行，不能转弯，防止履带打滑，避免造成大桥路面的损伤。此外，他们还在所有拐弯的地方都铺上三四层草包垫，用水浇湿，使坦克通过大桥时桥上路面得到有效的保护；进入市区后沿途有多处跨越街道的高压线，事先把坦克的天线压下来绑在车体，高射炮筒调整角度，确保在市区通行，不被刮碰等。

1969年9月24日，根据许世友下达的命令，驻扎在安徽皖北某军事训练基地的原南京军区装甲团用火车将坦克运到南京江北的花旗营，装甲团在

坦克通过南京长江大桥

此做好了坦克过大桥的充分准备。

1969年9月25日上午，许枫向装甲团传达了许世友的命令——“行动开始！”随着3发信号弹升空，全团116辆坦克从江北方面整整齐齐地驶向南京长江大桥。

装甲团官兵们驾驶的是新换装的国产62式水陆两栖轻型坦克，每辆坦克重量为18吨，116辆坦克在大桥上通过时，其时速与间距都完全符合规定要求。副团长余脉文亲自驾驶最后一辆也驶上了桥头。余脉文在解放战争中入伍，是我军第一批接受苏联培训的坦克兵，不仅技术好，还有胆气。事前在检查时，发现这辆车的离合器不能离合，一时弄不好，得回部队修理。不能离合也可以行使，但是必须控制好刹车。单独把一辆车留在江北再运回部队太麻烦，缺少一辆就不是完整的装甲团。想到这里，余脉文就说：我来开这辆车，在后面压阵！

指挥车、宣传车、后勤保障车与坦克从南京长江大桥上浩浩荡荡地通过，桥身稳固，坦克轧过以后，扬起一点灰尘。再看那个路面，一点痕迹都没有，这真是个奇迹！

看到指挥车、宣传车、后勤保障车与坦克从南京长江大桥上安全通过，桥身稳固坚强，许世友放心了。在南堡指挥台的人们也激动不已，他们在战争年代出生入死，英勇战斗，就是为了将来建设一个无比强大的新中国。

许世友乘坐敞篷吉普车跟在车队后面，随部队进入市区。

为确保此次军事行动的顺利进行，坦克从南京长江大桥上通过时，大桥两边的上桥口均实行了戒严，因此坦克过大桥的情景南京市民们无法看到。但是，当部队的车队与坦克下了南京长江大桥，向南京市区行驶时，大桥附近的人们听到了坦克的轰鸣声，全部从家里、工厂、教室跑出来，兴奋地拥挤在路口。从盐仓桥到双桥门，沿途街道两旁站满了夹道欢迎的人群，爆发出阵阵欢呼声，表达着对人民军队的敬意。

车队经盐仓桥、鼓楼、新街口、中华门等地返回驻地。当部队通过市区时，据当时媒体报道，有约 100 万群众闻讯赶来，聚集在道路两侧，为人民子弟兵鼓掌欢呼。

坦克进入市区

不久，许世友又下令，让装甲部队的另一个团驾驶100多辆水陆坦克从南京下游的镇江丹阳下水，沿着老运河，经常州、无锡，在苏州上岸。这一次行动同样浩浩荡荡，让世人惊叹。

坦克过桥，验证了中国军人的作战能力，也验证了大桥过硬的质量。南京长江大桥在建设时，机械和材料相对落后。不过，虽然受艰苦条件等因素制约，但对待建设质量十分严格。现在，我们拥有了先进的科学技术、大量的新材料，积累了雄厚的财力物力，不知何时还能再次目睹坦克轰隆隆碾过的震撼场面。

借南京长江大桥试验导弹潜射

老南京人都记得，1970 年 7 月，刚刚通车的南京大桥被连续宵禁 3 天。大桥中间停放了一台巨大的吊车，一个“大家伙”正在被反复以各种姿态投入江中。

许多人猜测，可能是大桥出了质量问题在检测。此事多少年以后才被解密，原来是借南京长江大桥进行模型弹入水深度的试验。

中国导弹基础一穷二白，一切从零开始。1960 年 11 月，“东风一号”发射成功，实现从无到有的重大突破；1966 年 10 月，中国首次由导弹运载发射的原子弹在核试验预定地点成功爆炸，外电惊呼“像神话一样不可思议”。我国虽先后研制成功原子弹和液体地地战略导弹，但液体导弹准备时间长且机动隐蔽性差。面临超级大国的核威胁和核讹诈，中国急需有效反制手段，研制从潜艇发射的固体潜地战略导弹势在必行。1970 年，我国启动第一代潜地固体战略导弹——“巨浪一号”的设计。

全尺寸模型弹的实验，是所有导弹研制过程中不可越过的一个重要环节。模型弹从外观、尺寸和重量上都和导弹完全一致，只是不装配发动机和任务系统。只有通过模型弹试验，才能得出与实战最为接近的水下弹道数据。为获取导弹水下基本力学参数，进行模型弹入水深度的试验是必经步骤。模型弹重量近10吨，长达10多米，这么个“大家伙”，投在什么地方、怎么投，都是难题。美国第一代潜射模型导弹射出水面时没有点着火，落下来把潜艇砸扁了，造成艇毁人亡的重大事故。之后，美国改在水陆交界的地方进行试验，先用巨型塔吊把模型导弹系住，待导弹从水下发射后，塔吊上的钢丝绳把它吊住，不让导弹落到水下潜艇所在深度。借鉴美国人的经验教训，我国潜射导弹的总设计师黄纬禄等科学家四处寻找合适的试验地点。此前，中国计划在西部挖建一个大池子，然后把黄河的水引出来，再做水下试验。当时，这个坑已经挖了一半，挖坑的工程费已花了约200万。如果这个坑全部弄好，估计国家得投入上亿元。用常规潜艇来发射，这是一着险棋。由于模型弹还处在试验阶段，存在很多的不确定性，发射后，万一砸到潜水艇，那就是重大事故。

万般无奈中，一个灵感忽然降临——到一个高处来测试模型，看落水后会不会摔破下沉。这个试验的场所，必须水深超过30米，高度超过四五十米。到哪里去找这个试验地点呢？黄纬禄和同事们经过认真研究之后，于是大胆地提出一个方案：在新建成的南京长江大桥上做弹体落水试验！身为有经验、有远见的高级将领，不会只顾民用，不想军用。此前，已经调动坦克驶过大桥。所以，许世友一听汇报就说：“这是个好事。”试验的日子确定后，他下令宵禁3日，并亲自陪同专家们上桥勘查现场。

一切安排妥当，模型导弹被桥下的大吊车高高吊起。黄纬禄穿着背心短裤，头戴草帽，站在桥上指挥。一声令下，模型导弹以雷霆万钧之势坠落江流，溅起的水柱比桥面还高。在之后的两个多月时间里，黄纬禄和试验队员们，反复以各种姿态将模型弹投入水中。最后经过不断地改进和试验，终于发现了一个规律：导弹保持垂直的姿势就不会摔坏。发现这个规律以后，大家就设计了方案，用降落伞从30多米的高空把模型弹弹出去，就像羽毛球一样，重心朝下投下去。结果，一次实验就成功了。

7月份是望而生畏的“桑拿天”，在南京长江大桥做试验非常艰苦。晚上睡觉不挂蚊帐，会被蚊子咬；挂了蚊帐，里面又热得很厉害。而用于实验的弹体直径只有1.4米，人进去的时候要弯着腰，甚至要爬着才进得去。里

1970 年 7 月，黄纬禄（二排左三）和同事在南京长江大桥做试验期间合影

面温度很高，又不通风，再加上有胶水气味，环境非常恶劣。进去的人都是穿着裤衩、光着膀子的，每次换一个人出来，都是全身大汗，裤衩都湿透了。当时，“巨浪一号”导弹壳体内的温度，高达 50 多摄氏度，在像火一样的太阳烘烤下，弹体一会儿便热得烫手，而且弹体内还弥漫着有毒的化学气体。但快 60 岁的黄纬禄和同事们每天都要坚持钻进蒸笼般的弹体内。试验结束后，大家回到北京，每个人的身上几乎长满了痱子。

第一代潜地固体导弹研制成功，标志着我国拥有了二次核打击能力。若干年后，美国“核潜艇之父”里科弗来华访问。当他得知我国的潜射模拟试验是凭借南京长江大桥获得成功时，连声赞道：“这是了不起的创举，你们也是‘核潜艇之父’啊！”

李光曦演唱《巍巍钟山迎朝阳》

李光曦是深受大众喜爱的歌唱家，被誉为歌坛上的“常青树”。1973 年，他为中央新闻电影纪录制片厂拍摄的《南京长江大桥》演唱的主题歌，抒情奔放，气势恢宏，把南京大桥建成后激发出来的民族自豪感诠释得淋漓尽致，让人随着旋律心潮澎湃。如今已经过去 47 年，李光曦年近 90，还精神奕奕地活跃在演出舞台上。到北京采访李光曦，就是临时改在他参加活动的现场。

李光曦说，1960 年代，我家里就有一台小小的电视机，很关注南京长江大桥的建设。听到通车的消息，感到非常地骄傲。“文革”开始以后的 1969 年，我们下放在天津咸水沽的部队接受“劳动改造”。1972 年西哈努克亲王 50 岁寿辰，他对周恩来总理说，我喜欢音乐，写了不少歌曲，你能不能找你们的歌唱家给我演唱？但是我的歌比较抒情，软绵绵的，是东南亚柬埔寨风格，现在的歌手唱不了我的歌。周总理就想到了中央歌剧院的李光曦，1956 年在周总理指示的新中国第一部古典歌剧《茶花女》

李光曦在接受采访

中，李光曦扮演男主角并一剧走红，1964 年又在音乐舞蹈史诗《东方红》中演唱《松花江上》。按照周总理的指示，李光曦很快被抽调上来。在祝寿音乐会后，李光曦又演唱了《北京颂歌》《远航》等一些影响深远的歌曲。

说到《巍巍钟山迎朝阳》这首歌，李光曦记忆犹新，说一共录了两次：一次为列车录音，一次为电影配音。这部电影的主题歌由中央音乐学院的樊祖荫、张殿英作曲，樊祖荫后来当了中央音乐学院的院长，也是李光曦的朋友。原来是胡松华演唱的，由于正处在“文革”时期，上面觉得演唱的风格过于缠绵，不够刚扬，刚一播出就被叫停，改由李光曦演唱。李光曦原来听过这首歌，十分喜爱，在练声的时候还作为练习曲演唱过，因此比较熟悉。“文革”期间，广播里、银幕上充斥 8 个样板戏，全国 300 多个剧团停止演出，群众的文化生活比较单调，新作品也寥寥无几。《巍巍钟山迎朝阳》这首歌的旋律优美，富有感染力。当时是在中央人民广播电台录制的，歌剧院有将近 100 人的合唱队参加，前面是领唱，后面是合唱，非常地有气势。录音完成以后，在所有经过南京长江大桥的列车上播放，从 1973 年开始，先后播放了 10 年。李光曦等从北京到南方演出，乘火车经过浦口要上大桥的时候，就听广播里开始播放这首歌，总共 4 分钟左右的时间，歌放完了，火车也就从江北开到江南了。能为我们国家自己设计建造的大桥放歌，李光曦感到非常幸运和自豪。后来为纪录片《南京长江大桥》配音，又录了一次。

20 世纪 70 年代初，几乎没有什么抒情歌曲可唱。所以，每当有一首新歌播放，受到群众喜爱，很快就能流传。《巍巍钟山迎朝阳》充满了对祖国的热爱，对幸福生活的向往，记录着新中国自立于世界民族之林的雄壮步伐。因为歌曲本身所具有的艺术性，也就增加了歌曲的经典性，迅速传遍了华夏大地，陶醉了亿万人民，给当时处于艰难环境下的人们很多的信心和力量。李光曦说，1976 年“文革”结束以后，我见到了著名的电影演员孙道临。他对我说，他当时在安徽农村劳动，天天盼望着回到舞台，从事自己的专业演戏和拍电影。有天晚上，他们集中听完了中央广播电台的新闻联播，结束了一天的劳动教育，搬起小板凳，准备回窝棚里睡觉的时候，突然从广播里听到了你的歌声，虽然没有播报演唱者的姓名，但是一听声音就知道是你唱的，我们几个人都激动得流出了眼泪。大家惊喜地说，李光曦出来了，我们也快有出头之日了，有希望了。

李光曦在演唱

在访谈中，李光曦还回顾了自己的艺术生涯。他出生在天津一个普通家庭，最早喜欢民间的歌曲和戏曲。1946 年他 16 岁的时候，同学把他带到教堂。12 月 24 日，是耶稣诞生日，全世界的基督教徒都会在这天晚上唱宗教歌曲，赞美上帝。那天他听到一首音乐套曲，一下就被震撼了，立即从喜爱民间音乐转到喜欢西洋音乐上来了，一直演唱到现在。他说，人要有成就感。通过自己的愿望和努力获得成果，有了成就才会有幸福感。《巍巍钟山迎朝阳》用艺术的形式表现了建桥的艰辛过程，洋溢的是自力更生、艰苦奋斗的民族精神，现在听起来还是那么振奋人心。

一首金曲穿越时空，不仅记录了那段激情似火的岁月，经久不衰的涤荡一代又一代人的心灵，也留住了歌唱家的青春年华。熟悉李光曦的人都说他热情、真诚、随和，听他接受采访，我们就能感觉到他带给我们的那种亲切轻松的气息。

陈奎及创作《我为祖国守大桥》

南京市长江路 266 号，1936 年建成的国立美术陈列馆，当年是从全国应征的 14 份设计方案中经过评选，并综合了其中一、二、三等奖设计方案的优点而产生的。虽然吸收了国外某些现代建筑的手法，但整体上仍然体现出民族个性，显得朴素、端庄。2018 年 10 月，“大桥记忆——南京长江大桥主题艺术作品及史料巡展”在这里举行。作为背景音乐，李光曦演唱的《巍巍钟山迎朝阳》和刘秉义演唱的《我为祖国守大桥》不间断地轮回播放。熟悉的时代音符，在神圣的艺术殿堂激荡、回响。

陈奎及

新中国自己建造的第一座长江大桥的建设和通车，给艺术家带来丰富的创作激情和灵感。1972 年，收音机里传出一首《我为祖国守大桥》，抒发了守桥战士热爱祖国、保卫人民江山的豪情壮志。词作者是著名曲作家、原总政歌剧团团长陈奎及。

陈奎及 1942 年生于山东烟台，原名陈魁吉。1962 年从原山东艺专（今山东艺术学院）音乐系理论作曲专业毕业后入伍，担任海军军乐队教员、创作组员。1963年的春夏之交，陈奎及坐轮渡经过南京长江，大桥工地上火热的劳动场面感染了他。想到由中国人自己兴建的大桥将凌江飞架，胸中立刻涌起一种豪情：我要创作一首讴歌大桥的歌。

守桥战士

紧接着，两位年轻的守桥战士为保卫大桥英勇牺牲的事迹深深打动了他：1966年10月10日凌晨，年仅18岁的蔡永祥守卫在钱塘江大桥上。2时34分，由南昌开往北京的列车向大桥飞驰而来。蔡永祥突然发现离他40多米的铁轨上，横着一根大木头。如果不排除这个险情，桥毁车翻、人员伤亡的惨祸就将发生。蔡永祥迎着列车跑去，拼命把大木头掀出了轨道。1967年5月31日晚8时，狂风大作，突降暴雨，堆在黄河泺口大桥桥头的原木被大风吹落在道轨上。为了避免严重事故的发生，守桥部队紧急出动，进行清理。21岁的王士栋不顾个人安危，奋力将最后一根原木掀出道轨。列车、大桥及旅客的生命保住了，车轮却卷走了他年轻的身躯。

1972年，经过了长时间的孕育，陈奎及一夜形成了初稿，歌曲定名《我为祖国守大桥》，用平实的语言把列车通过南京长江大桥时喜庆热烈的情形描画得真实感人：

万里蓝天彩云飘，万里长江浪涛涛，火红的太阳心头照，我为祖国守大桥。

英雄的列车桥上过，迎着朝阳向前飞跑，车上的工人大哥把手招，社员大娘向我点头笑，红小兵向我行队礼，我望着车窗，心里乐陶陶……

《我为祖国守大桥》封面

陈奎及深谙谱曲的重要，他把这首歌拿给著名作曲家田歌看。田歌是山东单县人，21岁时因创作歌曲《草原之夜》而一举成名。两人在一起彻夜畅谈后，增加了几个场面，把“头顶蓝天，脚踏江涛，胸怀朝阳，心系大桥”的守桥战士的豪情和心声更准确地表现出来。

当年，正值全军文艺调演。起初，《我为祖国守大桥》是由一个学员演唱，但是效果并不好。于是，请男中音歌唱家刘秉义来辅导。刘秉义一接触这首歌就十分喜爱，他毛遂自荐地说：“我来唱唱！”歌一唱，就为大众所喜爱。

中央乐团在为国庆节演出准备节目时，《我为祖国守大桥》一路过关上榜。当时，国家重视这场演出的程度，不亚于如今的春晚，节目由周恩来总理亲自审查。听完刘秉义的演唱后，周总理热烈鼓掌，同意其参加国庆演出，并指示立即广播、发表。1972年11月12日，《光明日报》首次破格在头版发表了这首歌曲。从此，这首歌插上音乐的翅膀，不胫而走。这首歌也是20世纪七八十年代在京沪线上的火车经过大桥时的必播曲目。而且这首歌曲的长度和穿过大桥的时间几乎是相同的。火车接近大桥时开始播放，等歌曲播放完毕，车也逐渐驶离大桥。歌声融进刚刚翻耕过的湿土，融进汹涌澎湃的油菜花海，也融进已搭在桥头堡顶的太阳的霞光里……

1977年，手风琴演奏家曾健把这首歌移植改编为手风琴独奏曲，把列车通过南京长江大桥的情景与守桥战士的生动形象描写得惟妙惟肖。手风琴模拟蒸汽火车鸣笛与行进效果，一直被看作是演奏此曲的最佳亮点。随着音乐的展开，我们眼前仿佛看到初升的朝阳、雄伟壮阔的长江大桥、豪迈英武的守桥战士、远处蜿蜒的公路、近处闪光的铁轨……手风琴爱好者没有不熟悉这首乐曲的。每当音乐响起，现场都要忽然安静下来，人们翘首聆听，只怕错过任何一个小节。

《我为祖国守大桥》歌词亲切通俗，旋律高亢豪迈而又流畅上口，这边唱来那边和，成为一首流唱至今的好歌。如今，它作为优秀声乐作品入选全国高等音乐院校教材，成为我国男中音独唱的保留曲目。

讴歌守桥战士的旋律，伴随着守桥战士执勤站岗，换了一茬又一茬。陈奎及潜心文艺创作，以后陆续写出《战士歌唱毛主席》《中华美》《日月星辰》《别挤了》《生活的节奏》《江南雾中雨》等歌曲。在他写《我为祖国守大桥》这首歌时，他就想一定要到守桥部队去看看。2011 年，陈奎及来到大桥，走上铁路桥哨所体验，登上巡逻艇远眺四方。长江大桥屹立在滚滚江流之上，激情豪迈的歌声与琴声伴随着桥上每天穿梭往来的列车，整整跨过了近乎半个世纪。铁打的营盘流水的兵，大桥还是那座大桥，守桥官兵用热血忠诚铸造出的“守桥精神”，像灿烂的长虹一样与巍巍大桥交相辉映。

因为高山滋养，江水才会歌唱。大桥是活的，不能把它当作是一个远去的符号。保护大桥必须从记忆入手，市民怀揣与大桥同处的理念。

新时代，南京缺少一支代表南京的热曲。南京大桥具有特定的历史内涵，融入了现代城市景观和市民的日常生活，最能体现南京人的性格特征：坚强、热情、包容。大桥属于南京，属于江苏，也属于中国。希望词曲作者能够从中找到灵感，创作一首像《巍巍钟山迎朝阳》《我为祖国守大桥》一样的优秀歌曲，让南京的好声音响彻长江的上空，传遍四方。不间断的代代传递，会永久性地变成中国人对那个年代的记忆景观。

长江在，大桥在，歌声便不会停息。

“我老了，大桥还年轻”

2019 年是新中国成立 70 周年。70 年岁月如歌，中国铁路建设在波澜壮阔的历史洪流中奋进，南京长江大桥见证了铁路养桥人工作方式的改变，是中国铁路蜕变的缩影。南京桥工段党委书记高志明在南京生活多年，南京长江大桥是他每天都要看一看、望一望的最美风景。

每当看到大桥时，记忆都会倒退回 1969 年。那年，高志明 7 岁，同父老乡亲们一起围坐在露天广场幕布前观看大桥纪录片。通过屏幕了解大桥的历史，心中充满了自豪。20 世纪 50 年代，无论是汽车还是火车，过长江只能靠轮渡，给新中国建设和人民生活带来极大不便。

南京桥工段党委书记高志明

南京长江大桥是长江上第一座由我国自行设计和建造的双层式铁路、公路两用桥梁，在中国桥梁史上具有重要意义。在那个年代，这座大桥在技术上达到了世界先进水平，建筑艺术上也独树一帜，在世界桥梁建筑史上都是个奇迹。

在大桥建成之前，每天都有上千名南京市民到工地现场参加义务劳动，建设热情高涨。1968 年 9 月 30 日，铁路桥先行通车，使原来的津浦、沪宁两铁道线正式连接，从北京可直达上海。12 月 29 日，公路桥竣工通车，大江南北的公路交通也全线贯通。两次通车典礼共有 10 万人参加，见证了举国欢呼的历史性时刻。

1981 年，高志明毕业分配到南京铁路分局时，一起入职的几个年轻人相约到南京长江大桥去参观。当脚踏上大桥的那一刻，真切地体会到大桥建设者的不易，放眼望去，宽阔的江面和壮丽的金陵尽收眼底。看着雄伟的大桥，回想起老一代建桥人克服重重困难，将天堑变通途的感人事迹，大桥精神自内心油然而生，从此深深植根于内心深处。

在南京桥工段工作的这些年，高志明见证了养桥的机械化、运输的便利化、除锈的高效化、检测的智能化。

通行大桥的火车时速由刚开通时的每小时60公里提升到目前的140公里。随着养修技术的提升，养桥维修工具也发生了翻天覆地的变化。1968 年，南京长江大桥铁路桥开通后，维修使用的是传说中的工务“老三件”——洋镐、拉耙、叉子。20 世纪 90 年代，高志明参加工作后，风动扳手、内燃捣固机开始在大桥养修中应用，作业效率大大提高。如今，锂电池扳手、液压捣固机的使用，作业效率明显提升，天窗时间得到压缩，为列车提速创造条件。

桥枕运输是大桥养修作业的重要内容。20 世纪 80 年代，全靠养路工肩扛手抬，如今大桥安装了五座提升设备，桥枕及笨重工具已由轨道车运输，解放劳动力的同时提高了作业质量。大桥钢结构除锈由最开始的用除锈锤、除锈铲、钢丝刷进行手工除锈，到喷砂除锈，再到电动除锈，如今用激光除锈，除锈效率提升 3 至 4 倍，实现除锈无死角。

2019 年初，在大桥上安装了 43 组视频监控，改进大桥巡守作业方式，大大节省人员用工。同时，引入大桥健康监测系统，对大桥通航标识系统进行提升改造，利用大数据对大桥健康状态进行全时段、全方位监测。

2016 年 10 月，大桥封闭维修前曾进行过全面“体检”，“体检”结果

大桥护轨养护

大桥支座养护作业

抬轨施工

正桥 4 号墩支座更换

表明大桥正处于“壮年期”。“我老了，大桥还年轻。”养桥人感慨道。

一些对大桥有情结的人，几乎每年甚至每隔一段时间都要来看看大桥，寻找珍贵的记忆。大桥是中国桥梁建设水平不断提升的见证，更是一道展示中国人自力更生精神的风景。

时至今日，大桥的交通枢纽和经济命脉的功能已被逐步分担，但这个有着深刻时代印记的城市符号，依然是几代人心中难以磨灭的集体记忆。

哨兵——
大桥上的火眼金睛

“文革”后期，群众的生活稍微安定一点，开始表现出对文化的渴求，连作者姓名都不清楚的手抄本，很快便占领了文化的阵地。手抄本流行时间主要是1970—1976年，据统计当时流传有300多种手抄本。如《一双绣花鞋》《绿色尸体》《龙飞三下江南》等，表现了新中国成立初期艰险复杂的反特斗争中，公安战士的大智大勇。

夏夜里，宿舍的路边上别有一番风景。人们扛来竹床，搬来板凳，铺好席子，一边纳凉，一边听邻居的大哥哥们讲那些惊险离奇的反特故事。记得有一个情节是，一名女特务打扮得花枝招展，将炸弹伪装成怀里的小孩，妄图接近南京长江大桥，被火眼金睛的战士识破。

哨兵执勤

据公安内部刊物显示，武汉大桥建设期间，台湾曾派出十几名特务潜入武汉，准备实施重点破坏；还派遣3名特务混入大桥工地工作，准备在大桥建成后，伺机实施爆破。

南京在国民党临走之前留下很多特务。是否接到台湾的指令，阴谋炸毁南京长江大桥，由于档案没有解密，内情不得而知。但是，最近听到一位老记者亲口讲述的两条传闻，不像是无中生有，空穴来风。近年来，由于筹办大桥展览馆，我多次来到铁路桥，也拍摄了护桥部队巡逻执勤的情景，脑海里不由泛起儿时听来的故事，大桥在我的心目中便蒙上了一丝神秘色彩，大桥保卫战是一场没有硝烟的战争，必须百倍警惕，不允许有丝毫松懈。

镜头之一：有人要炸大桥

常荣五 1965 年大学毕业后，被分配来到大桥工地设计处，跟着桥梁组长方秦汉搞钢梁安装设计，他讲述了亲眼看见的故事。

由于“文革”带来的混乱，1967 年 7 月 19 日，国务院、中央军委批准对大桥工地实施军事化管理，在所有的关键、要害部位都有解放军站岗。常荣五当时想，这不过是摆摆样子的，不会有人来破坏大桥的。

有一天，他远远看到桥上有外宾参观。因为经常有外宾来工地参观，大家都习以为常。听工地上的工人讲，今天来的是索马里朋友。他们看到这么壮观的工程，都很兴奋，在高高的桥面上不断向工人们挥手，还听到他们在高喊“毛主席万岁！中国万岁！”

就在这时，大桥下面突然发生一片骚动。常荣五听到有人在喊，“有特务要破坏大桥，被解放军抓到了！”不一会，常荣五就看到，有两个全副武装的解放军押着一个人，从桥头高大的架梁的龙门吊机下，向大桥军管会的二层小楼走去。那个人被押进军管会，大家都久久不散，想问个究竟。后来常荣五听了解情况的人说那个人开了一辆大卡车来到工地，他把车停在路上，提着一包炸药，偷偷地放到龙门吊机的下面。但是，他的行踪早已被在桥上执勤的战士发现，立即打电话通知桥下执勤的战士。当他正要把炸药放到龙门吊机的轨道下面时，被当场捉住。如果他的阴谋得逞，横在公铁两用桥墩上方的巨大龙门吊机垮下来，后果不堪设想。

镜头之二：上游飘来一个大水缸

大桥建设时，“文化大革命”正在火热地进行，阶级斗争这根弦绷得很紧，人们的戒备心和警惕性都很高。一天，大桥下游不远的江面上，一位渔民看到江中飘浮着一个大水缸。打捞上来后一看，发现里面放着一包炸药。此事引起相关保卫部门的重视，分析认为，这应是美蒋特务所为。水缸是从上游漂下来的，目的是想碰撞桥墩，引起爆炸。大概漂到桥墩前，随桥墩引起的急流漂到了下游。一包炸药虽然对桥墩不能造成多大的危害，但能起到极坏的影响。有关部门决定，调派人员和小艇在大桥上游江面日夜巡查，以防敌人故技重演。果然不久，巡查人员发现一只腰形木盆向大桥漂去，木盆中有个被包，像是包裹着婴儿。他们赶紧过去捞起木盆，发现包裹里不是婴儿，而是炸药，比上次多。后来经查，这只木盆是从芜湖上游江面漂下来的。

镜头之三：水果堆中藏着自动照相机

1969 年 9 月 26 日，为检验南京长江大桥质量和坦克部队应急战力，南京军区组织一个团的新型国产坦克编队通过大桥。保卫部门事先做了严密的布置，防止美蒋特务秘密拍照，以获取军事信息。不想，此事还真被盯上了。当坦克经过中山东路时，有人发现路边国际照相馆门前的水果摊上，有东西一闪一闪地，原来是水果堆中藏着一架小型自动照相机。此事被发现后，水果摊主已经不知去向。

镜头之四：“宁可信其有，不可信其无”

1971 年 5 月，战士小何在江南大堡望江台上看见一条小船，有人把一个篮子丢进水里。小何立即报告，情况直达许世友那里。许世友说：“宁可信其有，不可信其无，一定要把它查清楚！”战士们乘着船去江心洲挨家挨户查，问了一晚，也没结果。只有出动捕捞队，下滚钩。篮子没捞上来，却捞上很多草鱼。后来，地方公安也出动了，直到第二天中午，才查到那条船。原来那人划条小船，在肉联厂附近看到上面飘来一个篮子，他捡起一看，篮子没有底，便随手一丢。小何只看到他丢篮子，没看到他捡篮子。

像这样“虚惊一场”的事，还有很多。

大桥最初共有三个层面的守护，岗哨最多时有 80 多个。

第一个层面是对公路面的管理、看护，防止有人对大桥公路面进行破坏，在桥面上设置多个岗哨。

第二个层面是铁路桥。铁路面实行封闭管理，只有巡道工和执勤战士才能上去，其他人是上不去的。铁路桥也设了很多个点，包括两头的卡口，防止坏人进入铁路面实施破坏。

第三个层面是地面和水面。地面的岗哨是为了防止有人跳过来实施爆破破坏。水面有巡逻艇，实行昼夜巡逻。大桥最要害的部位是 9 个桥墩，由船队负责巡逻。

大桥的守护还有防空，最早也分三个层次，第一是高空，在六合、江宁等方向驻有导弹部队；第二个层次是中空防护，在大桥的两头、江南的象山、江北农技校等地驻有高炮部队；低空则有快艇上的高射机枪。

为确保大桥的绝对安全，可以说是布下了天罗地网，做到了立体防护，无懈可击。

早年大桥的安全保卫工作，除了武警部队，还有民兵，尤其在一些重大节假日期间，哨兵由单哨变成双哨，水上和陆地的机动巡逻加强，同时民兵与武警联防，那真是三步一岗、五步一哨。如今，我国社会政治经济环境变了，氛围也不一样了，节假日大桥上民兵难得一见。只有武警战士站哨，几十年如一日，始终没有放松警惕。

在大桥上执勤，官兵所面临的艰苦环境是常人不可想象的。夏日酷暑，打一只鸡蛋在路面上，很快蛋能煎熟。冬天严寒，即使穿上棉大衣再套上羊皮大衣，仍会觉得阴冷。平时尾气严重超标，特别是如影相随的巨大轰鸣声，超出了正常人的生理承受极限：平均每天近 10 万辆汽车、400 多列火车、8000 多艘船舶从桥上桥下呼啸穿梭，即使在耳朵里塞满棉花，也让人无法安然入睡。

哨兵巡逻

2007 年 4 月 18 日，动车组开上了铁路线，尽管通过大桥时已经减速了，但时速依然在百公里以上。由于速度快了，通过时就带来了巨大的吸卷力，而大桥铁路面上的人行道离钢轨只有两米左右的安全距离。为了保证自己的巡线安全，动车组通过时，战士们都双手紧抓着护栏，有时甚至蹲着，直到列车安全通过大桥。有些普速列车经过后，铁轨上常常会留下粪便之类的污物，甚至是旅客随手乱扔的酒瓶。战士们常常会因避让不及而身染污物，或被酒瓶玻璃碎片扎伤。

即将退伍的哨兵，最后一次上桥站岗。面对滔滔江水中巍峨挺立的大桥，郑重地敬了最后一个军礼，心里默念着："祖国，我完成了你交给我的光荣任务。大桥是我永远的魂，我会经常来看他。"瑟瑟江风中，战士的眼角有泪。

青春
与大桥的相聚

历史有长有短，一个国家可以记载的历史短则几百年，长则几千年。一座桥和一个人呢，50 年的历史足以填充他的一辈子记忆。

2018 年底，南京长江大桥建成开通 50 周年的前夕，央视国际频道每天都在播放一档节目：长达五集的《国家记忆——南京长江大桥》，讲述在那个特殊的年代里，大桥从设想到立项，从设计到建设，历经艰难险阻，克服重重困难，终于自主建成的故事。片中披露了许多不为人知的史实，一座大桥牵引出无数亲历者的记忆，真实感人，可歌可泣。

大桥是国家的记忆，时代的坐标，更是南京人的骄傲。巍然矗立在滚滚江水之中的大桥使紫金山畔长江边上的六朝古都更添风采。他像一座圣洁高尚的丰碑，让生于斯长于斯、敬山敬水敬帝王的南京人，从此又多了一处精神崇拜的所在。大桥伟岸俊朗，集万千宠爱于一身，不仅是南京人观光赏景的重要去处，也成了南来北往的游客必须打卡的旅游胜地。去大桥参观，和大桥合影是所有人的向往，那时你家的镜框或相册里如果有一张这样的照片，足以让人啧啧称羡。笔者的文友，原在新华社工作的沈小沁写了一篇短文，回忆了上大学时在大桥留影的幸福情景。

时光倒退到 20 世纪 70 年代中期。沈小沁住在汉中门附近，家门口有口

1968 年 8 月，南京小红花艺术团在南京长江大桥公园演出

石头砌成的四眼古井。每年的暑假回苏中老家，从江边码头上船，都要经过南京大桥的建设工地，看着大桥像小树苗似的慢慢长高。初夏是美好的季节，槐花落了一地，茉莉、石榴、广玉兰开得此起彼伏，如火如荼。

一个普通的星期天，天气不那么炎热，还没有到汗流浃背的酷暑，但也已经穿上了短袖衫。南京工学院（今东南大学）的一群女生结伴去大桥游玩。工科院校女生少，40 人编制的班级只有 8 位女生，被男生戏称为“八大金刚”。一个班的女生倾巢出动，如此阵容完全得益于大桥强大的“吸粉”能量。

1973年，游客在南京长江大桥上留影

吃完早餐就出发，从宿舍区后门附近的鸡鸣寺乘公交车坐到盐仓桥，再从那里转乘过桥的公交车。本可以一直坐到桥头堡下车，为了全方位观看大桥，她们在引桥处就下车了。

大家往桥头堡方向缓步前行，一路上说说笑笑，不时地还争论几句，无外乎都说自己家乡好，南方同学说吃不惯北方的面食，北方的同学说南方的米饭吃不饱之类的闲话。

为了这次游玩，吴依萍同学特地从她的姑姑那里借来一套女式军装。那个年代，军人是最受崇拜的人，大家想让当女兵的梦想成真，哪怕只是一小会儿。

济南来的李国英同学从小就喜欢摄影，带了一个相机到学校，为这次短途小游留下有意义的瞬间。

看中一处景点，女生中的方静梅换上军装。方静梅是江苏无锡人，天生丽质，看她穿上军装，大家拍手叫好，都说她和这身衣服最配了，方静梅听了这话也高兴，嘴角眉梢都是笑意。“咯嚓”，李国英手到擒来，定格下了这一美好的瞬间。

陈丽蓉个子高，人也瘦，穿上这身军装对她有点不合适，但眉宇间的英气展露无遗。照片上的陈丽蓉是个质朴的姑娘，几十年后同学聚会，再见她已然是大家公认的时尚达人。

一行人走走停停拍拍，不知不觉就到了桥头堡附近。

大桥上人少车也少，她们先在桥头堡附近转转看看，不时地仰望着堡上高耸的三面红旗，摸摸小桥头堡的工农兵塑像，李同学不失时机地为大家又拍了照片。

吴依萍也是无锡人。在学校时睡在上铺，沈小沁睡在下铺。吴依萍爱美，会打扮，衣着很讲究，每天都要把自己收拾的利利索索的才去上课，每晚睡觉前都要把裤子叠好放在枕头下面，以免破坏了裤缝。照片中她撑着把阳伞，腰板挺得笔直，矜持地笑着。

吴依萍心灵手巧，会做衣服。曾经自裁自剪给沈小沁做过一条的确良长裤，很好看，也很喜欢。只是沈小沁穿了一回就不敢再穿了，因为合体修身，穿上后下半身线条凸显，太吸引别人的眼球，不符合肥大宽松的时代潮流。

轮到沈小沁了，只见她手执一把折扇，自然质朴，从容淡定，随意地站在那里，自带一股气场。

李国英提议，来一张合影吧，要自然一点，于是就有了她们在南京长江大桥上的合影照。不知摄影师说了什么逗乐的话，大家都笑得合不拢嘴，一张张年轻的脸，满满的青春气息。

最左边那位是和沈小沁同属南京籍的晏仪同学，她当过兵，身体素质超好，百米短跑速度可以达到 14 秒，每次运动会都能冲进决赛。

看晏仪跑步很过瘾：发令枪一响，就像一头小豹子似的窜出去，她个头

南京工学院女生在南京长江大桥上游玩

不高，步幅也不大，但挡不住频率快。只听“哒哒哒”，一阵细碎的脚步声过后，一眨眼的工夫就到了终点。

走在沈小沁右边的是李凤融，她在班上女生中年龄最小，上学时还不到20岁。上学前，她是郭凤莲式的人物，小小年纪已是当地公社革委会的副主任，如今居住西安。说起当年叱咤风云的经历，大家哈哈大笑，好不开心。

在桥头堡附近逗留的时间最长，接着就从南堡信步往北堡方向溜达。宽阔的大桥没有多少汽车通行，任由一行人占据着大半边马路。走到一半，已到江中心，大家趴在栏杆上看着滚滚东去的江水和江上驶过的船只。初夏的江风温柔又不失强劲，它吹拂在脸上，把头发吹起，也鼓荡在大家的心里，这真是个美好的时刻。

走到这里不想继续前行，掉转头原路返回，从桥头堡乘电梯下到地面，在大桥公园里转了转，从这里可以看见桥头堡的全景，敬业的摄影师又给大家拍了单人和合影照片。

最后一张合影，难得的8位女生亲密地聚在一起。应该是请别人拍的，最漂亮的马林颖同学的表情包没抓好，摄影师同学只拍进半个身影。无论如何，这是青春与大桥最后的相聚，怎么样都是美的。一张张照片定格了幸福的瞬间，也把一片片小小的浪花融入无比壮阔的波澜之中……

为写这篇小文，沈小沁特意向同学征集了这次出游大桥的照片。可惜因为年代久远，除了上面的照片，再没有多余的了。

大桥，半个世纪的身影，如今修整后再展新颜。50多年过去，不能返修的青春像一阵风刮过，踪迹全无，只在这页纸上留下一道划痕。

在最好的年华遇上最美的大桥，能拥有这一页的青春足矣。

现代文学艺术中的南京长江大桥

南京长江大桥建成后，迅速成为现代文学艺术样式中红极一时的绝对主角。最早进入大众视野的是邮票，说起来还有一段余味绵绵的故事。

1969 年 5 月 1 日国际劳动节，为了庆祝南京长江大桥胜利建成，中华人民共和国邮电部发行一套文 14《南京长江大桥胜利建成》邮票，邮票上的主图分别为：

铁路桥。高耸的桥头堡巍然矗立，大桥如长虹飞落江面，漫江碧透，百舸争流，天堑变成通途。

公路桥。一辆辆披红挂绿的彩车正徐徐驶过大桥，宽阔的公路引桥成了自天而落的通衢。

大桥全景，远山迷漫，近水苍茫，长龙卧波，气象壮阔。

庆祝建成，南京长江大桥胜利建成的盛况。

文 14 本身发行的是《祖国山河一片红》，在发现错误后，中国邮政总局决定取消发行《祖国山河一片红》，及时用“文革”十年时间内最伟大的社会主义成就——南京长江大桥胜利建成作为替补，从而直接取代了原文 14《祖国山河一片红》邮票。

“文革”时期发行的邮票动辄几千万枚，文 15 发行量甚至达到 1 亿枚，

《南京长江大桥》邮票

但文14长江大桥10分与4分仅发行800万枚，存世量较少，属稀缺品种。文14邮票也是全部文票中唯一的以社会主义建设成就为题材的邮票，色调上一反先前大红、金红的暖色块，而以蓝绿为主。从这套邮票起，使用了达两年之久的毛泽东手书体“中国人民邮政”被停用，恢复了新中国成立以来常用的印刷体。这些变化，反映了我国在邮票设计上的重要转折。四枚邮票从不同的方位、不同的视角刻画了大桥的姿态，也让人们在观赏邮票的同时对这座大桥有一个全面的了解。邮票主图为南京长江大桥全景，画面为俯瞰式总览，远山迷漫，近水苍茫，长龙卧波，气象壮阔。

由于南京长江大桥的气势非凡，使得这套邮票也颇有气势。跟其他“文革”邮票比较起来，它丝毫没有“文革”的特征，更多的是彰显中国经济建设以及桥梁建设的成效，形成了自己的特色。

邮票介绍这样写道：

1949年以前，万里长江上没有一座桥梁，中华人民共和国建立后，先后在长江上修建了三座大型铁路公路两用桥。继武汉长江大桥和重庆白沙沱长江大桥之后，又修建了南京长江大桥。南京长江大桥位于江苏省南京市，是中国自行设计、施工及安装的双层钢架桥梁。铁路桥全长 6772 米，公路桥全长 4589 米，行车道宽 15 米，两侧人行道各宽 2.25 米，1960 年 1 月正式动工，1968 年 10 月，铁路桥正式通车；12 月 29 日，公路桥正式通车。它的建成将津浦、沪宁铁路接通，可从北京直达上海，进一步加强了我国南北的交通联系，对我国经济发展有很重要的意义。

邮票的设计者为制版工人夏中东。“文革”开始后，以前发行的邮票大都受到批判，致使邮票选题、设计工作处于混乱状态。邮票专业设计者大部分被下放，留下的也心有余悸。邮票设计脱离了其固有的规律性，基本上是采用毛主席像、《毛主席语录》、已有的宣传画和照片。出现工人设计邮票是很自然的事情。由工人设计的“文”字邮票共有 3 套半、10 个图，均为制版工人设计，其中夏中东一人设计了 2 套半（9 个图）。综观 19 套“文”字邮票，工人与专业邮票设计者设计的邮票并无大的区别，因为都是“红海洋”套路，而工人设计的邮票有的甚至超过了专业人员设计的邮票。

1969 年 3 月，上海新闻出版系统四家出版社，共同组建了一个编辑组，进驻南京长江大桥的工地，进行报告文学集《南京长江大桥》的编辑工作，得到了解放军守桥部队、大桥工程局、鞍钢、江苏省建筑安装工程总公司和南京市市政公司等单位的支持。书中收录的文章，均出自这些单位的业余作者之手。这本报告文学表现了大桥建设过程的艰辛，描写了建桥工人的英雄事迹，勾画了大桥热火朝天的建设场景。1970 年 6 月由上海市

报告文学集《南京长江大桥》

出版革命组出版，是第一部关于南京长江大桥建设的文学作品。

该书在后记中写道：“本书《建桥英雄王超柱》中的王超柱同志、《水下尖兵》中的胡宝玲同志，是无数建桥英雄的优秀代表，他们的先进事迹已为人们所熟知，因此都用了真姓名。其余各篇，则在真人真事的基础上，把故事作了一定程度的集中概括，因此没有真姓名；但是，这些人物和故事，在现实生活中都可以找到，是符合南京长江大桥建设过程中三大革命运动的实际的。”但是因为诞生在高呼口号的“文革”时代，书中贯穿了阶级斗争这根主线，特别是对所谓资产阶级技术权威的渲染批判，“高大全”式和脸谱化的人物形象都是应该否定的。

雄伟的大桥，飞驰的列车，红旗的海洋，欢呼的笑脸……一个个激动人心的画面闪过，对于长期没有看过彩色电影的人们来讲，无疑是一场精神的盛宴。有位部队音乐爱好者回忆，1969 年 12 月，他所在的部队组织观看《南京长江大桥》。忽然从中听到了一首熟悉的歌曲旋律，是那么雄壮，又是那

电影《南京长江大桥》海报

么亲切，竟不由自主地唱出了声："亲爱的朋友，我们都爱列宁山，让我们迎接黎明的曙光……"

国产的纪录片居然采用了苏联歌曲的旋律，太不可思议了！那天晚上，他失眠了。

"文革"时期的中国电影留给人们的记忆有很多空白，除几部样板戏和革命电影外，几乎就是真空。南京长江大桥竣工之时，正值"文化大革命"的高潮。当时，中央新闻电影制片厂拍摄了一部彩色长纪录片，片名就叫《南京长江大桥》。它以叙事的手法，宏大的场面，亮丽的镜头，激昂的解说，全面介绍了这座桥梁的建设过程。看完影片，不仅是该桥的建设者，每一个中国人都油然而生骄傲自豪的情感。1969 年 5 月 13 日，周恩来总理审查了这部影片，做出指示："这部片子也可以输出国外。"该片随即在全国上映，并被译成英、法、阿拉伯等语种发行国外。

在中国漫长的历史中，曾出现过多位来自欧洲的重要人物：马可·波罗、利玛窦、郎世宁，现代的安东尼奥尼也是一位。

在中国，马可·波罗是一个妇孺皆知的名字。

他于 1254 年生于威尼斯一个商人家庭。小时候，他的父亲和叔叔到东方经商，来到元大都（北京）并朝见过元世祖忽必烈，还带回了忽必烈给罗马教皇的信。他们回家后，小马可·波罗天天缠着他们讲东方旅行的故事。这些故事引起了他的浓厚兴趣，使他下定决心要跟父亲和叔叔到中国去。1271 年，马可·波罗 17 岁时，父亲和叔叔拿着教皇的复信和礼品，带领马可·波罗与十几位旅伴前往中国。马可·波罗游历了 17 年，在《马可·波罗游记》中，他盛赞了中国的繁盛昌明：发达的工商业、繁华热闹的市集、华美廉价的丝绸锦缎、宏伟壮观的都城、完善方便的驿道交通、普遍流通的纸币等。

《马可·波罗游记》是欧洲人撰写的第一部详尽描绘中国历史、文化和艺术的游记。16 世纪意大利收藏家、地理学家赖麦锡说，马可·波罗写完《游记》，"几个月后，这部书已在意大利境内随处可见"。这本书后来在欧洲广为流传，激起了欧洲人对古老神秘东方的热烈向往，对以后新航路的开辟产生了巨大的影响。

《马可·波罗游记》

现存的《马可·波罗游记》有119种文字版本。在把中国文化艺术传播到欧洲这一方面，《马可·波罗游记》具有重要意义。西方研究马可·波罗的学者莫里斯·科利思认为，马可·波罗的游记“不是一部单纯的游记，而是启蒙式作品。对于闭塞的欧洲人来说，无异于振聋发聩，为欧洲人展示了全新的知识领域和视野。这本书的意义，在于它导致了欧洲人文的广泛复兴”。

书中也描述了马可·波罗所见到的桥梁。永定河上的卢沟桥，“这座桥有24个拱，由25个桥墩支撑着，拱桥与桥墩都由弧形的石头砌成，显示了高超的技术”。在杭州，城中“各种大小桥梁的数目达一万两千座。那些架在大运河上、用来连接各大街道的桥梁的桥拱都建得很高，建筑精巧，竖着桅杆的船可以在拱桥下顺利通过。同时，车马可以在桥上畅通无阻，而且桥顶到街道的斜坡造得十分合适。”尽管马可·波罗的游记中存在有一些漏洞和谬误，以至于有些人借此草率地认为其口述的《马可·波罗游记》为纯粹的杜撰。但是不能否认这个传奇人物及其作品在史学界、文学界以及中西文化交流中所产生的积极意义。

安东尼奥尼

在南京，同那个时期的其他外国人一样，安东尼奥尼导演被带去参观建成没有多久的南京长江大桥。浩瀚的大江，巍峨的桥头堡，雄伟的钢梁，繁忙的桥面，都被导演摄入镜头，而且大加赞扬：“南京引以为荣的纪念碑是新的但用钢铁打造。它是长江大桥，总长6公里，5万工人花了8年时间把它建成。大桥是壮观的工程，它连接河的两岸，缩短了不久前还一分为二的中国南北的距离。”影片在展现了大桥的政治意义之后，镜头沿着大桥，拍到了江

安东尼奥尼在北京拍摄

上的日常生活。桥下的驳船上，男人、女人们洗着衣服，并把洗完的衣服晾到船尾。

1973 年，长达 3 小时 40 分钟的大型纪录片《中国》在意大利罗马首映，在西方世界引起巨大反响，被评为 1973 年在美国播出的“十佳纪录片”之一。

正如安东尼奥尼在影片开头说的，“中国人民是这部片子的明星”。他怀着对“人”的热爱，最大限度地关注并诚实地记录着中国人的生活、行动、情绪，拍摄了数以千计的最普通的中国人和数以百计的脸部大特写，为我们留下了一部生命面貌流转的日记。

食指，被当代诗坛誉为“朦胧诗鼻祖”、新诗潮诗歌第一人。1970 年春天带着女友来到南京，就是想看看大桥。当时他在安徽明光插队，“长江大桥太了不起了”。食指兴奋地从桥头走到桥尾，望着高大挺立的桥头堡，望着一望无际的长江水，他决定写一首秧歌体的长诗，来赞美大桥的建设者——工人阶级：

笑看长江的
波涛汹涌

我桥墩举足
阔步江中

冷眼高空的
寒流滚滚
桥头堡我举
旗帜火红
……

2009年，食指来南京出席了在南京理工大学举行的“食指诗歌研讨会”，深情朗诵了这首长达80多行的作品后说，“那时经过南京长江大桥，真的感觉很震撼！”

1972年7月，南京市革命委员会毛泽东思想宣传站编选了大桥工地部分诗歌作品，由江苏人民出版社出版，诗集名为《天堑飞虹——南京长江大桥诗选》。收入的诗歌在内容上分为“向阳诗篇”、“气贯长虹”、“火红岁月”、“风流人物”、“战地之花”、“大桥春色”六个部分，展现了建桥工人的豪情。诗选的作者大部分都是参与大桥建设的工人、农民、士兵等，文字简朴有力。

南京长江大桥最早在1972年走进北京市的小学语文课本，之后逐渐出现在其他省份及后来的全国统编小学语文教材中，并长期被收录在内，为小学生观察景物、生动地描写景物提供了学习的范例。

在教材的第一自然段，用“大桥在明媚的阳光下，显得十分壮丽”的总述句，写远看大桥，外形雄伟壮丽；接着从“9个巨大的桥墩”、“正桥连接着22孔引桥”、“大桥分两层”三个方面分述了大桥的高大、稳固、又宽又长，向人们展示了一幅雄伟壮丽的图画，让读者仿佛身临其境，难以忘怀。

第二自然段，作者近看大桥，运用“看听”结合的方法来写。先走近正桥看到“雄伟的工农兵塑像”、“高大的桥头”和“顶端的一面面红旗”；再讲看到笔直公路上整齐的“玉兰花灯柱”；最后讲站在桥上远望江面十分宽阔，江上的轮船就显得很小，“像一叶叶扁舟”；同时还侧耳倾听到火车在下层的铁路上“呼啸而过”。这样按照走在正桥上所见所闻的观察顺序，具体地介绍了大桥是多么的雄伟壮丽。

最后，作者面对着“滔滔的江水”，看见雄伟的大桥，感慨万千。想到“自古称作天堑的长江，被我们征服了”，并引用毛泽东“一桥飞架南北，天堑变通途”的诗句，抒发了“我”对人民的伟大创造力和祖国建设的伟大成就的赞美之情。

话剧《大江飞虹》是唯一一部以南京长江大桥建设为背景的舞台剧，由江苏省话剧团创作组集体创作，主编为省话剧团著名编剧王立信，主演有陈志仁、严安、韩毅君等。全剧共七幕，另有序幕和尾声两场。

序幕：江口（南京）解放，军民盼江上建大桥；

第一场：江心墩的设计走三结合的道路；

第二场：土法上马；

第三场：2 号墩沉井翻砂；

第四场：深水电焊治翻砂；

第五场：风波；

第六场：曙光；

第七场：江心墩抢险；

尾声：胜利。

剧情素材来源于 1970 年出版的报告文学《南京长江大桥》，以大桥建设的江心墩为重点展开戏剧冲突，再现了 20 世纪 60 年代三年经济困难时期，水上施工的艰难和曲折，歌颂了以水下基础工程队队长江志强为代表的大桥建设者群体英雄形象。江苏省话剧团王立信等人曾携《大江飞虹》剧本，深入承担南京大桥建设任务的南京大桥

话剧《大江飞虹》剧照

二处、四处体验，邀请有关方面的人员召开座谈会，听取大桥建设者对该剧的修改意见。

1975年7月，江苏省话剧团《大江飞虹》剧组赴北京参加全国部分省市、自治区文艺调演。1976年5月，《大江飞虹》剧本由人民文学出版社出版，新华书店北京发行所发行，全剧5.3万字。1976年10月，粉碎了“四人帮”后，《大江飞虹》就没有再演出。因公演的时间相当有限，也就一年多的时间，早已被人们淡忘，而该剧本则成了收藏爱好者的藏品。

该剧是在“文革”背景下创作的，除了突出两条路线斗争的主线外，还虚构了解放军和贫下中农支援江心墩抗洪抢险、粉碎了隐藏在大桥建设者队伍中的特务分子破坏大桥建设的阴谋等，都不符合历史。

江苏画家钱松岩、宋文治、魏紫熙、陈大羽、苏天赐、张华清、冯健亲、吕斯百、吴俊发、周炳晨等名家纷纷投入创作，美术作品涵盖了中国画、油画、版画、宣传画等画种。冯健亲和苏天赐、张华清、杨培钊等在南京长江大桥下住了3个月，认真搜集素材，最终完成了油画《南京长江大桥》，被送到北京参加“建国25周年全国美术作品展”，也是江苏省唯一一幅油画入选作品，后来被中国驻法大使馆收藏。苏天赐创作以大桥为主题的油画《江上长虹》时，曾带领大桥创作组从南京出发，一路沿着长江写生，直至上海黄浦江边，亲身感受万里长江的雄伟气势，并融入时代背景中。蔡知新、黄丕谟、周炳

油画《南京长江大桥》

布面油画《在红旗下成长——我为祖国守大桥》

晨几位名家携手创作的版画《红旗颂歌》，还原了桥头堡的建设过程。三面红旗沐浴在金色的霞光里，下面是密集的脚手架，紧张忙碌的工人们，高大的吊机正在工作中，建设中的大桥场景生动尽现。魏紫熙先生的《天堑通途》、宋文治先生的《扬子江畔》等，既有跨越江河的奇伟气势，也不乏江南景色的清新婉约，将生活中的甜美奉献出来，令人憧憬，催人奋发。军旅画家陈坚1972年创作的油画《在红旗下成长——我为祖国守大桥》，画面是一个冬天的早晨，曙光初照，桥头堡上的三面红旗在蓝天白云的映衬下鲜艳耀眼。大桥上人来车往，桥头堡下一个执勤的战士目光豪迈地望着前方，枪刺直指苍穹。1973年，这位军人的英姿出现在江苏省发行的新年年历上，走进了千家万户。

当我们观赏大量展现大桥时代风貌作品的时候，明明白白地感到被带进了那个时代，似乎清晰地听到时代脉搏跳动的节拍，火热的生活是艺术家们取之不尽的创作源泉。

1970年，大桥图像的外文版明信片出版。1971年，《人民画报》上登载了周恩来总理在南京长江大桥上欢迎罗马尼亚贵宾并合影的图像。1973年9月，出版印刷了《南京长江大桥》绘画版宣传画，清新艳丽，风靡一时。真实的大桥偶尔才能相见，生活中的大桥却无处不在。南京长江大桥是那个时代最时髦的符号，涵盖了全国人民日常生活的方方面面。几乎每个照相馆都挂有长江大桥的布景，印有大桥图案的搪瓷杯出现在几乎所有的日用商店，大到镜子、暖水瓶、年画、奖状、日记本，小到粮票、布票、橡皮、糖纸、火柴盒等，铺天盖地地进入了寻常百姓家。这些大桥图案，虽然不及现在印刷的精美，却展现出惊人的设计感，其造型之优美、配色之和谐，足以令当下不少设计师自惭形秽。南京长江大桥伴随着一代中国人的成长，留下了无法抹去的情感印迹。

南京西站——永不消逝的汽笛

可能你到过许多城市，经过许多铁路，但你可曾见过铁路的尽头？在南京西站，就可以找到铁路的尽头。沪宁铁路的起点和终点就在南京西站，一列列火车以雷霆万钧之势呼啸而来，在这里戛然而止，冲天的蒸汽弥漫了整个站台……

1908年7月，南京西站正式建成，时称江宁车站（因南京当时称为“江宁府”）；同年12月15日，沪宁铁路全线营业，百年老站的风雨历程自此便拉开序幕。按照当时统一规格“一等站房”设计，大小房屋18间，建筑面积520平方米，有大厅、票房、电报房、站长房、邮政房、货物经理人房等设施。候车室仅有两小间，木结构屋顶，屋面铺盖时髦的瓦楞白铁皮，兼有江南民居的特色。南京西站和南京港均在下关，火车、轮船轮番进出，不时传出悠扬的鸣笛声，每天从全国各地来往的旅客络绎不绝，热闹非凡。

1927年，国民政府定都南京，政局相对稳定，开始十年建设。1930年车站异地重建，地址在惠民河东，衔接热河路，改为南京下关车站。建成后的车站站房为中间3层，平顶屋面上另建圆亭，两侧为2层山形屋架，中部是椭圆形大厅，采用柳安木料，外墙中部及两翼皆砌筑花岗石，极为豪华气派。作为进出首都的门户，国民党的高官、商贾、文人在这里来来往往，接送官

1910 年的南京西站

1937 年的南京西站

1947 年重建后的南京西站

员的汽车能一直开到站台上。

经历抗战后，南京西站已经残破。1947 年，火车站兴工扩建，由基泰工程公司著名的建筑师杨廷宝设计，徐顺兴营造厂建造，当年完工。扩建后的车站，以一“U”字形围住原车站的大楼，南北两翼为两层，建有屋顶花园。南楼上下是票房、电报房、银行及旅行社，北楼为贵宾室、邮件转运室。西面设计成5孔、13米高的大拱门作为入口通至候车大厅,可容纳4000余名旅客。扩建后的车站规模为全国之首，于右任先生题写站名：“南京车站。”1948 年 4 月，开办了国际饭店分部“丰泽楼”，富丽堂皇，曾经盛极一时。1949 年，国民党军队撤退时炸毁站房，仅存一个方形钢筋混凝土的躯壳。

新中国成立后，1950 年人民政府拨巨款修复被炸毁的车站，将中央部分建成宽敞的候车大厅，比炸毁之前更加实用，亦别有气势。南京铁路管理机关也设在这里，除了许多办公室以外，还有一个大礼堂，经常召开各种会议，举办讲座、展览，每逢周末还举行舞会。1968 年南京长江大桥建成后，改为南京西站。2016 年 1 月 8 日，随着南京西站挥别最后一趟列车，这座百年老站的运输生涯悄然落下了帷幕。

南京西站虽然几易其名，但在老南京人口中，一直称呼为下关站。百余年间，西站见证了无数历史事件。尤其在民国时期，因为是首都，这里发生的事件也折射出时局变幻：

1912 年 1 月 1 日，孙中山由上海到南京就任中华民国临时大总统，就是经过南京西站进入南京的。就职专列抵达后，军乐队奏起乐曲，长江江面上的军舰与江边狮子山炮台均鸣放礼炮 21 响，江浙联军部队各营举枪致敬。孙中山一行换乘南京城内的小火车，“沿铁路遍悬五色国旗，密布军队……各街店户悬挂烛笼，夹以民国旗帜，颇为壮观”。

1927 年，北伐军进逼南京城下。车站职工策动孙传芳部队“反正”，在此截留了十几车军需物资，支援北伐战争。

1931 年 4 月，任中央特科领导职务的顾顺章在武汉被捕叛变，打入国民党中央组织部党务调查科的中共地下党员钱壮飞发现后，立即查阅了火车时刻表——当晚 11 点还有一趟西站开往上海的特快列车，次日 6 时 53 分就可

钱壮飞

抵达上海。紧急关头，他让担任交通员的女婿刘杞夫连夜乘车去上海报告。安排妥当后，本人也于第二天上午从容离开南京去上海，提前在上海郊区的真如站下车，避开了敌人的围捕。周恩来曾多次动情地说：“如果没有钱壮飞，我们这些人早就不在了。”

1937 年，日军进攻南京前夕不断空袭，车站亦被炸毁。日本记者长野郎在其《北支中支游记》中写道：“下关 7 点将黑时，到达南京下关车站。几个月前还以首都大门自诩的下关车站，现在也烧光了，片瓦无存。”日军侵占南京后，在车站及附近的宝塔桥等处屠杀平民 3 万多人，矗立在南京西站江边货场的纪念碑记录了这一暴行。日籍员工每天早晨上班后，都要举行“遥拜天皇”的仪式，并强迫中国职员一起参加。

1946 年 6 月 23 日，上海各界群众 10 余万人举行“反内战、要和平”的群众大会，推选出以马叙伦、胡厥文、阎宝航、雷洁琼等 11 人为代表的上海人民和平请愿团，前来南京向国民政府请愿。当请愿团于当晚到达西站时，中统特务纠集一批暴徒，伪装成苏北难民，上来就是一阵乱打。阎宝航为了保护马叙伦，胳膊当场骨折。马叙伦头部受重伤，鼻、眼也都受了伤，腹部被踢，昏迷坐地，后被宪兵推到办公室里。雷洁琼被暴徒揪住头发，胸部被一只痰盂砸中。一个暴徒趁乱要抢雷洁琼的戒指，她拼命反抗，挣扎中手被挤掉了一小块肉，血流不止。其他多人被打伤住院，此事件史称“下关惨案”。中共代表周恩来闻讯后，立即打电话给马歇尔将军，马歇尔又打电话给蒋介石。后来，来了一些宪兵，才驱散了那些暴徒。在南京期间，周恩来、董必武在梅园驻地会见并宴请请愿代表，倾听他们的意见，向他们介绍国共谈判的情况。马叙伦离开南京之前，曾感慨万分地对周恩来说：“中国的希望只能寄托在你们身上。”

1949 年 5 月，人民解放军攻占上海。南京铁路工人闻讯后，满怀翻身解放的喜悦，修复了第一台机车，命名为“上海解放号”，从这里驶往上海。

沿途各站职工敲锣打鼓，热烈迎送。

“上海解放号”机车

上海人民迎接“上海解放号”列车

对于南京市民而言，南京西站是最熟悉的记忆场景，永不会褪色的地方。老下关人大抵是听着火车声和汽笛声长大的，说是听着声音就能辨别出哪趟火车要进站了，哪趟火车要驶出车站了。作家张恨水在南京居住时，经常来到下关，他在《江冷楼前水》一文中写道：“下关江边的风景，登楼远眺，四季都好。说到江，我最喜欢荒江。江不是湖海那样浩瀚无边，妙的是空阔之下，总有个两岸。”

南京邮政企业文化馆里，一面墙上仿制了火车行动邮局的一节列车。实际上，快递并不是新生行业。1945年抗战胜利后，为了方便离散家人联系，开办了京沪火车行动邮局，上行设在京沪10次车，下行设在京沪9次车，投送城市为南京—镇江—丹阳—武进—无锡—吴县—昆山—上海。站前就有邮亭，工作人员在车上分拣信件，当信件到达目的地后，再由信差分送，京沪邮件最迟隔日就能收到。

每年春运是最繁忙的，站前广场上人山人海，职工就在门前广场上搭棚子。每当一趟列车要检票了，客运员就拿着大喇叭，扯开喉咙喊排队，组织进站

南京西站昔日的繁忙景象

南京西站站内情景

影片《非常爱情》海报

上车。1970年代，原南京铁中每年参与春运的学生有700人左右，其中一半在车站帮班，一半安排跑“闷罐子”车。一节“闷罐子”能容纳100多人，客运高峰时车厢里面人挤得无法挪动，每人每天发给1元或6角的补贴。在那个生活贫困的年代，学生们仍然很开心。

1998年，导演吴天明选中南京西站作为影片《非常爱情》的拍摄地，男女主角的扮演者分别是柳云龙和袁莉。车站提供了10多套1980年代初的蓝色涤卡铁路制服，一部分职工还担任了群众演员。拍摄的是家人满心欢喜送男主角田力乘火车去北京上学的镜头，站台轨道边的信号灯就像深情的目光，一直伴着远行。拍摄很顺利，吴天明热情地邀请大家在站台上合影留念。

南京西站历史积淀丰厚，褪去繁华后，留下了更深刻的韵味。这里的站台、道岔、信号灯都是最古老和原始的，碧绿碧绿的植物从轨道缝隙、石子堆中顽强地生长出来，仿佛翘着兰花指在炫耀自己的美丽。

南京站——凝聚了时间的香醇

南京火车站是中国唯一依山面湖的火车站。每当夕阳时分火车进站时，站台上笼罩着一层暖意洋洋的金光，明丽暖人的色彩，似乎凝聚了时间的香醇，令人心醉。南京站也是中国铁路枢纽、国家铁路客运一等站、中国十大火车站之一。可是说起南京站原来的名字“神策门站”、“和平门站”，就很少有人知道了。

光绪三十四年（1908），沪宁铁路建成后，在现今南京站的位置设了一个车站。因为靠近南京城的神策门，因此取名神策门站。这是一个区间的四等小站，建有两座长约180米的站台，还有办事员住房4间和仓库两间，只有货车作业，主要是军队出入的通道，鲜有客车停靠。此地距离沪宁铁路的起始站南京站约4.6公里，也是沪宁线的火车从下关开出后的第一站。由于距离短，从南京站到和平门站票价也相对便宜，头等座票4角，二等座票2角，三等座票1角，四等座票仅为5分。

1927年4月国民政府定都南京后，南京作为首都，地位顿时至高无上。为了显示南京的与众不同，南京特别市政府经过国民政府的批准，将南京特别市更名为首都市，沪宁铁路也随之改称为“京沪铁路”。与此同时，南京城门的名称也成为时人关注的焦点。1928年，南京市教育局首先对城门名称提出质疑，认为“各城门原有名称，非寓有封建思想，即涉及神怪谬说，于现代潮流颇不适合”。呈请市政府“将最有窒碍之各门旧名一律取消，改用所拟之新名”。南京市教育局的提议得到市政府的认可。同年5月7日，市政府召开第37次市政会议，市长何民魂提议更改南京城门7座城门的名称，其中将神策门改为“自由门”呈报国民政府。国民政府第69次委员会议最终通过了南京特别市政府的更名方案，其中3座城门名称采纳了南京市政府的提议；3座城门名称采纳了内政部的提议，其中神策门改为“和平门”；1座由国民政府会议临时议决。7座更名的城门由6名国民政府要员书写，和平门由立法院院长胡汉民书写。南京市工务局迅即镌刻在条石上，制成横额，镶嵌在相应的城门上。神策门改称为和平门后，神策门车站也就顺理成章地更名为“和平门车站”了。

民国时期，由于交通不便，大部分前往上海的旅客都在位于下关的南京站上车，和平门站显得比较冷清，主要以货运为主。直到1934年6月，南京兴建了市区中心鼓楼至和平门车站的中央路，这条宽阔的大道，极大地方便了旅客的出城和进城。江南汽车公司开辟了6条公交线路，其中的“第二路”就是从和平门车站到夫子庙的线路，与今天的1路车路径十分相似。游客出站后，乘汽车很快就会抵达历史人文荟萃之地——夫子庙，坐画舫品尝秦淮小吃。许多前往上海、杭州方向的旅客，也不必再绕到下关乘车，节省了不少时间。

和平门车站客流量迅速增加，渐渐成了一个热闹的车站。铁路部门顺势决定在和平门车站增加销售四等客车票及来回游览车票，并规定京沪线上的特别快车均停靠和平门车站。军界、政界的头面人物往返于京沪线上，所乘专列也开始在这里经过，和平门站几乎成了政要人员的专用车站，连蒋介石、宋美龄也经常出入该站。这里常年停靠两辆豪华专列，代号为M—1号和M—2号，车上设有客厅、卧室、卫生间和中西餐厨房，用具考究，极尽奢华。据说是财政部长宋子文布置的，将M—1号送给了蒋介石，M—2号留给自己使用。1937年“八一三”淞沪抗战打响后，蒋介石去南翔前线督战，就是从和平门站上的车。

民国时期，由于线路标准不高，京沪线火车脱轨事故时有发生，而发生在南京市区的火车脱轨事故相对较少。只是 1933 年 11 月 13 日，有一趟货运列车在通过和平门车站时意外脱轨，尽管没有造成人员伤亡，但首都发生这样的事故，其影响可想而知，不仅被媒体大肆渲染，还作为年度的大事被记录在案。

1959 年，南京长江大桥开始建设，原来在长江两岸、连接津浦铁路和沪宁铁路的浦口火车站、原南京站（今南京西站）因无法直接连接大桥，决定在和平门车站站址和附近小红山地段扩建南京火车站。但由于国家经济困难和“文革”极“左”思潮的干扰，工程技术人员根据客流量提出的方案被减了又减，双方僵持不下，设计方案为之搁浅。某一日，忽然有消息传出：铁道部领导同意设计方案。主持讨论的军代表乘势拍板：“那就听部里的。”南京新站舍就此顺利建成。1968 年 10 月，南京站与南京长江大桥同时开通启用，和平门站走进了历史。新的南京站由于采取了简化设计，不能满足运输需要，整整 30 年超负荷运转。

1999 年 11 月 12 日凌晨 1 时 10 分，南京站候车室茶座区由于电线老化短路起火，迅速蔓延至整个候车室，1841 平方米的房顶坍塌。

2005 年 9 月 21 日，新建的南京火车站投入使用，著名书法家武中奇题写了站名，面积是原来站房的 6 倍，共有站台 16 座，途径包括京沪铁路、沪宁高铁、宁合高速铁路、宁启铁路及宁铜铁路等。新站房外形采用法国 AREP 公司设计的帆船造型方案，18 根斜拉桅杆支撑起横向钢梁，像一艘竖起桅杆、拉满风帆的巨型帆船，停泊在玄武湖畔，既有江南地域特色，又散发现代气息。内部采用铁

南京站

今日南京站

南京站前巨型雕塑《梦舟》

道第四勘察设计院设计的通透点式玻璃幕墙，在站内即可看见碧波荡漾的一湖春色。车站采用“高进低出”的方式，出站大厅直接和地铁站及停车场相连，旅客可以选择地铁、出租车、公交车换乘，在国内铁路站房建设中首次实现了真正意义上的“零距离”换乘，成为全国新建改建范本，一时声名鹊起，被旅客称为“最美”。

站前景观广场分为集散主广场区、过渡性引导广场区和湖滨亲水休闲区，总面积近 4 万平方米。2014 年，南京承办青年奥林匹克运动会，中国雕塑院院长吴为山专门为青奥会创作的巨型镜面不锈钢雕塑《梦舟》，长 49 米，高 6.8 米，落户在站前广场，既时尚又动感，象征中国梦的伟大理想，将乘着中华民族不断前进的和平之舟驶向辉煌的远方。随着《爱我中华》的音乐声起，平静的玄武湖湖面喷出绚丽的彩色水柱，时而笔直地升起，时而变化角度喷洒，好像神秘的舞者，点亮了夜幕。

神策门虽然早在 90 年前就已更名，但是南京人仍一如既往地称作神策门，像是铁路的守护神，一直庇佑着这座见证了城市百年变迁的火车站。

别离，是为了更美的相遇

马克思说：人类历史始终和产业交通史关联着。

大桥公路桥的交通管理是缜密的。

1969年1月1日，大桥公路桥交付使用。为加强管理，南京军区派出军代表，调南京铁路分局和南京市城建局人员组成大桥管理处，高凤翔任处长。从市政公司抽调一个工程队，负责大桥的路面保养维修。

大桥刚通车时，平均一天通过大桥的汽车1177辆次，其中外省过境车辆占53%。1968年12月5日，南京市革命委员会、南京警备区、南京市公检法军管会联合发出《关于南京长江大桥公路桥面交通管理暂行规定》：

1. 机动车辆通过大桥前要自行检查刹车、转向及拖车挂钩等安全设施，保持设备完好，不准超越同类车，不准熄火滑行及在桥头掉头，禁止学习司机驾车过桥，严禁无“准运证”运输易燃易爆物品通过公路桥面。

时速规定：小型车40公里，大型车30公里，大雾、暴风及雨天一律限速10公里，风力六级以上禁止超高货车通行。

2. 自行车不准超车或下坡高速滑行，板车及兽力车限夜间通过。

3. 行人走人行道，不得逗留、躺卧或翻越栏杆，不得吐痰、便溺及乱掷物屑。

大桥通车后，大桥南路及回龙桥有固定交通岗亭指挥交通，桥北引桥处设立机动车检查站，日夜有武警、交警和交通管理人员轮流执勤，检查过境的外地车辆，取缔机动车违章行驶，消除安全隐患。

1970 年，公安、交通管理部门联合发出通告规定：机动车在长江大桥行驶时速限 35 公里以下，任何机动车辆一律不准互相超越。

1972 年 6 月 13 日 16 时 40 分，南京军区某汽车张姓教练员带领新司机训练，从长江大桥返回时，空档高速滑行，连续超车，在回龙桥附近撞到一辆自行车、一辆军车，破坏桥栏杆 6 米，这是长江大桥通车后第一次重大交通事故。

9 月 16 日，南京市革委会颁布《南京市交通管理规则》中规定：大型货车和公共汽车在长江大桥行驶不准超车；机动车通过长江大桥的最高时速：小型汽车、摩托车 40 公里，大型汽车 30 公里，带挂车、后三轮车 25 公里，大型轮式拖拉机 20 公里，狂风、暴雨、大雾、下雪、结冰时，一律限速在 15 公里以下。

12 月，南京警备区和南京市公检法军委会又发出《加强城市交通管理的补充规定》。其中禁止教练车在长江大桥上教练，禁止拖拉机在长江大桥上通过，领有通行证的拖拉机限晚 21 时至次晨 5 时通行。

1973 年初，日均通过长江大桥的机动车达 4000 余辆，1982 年达 7157 辆。进入市区占 46%，驶出市区占 54%，过境车约占 20%。

1984 年 12 月 28 日，连通长江南北通道的建宁路拓宽工程竣工，加大了长江大桥的压力。加之外地过境车增多，大桥机动车辆流量每天逾万辆，高峰每小时达 1700 多辆，致使桥上车行滞缓，最慢时车速只有 5—10 公里，经常发生堵塞。严重时，东侧堵到建宁路西货场，南侧堵到盐仓桥广场，北侧堵到桥北公路铁道口。

1985 年 3 月，市交警大队根据市政府指示，一是增加大桥南北引桥的车道数，将原上下行两股机动车快车道增划为三股道，中间一股为上桥超车道，并用黄色隔离线将上下道之间隔离，改变了原来轻车不能超越重车、小车不能超大车的情况。二是取消了大桥机动车最高时速 35 公里限速标准，允许与市内其他道路各种车辆所规定的车速相同：最高时速为小型汽车摩托车 60 公里，大型汽车 50 公里，带挂汽车及三轮汽车 40 公里。

通过渠化，提高了大桥车流量，每小时最高通行量由过去的 515 辆增至 726 辆，行车速度提高到 30 公里，公交大桥线客车往返由每小时降为半小时。

1985 年 6 月 15 日，南京市公安局发出《大桥南路与建宁路交叉路口采取分流措施的通知》。通过疏导，四平路广场的车流量由原来日均 2.7 万辆降至 1.29 万辆，减轻压力 52%，使大桥的通行能力又提高四分之一。

1986 年 10 月，长江大桥北端临时外地机动车检查站移至泰山新村附近的车辆检查站。

1987 年 10 月 27 日晚，南京首降冬雪，上千辆机动车受阻在长江大桥两端。市交警大队紧急调集 150 名干警，用 3000 条麻袋及附近单位支援的 115 吨煤渣铺设桥面，使车辆安全分流。这温馨的一幕，也许很多老南京人还记得。

大桥公路桥的通行量设计上限为每日 1.2 万辆，1968 年日均通车 1177 辆，1976 年 4143 辆，1982 年 7157 辆，1985 年 10215 辆，接近通车上限指标。

由于南京的城市发展，又因为南京长江大桥是南京通过长江唯一不收费的过江通道，桥上的车流量日益增加，2005 年日均通车 6.6 万辆，成为华东地区最拥挤的交通要道。为了缓解交通压力，从当年 12 月 20 日零点起，南京长江大桥开始禁止外地中小客车、过境大客车和货车通行。然而，此消彼长。由于汽车工业的迅猛发展，私家车骤增，到 2010 年，每天通过汽车达七、八万辆，靠近 10 万辆，超出原设计能力 8 倍，29 条公交线路满足每天约 30 万人次的公交过江需求。大桥是进入南京的最近路径，长江隧道的开通也没有减轻大桥的压力。

公路桥是水泥构建，常年超负荷使用对公路桥面造成伤害，混凝土也出现老化，桥面伤痕累累，大桥气喘吁吁。以前对公路桥只能在夜间突击对路面临时修复，现在有条件进行更彻底的修复。

正桥钢梁维修

正桥铺设钢板

大桥维修

2016 年 8 月 3 日，上海铁路局与南京市人民政府签署协议，将南京长江大桥公路桥移交南京市。当年 10 月 28 日，大桥和公众暂别，开始进行为期 27 个月的封闭式维修，预计于 2018 年 12 月 29 日大桥通车 50 周年纪念日恢复通车。这是大桥建成后，维修时间最长、工程量最大且最为彻底的一次维修改造工程，主要以消除安全隐患、提高行车舒适性和确保施工期安全为目标。

游客为了当年美好的记忆专程从外地赶来，最后一班公交车的驾驶员开得比往常慢了许多，30 多年工龄的老桥工骑车又走了一遍大桥，最后一次途经大桥的车主将车停在路边再多看几眼，寒风里等待封闭时刻到来的市民依依不舍，大家在心里和大桥深情地说声“再见。”施工者向市民庄严承诺，将会把大桥改造的每一个细节做好，交出一份满意答卷。

27 个月的别离，是为了更美的相遇。

火车主题园——浓浓的下关民国风

说起下关，南京人的心里总有种别样情怀：承载百年沧桑的南京西站，沟通大江南北的火车轮渡；繁忙了近一个世纪的中山码头，上演了无数悲欢离合。孙中山、毛泽东、鲁迅、朱自清、徐悲鸿，众多历史人物都在此留下身影。每一块甲板，每一寸轨道，都沉淀了时代的印记。

2017年，下关滨江又添一景：火车主题园悄然开放。消逝已久的蒸汽火车、绿皮车厢，还原民国特色的火车站，带你穿越到了20世纪的30年代。

这座火车主题园占地2万平方米，南衔铁路轮渡栈桥遗址，北望南京长江大桥，东临南京西站，隔江西眺浦口码头和浦口车站。主题园居于中心点上，区域内的铁路元素比比皆是，被浓郁的历史氛围紧紧包裹。

在今天看来，火车轮渡早已成为历史陈迹，但在当时却是举世瞩目的浩大工程，被专家称为“卧倒的埃菲尔铁塔”。作为万里长江第一渡，它穿雾破浪，整整运行了40多年。打开记忆的闸门，仍然能够感受到1933年南京下关扬子江畔通航的那一幕，国民党军政要员悉数出席，南京城张灯结彩，万人空巷，争相目睹火车过江。如今栈桥已被整修一新，旧时的铁轨、枕木、白石站台、调度室和渡轮仍在，高高的芦苇叶子开始枯黄，大片大片的芦花在风中翩翩起舞，就像天上飘下来的白云，让人感觉到了一个美丽的童话世界。初秋的气息与纵横交错的钢梁交织，营造出一种独特意境。

新大桥，老轮渡，让你沉浸在往事如风，感慨铁路发展的巨大变迁。

火车主题园紧邻铁路轮渡老栈桥北侧。建筑师精心设计了一个堤顶慢道，长长的铁轨弯曲贯穿，引导你走进铁路文化记忆的延伸展示空间。公园内布置了一节蒸汽机车头，三节绿皮火车车厢，结合轨道、老枕木、水鹤、信号灯、道口栏杆等铁路元素，以写实的手法还原出老火车站的风貌。

最吸引人眼球的是火车头——上游型985号，是唐山机车车辆工厂于1970年6月生产的。1814年，英国人史蒂芬孙发明了第一台蒸汽机车。从此，人类加快了进入工业时代的脚步，蒸汽机车成为这个时代文化和社会进步的重要标志及关键工具，它排山倒海、一往无前的雄姿让人们难以忘怀。

绿皮车厢共有三节，一节硬座，一节卧铺，一节餐车。在高铁尚未普及之前，绿皮火车是火车“大军”的主力。春运来临，火车是人们回家过年的主要交通方式。每每忆起那绿皮火车，就仿佛像自己的童年失而复得了一样。因为速度慢，也因为车厢里的空气过于闷热和不新鲜，所以旅途中通常开着车窗。如果你并不太着急去做什么事，选择绿皮火车出行，再找一个靠窗的座位，那实在是一件很惬意的事情。沿途停靠的小站，一般8—10分钟，或者更长，你甚至可以下去走走。那些小站上总有卖特产的小贩，时令新鲜，价钱并不贵，诸如符离集烧鸡、八公山豆干、无锡酱排骨、常州萝卜干、南京桂花鸭等，都能买得到。

火车站也是按照民国年代的风格设计的，青石的甬道蜿蜒着漫进站内，卷棚式屋顶层层叠叠，呈现青灰色柔顺的弧度。阳光像被过滤似的，连声音都被一层无形的东西吸去，多年的浮华归于沉寂。在站台的房顶上，特意悬挂了一座大钟，时针“滴答滴答”地走动着。南来北往的旅客们就是在时钟的指示下，踏上各自的旅程。在这个充溢民国气息的车站里，真可以一夜梦回那个风情万种的年代。

公园里的防洪墙上还配有3块巨大的铁路文化艺术墙，分别以蒸汽机车、内燃机车和高速列车为主题，其中有南京人熟悉的车站、码头、渡轮、大桥和小火车。沿着江滩路面辗转而行，仿佛抚摸了一遍铁路与城市发展的脉络，见识到老下关的人文风情。

根据南京市的规划，下关滨江商务区段长江岸线南起中山码头，北至长江大桥，全长约 3 公里，是 200 公里长江南京段中最具主城立面特色的城区滨江岸线。清政府曾在此处开埠设关，繁华一时的大马路街区也堪比夫子庙。通过实施江堤改造、园林景观、道路桥梁和码头整治等工程，该区域将成为彰显历史文化的承载地、营造市民亲水生活的休闲地、架构长江岸线的特色长廊。

走进火车主题园，迎面都是满满的民国感。这种天然质朴的美丽，一下就抓住了人们的心。一阵风吹过，一片黄叶飘落到石阶上，仿佛民国的历史就发生在这一瞬间，而我们已经错过。现在很多 90 后、00 后估计都没有见过绿皮车长什么样子，他们对火车有印象的时候，已经是高铁时代了。所以每到周末，好多家长都会带着孩子来跟火车“亲密”一回。文艺女青年们也纷纷穿着花裙子，披上花围巾，拉上闺蜜来留影。开放不久，这里很快成了婚纱摄影的热门地，甚至吸引了周边省份的年轻人。火车不仅是一种出行工具，更盛满了在路上奔波的回忆。现在 40 岁以上的人都有乘坐绿皮车的经历，漫长的旅行装满了你我青涩的故事，火车主题园让市民有了坐下来回望人生的地方。

园区设计极具人性化，在国内也是首屈一指。游客可以进入驾驶室，模拟司机鸣笛操纵开车。可以爬上机车水柜，拉拉水鹤，遥想当年机车途中加水加煤的情景。走进车厢，里面仍然保留着当年列车在铁路上行走的模样。经过创意改造，绿皮火车将摇身一变，以更文艺、更浪漫的气质重新进入人们的视线。这里的咖啡厅融合了民国风情与现代小清新，阳光透过白纱洒满整个车厢。最柔软的时刻便是在这阳光满满的房间里眺望长江，一边晒太阳，一边俯瞰船来船往。为便于市民驾车前往，火车主题公园还设计了一个能容纳近 100 个车位的地下停车场，在地面上设有两部无障碍电梯直达地下室，其中有两个残疾人停车位。

随着时代的发展，蒸汽机车、绿皮火车和轮渡一样，都将成为旧时风物，但能作为文化遗产保留下来是一件很好的事情。资源是有限的，终究会有开

下关火车主题园景观

采完的一天。难能可贵的是，火车公园里保存了很多原生态的东西，俯拾皆是，宛如露天的铁路博物馆。历史的车轮滚滚向前，不管其曾经怎样的辉煌，如今又是怎样的落寞，最为重要的是还历史场景以真实，还生命以过程。

秋日里的滨江是多姿多彩的。夕阳西下的时候，这里更是美到极致。绿草茵茵，江水依依，太阳把最后一抹橘色撒向波光粼粼的江面，像挂起一盏盏的红灯笼，一切都显得那么的静谧安详。未来这里将成为一段融历史记忆、生活情调、现代商业、创意产业为一体的多元岸线。伫立在滨江的岸边，看历史的印记展示面前，静听脑海中往事翻涌，火车主题园带给我们的还有一种难以割舍的老南京、老下关的情结。

永远的大桥

中国是水的故乡，桥的国度。

小时候居住在故黄河边，有山必有水，有水必有桥，一座座石桥、木桥横跨河的两岸，虽然有些老旧，却也显得错落有致，灵气十足。铁铸的栏杆，宽阔的石板，结着墨绿的青苔。桥名出自大家之手，一个个字大如斗，端庄丰腴。清晨的微光荡漾在桥上，细细的露珠散落，河面上朦朦胧胧，渔民划着小船，真如仙境般的世外桃源。

桥梁建筑的艺术实践，要追溯到两千多年。早在几个世纪以前，就有外国旅行家赞誉中国是奇妙的桥梁之乡。河北省石家庄赵县境内的赵州桥，通体用巨大花岗岩石块组成，28 道独立石拱纵向并列砌筑而成。在那个没有钢筋混凝土材料的年代，设计者大胆地在大拱的肩上掏出了两个小拱，这样不仅精巧优美，而且减少流水阻力。北京颐和园的玉带桥和十七孔，以其美丽的造型，与周边的山水楼阁相映成趣。1960 年代建成的南京长江大桥，气势磅礴，雄伟壮丽，是科学技术与美学完美的结晶。

在南京长江两岸，有 3 个建桥新村，集中居住着几千户家庭。随便遇到哪位长者，都能给你讲出几段令你热血沸腾的故事。那个年代出生的很多人都重名，老大起名叫长江，老二就叫大桥，还有的干脆叫桥墩、钢梁、铁柱。

赵州桥

大桥局副总工程师周璞参与了大桥上部的设计，给孩子取名“一桥”；大桥局副总工程师林荫岳是4、5号墩抢险的功臣，给孩子取名“一宁”。开学第一天班主任点名，一个班上有3个同学叫“宁桥”。“宁”是南京市的简称，他们出生的1960年代，正是他们的父辈艰辛建设南京大桥的时候。告别武汉，在南京工地一干就是10年、8年，把最好的青春年华都献给了这座大桥。

大桥新村

因桥结缘，当年的建设者中许多人渐渐喜欢了这个城市。相对于潮热火辣的武汉，南京山水秀美，建筑摩登，它的温和、清丽和包容似乎更让人留恋。大桥局副总工程师陈昌言、李家咸，勘察设计院长杨电雷，桥研所副所长王伟民，摄影组长任发德等，退休后都选择居住南京。以大桥命名的有大桥照相馆、大桥电影院、大桥饭店、大桥牌烟花等，第一辆南京当地生产的自行车也是叫“大桥牌”。那个时期人们的生活里，小到粮票、烟标、橡皮、糖纸，大到年画、练习簿、热水壶、搪瓷缸、脸盆、床单，生活场景里的主角都只有

印有大桥图案的生活物品

一个，那就是大桥。不论是本地居民，还是外埠过客，不论是中央领导，还是各国来宾，差不多都得“到此一游”，拍张照片留个纪念。

因为采访大桥人，我和许多当年的建设者保持着联系。机工窦润芳回忆说，在大桥工地，我最激动的一次是什么时候呢，就是毛主席来大桥的那一天。1969 年 9 月 21 日凌晨，劳累一天的桥工们已经进入甜美的梦乡，突然被一阵阵整齐的口号声惊醒。我急忙披衣走出宿舍，只见刚通车的大桥灯火通明，探照灯的光柱划破夜空。口号声是从大桥北堡上传来的，听声音像有几百人，一遍又一遍有节奏地呼喊：“毛主席万岁！”“毛主席万岁！”当时脑子还不灵活，没有意识到是毛主席来了，我是第二天早晨才知道的。我那时候很后悔的，真后悔的。我那个时候穿着短裤呀，如果穿着整齐我肯定要跑着去的。毛主席深夜来到了大桥，这个消息像一股暖流，滋润了每个人的心田。

苏州老桥工吴鹏生在社交软件里说：“修缮一新的大桥，三面红旗在朝阳照耀下熠熠生辉，现在的 80 后、90 后可能根本不知道她代表什么。我或许是我们，有一个愿望，待大桥修复工程完成通车前，让我们这些曾经的大

吴鹏生一家合影

桥建设者自费来到大桥参观。让我们走走看看，回忆青春岁月的往事，无论那时多么艰苦，但是我们对大桥深有感情。”2019 年 5 月 4 日这天是青年节，吴鹏生一家来南京旅游，第一站就是看大桥。除了吴鹏生，其他人都是第一次来到大桥，大家兴奋地到处看着，用手抚摸着，分享大桥建设者的那一份荣光。

一位署名“坦诚”的文工团员留言说：“那时候物资虽然贫乏，生活也很艰苦，但是人的精神生活却很丰富、充实、快乐，人与人之间充满了爱。相互关心，相互帮助，彼此信任，乐于助人。多么美好的时代，多么美好的生活。纵然现在吃穿不愁，但我们依然怀念那个年代。我们在心里呼唤那个年代。”

能够参加大桥的建设，能够为国家尽一分力量，那是很大的荣幸。2018 年底，大桥开通之前，很多老桥工来到大桥。大桥很安静，像旧时的风景册页，次第打开，起皱处也是褪色的美。

从南京长江边上远观大桥，只是看到了钢梁的轮廓。唯有步行体验到的大桥，才是有生命的大桥。大桥还能给人提供步行的乐趣，这正是他的了不起之处。

走在大桥上，50 多年来南京有不少的变化，增添了现代高层建筑，但大的格局依旧，整体面貌不变。长江边上建筑翻新，绿化带增多，一直荒寂的江北江滩，也建起了连绵不绝的绿化带，延伸到了轮渡附近。不同的建筑时态重叠交错，无异于一部多层次的小说，要用心读，一页一页翻看。

每个城市都有适宜步行的空间，区别在于多少。少了，城市显得冷漠；多了，城市便有市民社会的温度。有足够多的步行空间，才是适宜步行城市的确切定义。大桥公路桥重新开放以来，即便在骄阳似火的夏日，前来体验的人也络绎不绝。

现代城市的改造，事关人的生活环境，不仅仅是物理科学，也属于生命科学。用物理的概念花费再大的资源，建筑的只是一些高大宽新的积木。由市民社会组成并维护的城市，才是有机的生命体。

长江上的桥梁已经有 100 多座了，但是能提供人们步行的没有几座。仅凭这一条，我们就应该向南京长江大桥的设计者致敬。

1969 年 1 月 1 日，大桥公路桥交付使用。为加强管理，南京军区派出军代表，调南京铁路分局和南京市城建局人员组成大桥管理处，高凤翔任首任处长。从市政公司调一个工程队，负责大桥的路面保养维修。

据大桥接待处的工作人员张静芳介绍说，当时的国家领导人或陪同外宾，或来南京视察，几乎都来过大桥，有的来过还不止一次，印象最深的是毛泽东主席来大桥视察。

1969 年 9 月 20 日下午 2 时，大桥警卫任务开始执行，所有哨兵都换上整洁的军装。晚上 7 时许，大桥白玉兰花灯和悬挂在南北大堡外墙上的彩灯亮了，从空军部队借来的 8 盏探照灯置于南北大堡平台上同时打开。桥上灯光闪亮，两岸灯火辉映，斑驳陆离的色彩把大桥装点得更耀眼夺目。晚 8 时左右，南京军区领导、曾经参与建设和保卫大桥的原 60 军团以上干部一同来到大桥，并排站立在大桥桥面的人行道上。当时由于大桥实施了戒严，普通市民进入不了，但又不能没有群众，南京军区便组织了部分机关干部和家属上桥看夜景。

晚上 11 时，许世友乘一辆吉普车巡查了大桥的警卫情况，然后迅速离去。

21 日凌晨 1 时 37 分，只见大桥南边“工字堡”方向一串车灯闪亮，车队驶上了南引桥，驶过南堡继续向北，到北堡后车队调头再往南开。约 10 分钟后，车队停在南堡。许世友从车上下来，快步走到车的另一面，打开车门，小心地扶着毛主席下车。当毛主席和许世友在桥头堡站定，摄影机立刻闪出一片白光：伟人在大桥留下了身影。

事先得到的消息是，毛主席要进桥头堡，于是桥管处上上下下做了周密而详尽的准备。毛主席也是著名的诗人、书法家，期盼他能参观后诗兴大发而留下笔墨，为此特地准备了文房四宝。这个“待遇”，在参观大桥的大人物中，只有两人享受，除了毛主席，还有郭沫若。

毛主席乘坐的轿车从南引桥向江北驶去，又返回来在大桥公路桥南大小桥头堡之间停了下来，接见也就是十几分钟的时间。接待处的同志正等在桥头堡静候毛泽东的到来时，只见在桥面上的许世友，一把拉住毛主席进入轿车，疾驶而去。这是谁也没有料到的！在她的记忆中，像毛主席这样参观大桥，随行人员之少，参观时间之短，绝无仅有。

“文化大革命”过去后，第三世界国家的朋友来得比较多。伊朗公主站在桥头堡上面，一眼望去，天上是碧蓝的，长江是黄黄的，地上郁郁葱葱，一直能看到紫金山，看到长江的天际线。她说，我第一次看到这么美的景色。

有一次，彭冲陪同波兰政府教育部长来大桥参观。当听介绍说建设南京长江大桥原打算请苏联专家当顾问时，波兰教育部长马上插话说，他们的大河是伏尔加河，没有长江大，他们没有建过像你们这样的大桥，不会有这种经验。

日本曾经派出一个 20 人组成的土木建筑工程代表团到中国，成员都是年迈资深的土木工程方面的权威人士，他们对南京长江大桥很感兴趣。东京大学的名誉教授平井敦先生曾经担任过 18 年的世界桥梁学会副会长，不停地发问。他们在交谈中谈到，南京长江大桥使用的某些技术已经超过了日本。如铁路桥铺的 480 米长的焊接无缝钢轨，日本国内仍在使用 25 米一根的普通钢轨。后来平井敦先生又两次率团来南京长江大桥参观，为日本架设本州至四

1970 年，《红星照耀中国》作者、美国著名记者埃德加·斯诺参观南京长江大桥

国的特大铁路悬索桥做准备。

海外华侨、港澳台胞也来了，特别是居住海外的来了以后非常激动，他们说，我们看了大桥后，就感觉到我们在国外的腰杆子硬了，为我是中国人而自豪。

著名核物理学家吴健雄和她的丈夫袁家骝双双来到大桥参观，两人不时提些问题，还相互探讨，很是风雅。诺贝尔物理学奖杨振宁是陪着他的母亲来的，杨母精神矍铄，穿着中国传统的大襟衣服。

小时说起省会南京，我立即联想到的不是高大的中山陵，不是肃穆的雨花台，也不是香艳的秦淮河，而是雄伟的南京长江大桥。那时每家都有一个挂在墙上的小广播，俗称“话匣子”，早晨6点钟准时响起童声合唱《东方红》。话匣子是我们了解外界的窗口，大桥通车的消息振奋了每一个人。如果有人从南方回来，我们都会围着他问东问西，印象最深的是孩子们关心的话题：看见南京长江大桥了吗，大桥有多长啊？坐火车去看大桥，成为不约而同的行动。“文革”时期，管理比较混乱，我们宿舍像我这个年龄段的人，

1973年10月4日，被誉为“东方居里夫人”、“核物理女王”的美籍华人物理学家吴健雄教授夫妇游览南京长江大桥

江苏省书法家协会主席孙晓云题写的馆名

托亲找友，几乎都有爬火车去看大桥的经历。相对于上海的时尚高端，南京拥有一种难得的气度。一排排粗壮的法桐树里，包裹着精致的民国建筑，让人联想起大师们优雅的背影。纵然十朝繁华褪尽，南京也是一位迟暮的美人。深夜里，火车驶上长江大桥，透过车窗，明亮的灯光把钢铁大侠照得亮亮堂堂，回想着沉重的撞击声，浩瀚的江面上也是灯光盏盏。长江的夜晚是那么安静，风从大桥吹过，带来了江面上轮船的汽笛声，那么低回、辽远，像一声呜咽。自从大桥通车，三面红旗雕塑就成为南京城市的新地标，成为中国人心目中的新圣地。从南堡走上大桥，鲜艳的红旗，宽敞的公路，奔驰的公交车，都给我留下了深刻的印象，那时觉得大桥是一个遥远而高级的存在，南京长江大桥只会建在南京这样的大城市里。

南京长江大桥并非长江上的第一座现代化桥梁。翻开旧地图就会发现，20世纪50年代前，在流经九省的万里长江上面还是空空荡荡，没有一座大桥。在红莓花儿开的日子，苏联派出了四五十位桥梁专家，由西林担任组长，只用了两年多时间，就和中国的工程技术人员携手建成了武汉长江大桥，连接了武汉三镇，贯通了京广铁路，沉沉一线首次穿起了中国的南北。但是武汉大桥无法和南京长江大桥相比，对于中国人来说，南京长江大桥才是“中国第一桥”。1960年，在苏联专家撤走、图纸带走以后，在最困难的日子里，大桥如期开工，中国以强势的符号展示了自尊和自信。

长江，孕育了坚韧伟大的民族；大桥，连接了肥沃富庶的长江两岸。在很长一段时间内，大桥是国家领导人陪伴来访的国外领导人的必到之地。周恩来总理曾自豪地告诉来访的国际友人：“新中国有两大奇迹，一个是南京长江大桥，一个是林县的红旗渠。”他要求大桥使用的灯必须是和天安门广场一样的玉兰花灯，大桥一度也成了意识形态符号。柏杨曾在《丑陋的中国人》

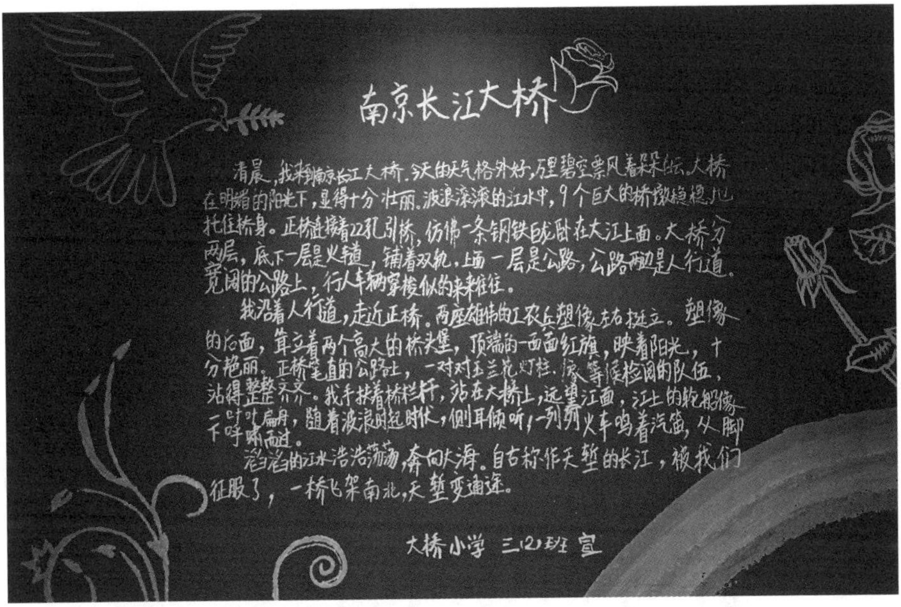

小学生用粉笔书写的《南京长江大桥》课文

一书中讲了这样一个故事：1969 年的一天，一个台湾人告诉别人，大陆在南京建了一座长江大桥。结果这个人第二天便被台湾当局抓了起来。南京长江大桥的照片出现在两角人民币的背面，出现在小学语文的课本，一篇名叫《南京长江大桥》的课文被小学的语文教师要求背诵……

1978 年，思想冲破牢笼，中国迎来改革开放的春天。当年武汉长江大桥苏联专家组长西林多次以友好使者的身份率代表团到中国访问，每次来访他必定会参观桥梁工程。1990 年 9 月，西林到钱塘江二桥工地参观时发现，预应力钢筋混凝土梁抽拔钢丝的胶管已改成铝制可弯曲的波纹管。这项技术苏联当时还没有，他要了一段波纹管带回去研究。而 1993 年西林最后一次访华参观武汉长江二桥时，了解到九江长江大桥的钢梁已经开始使用 56 毫米高强度厚板和直径 27 毫米高强度螺栓。西林诚恳地说：“过去我们是你们的老师，现在你们是我们的老师。”从学生到老师身份的转换，我们仅仅用了两三代人的时间。

桥梁是综合国力、科技实力的象征，也是造福社会、发展经济的重器。

1968 年，南京长江大桥建成通车

南京长江大桥凝聚了国家、民族和人民共同记忆的主题，展现了大国工匠的技艺，见证了从落后向强盛的奋力崛起，体现了源远流长的文化自信。南京长江大桥的建成，开创了中国人自己建设特大桥梁的新纪元。

半个世纪过去了，中国的建桥水平飞速发展，已经能够造出世界上最先进的桥梁。仅以南京为例：2001 年 3 月 26 日，南京长江二桥（八卦洲长江大桥）正式通车，成为世界第三大斜拉桥，获得了“中华第一斜拉桥”的美誉。2005 年 10 月 7 日，南京长江三桥（大胜关长江大桥）建成，成为中国第一座钢塔斜拉桥，也是世界第一座弧线形钢塔斜拉桥。2011 年 1 月 11 日，南京大胜关铁路长江大桥建成，是世界首座六线铁路大桥，也是世界上跨度最大的高速铁路桥。2012 年 12 月 24 日，南京长江四桥（栖霞山长江大桥）

通车，被誉为“中国的金门大桥”。根据新一轮城市总体规划，未来南京市域范围内规划共计25处、28条过江通道，市民将有更多的过江方式选择。长江不再是“天堑”、“大阻”，而是国人眼中的一道景观。从依靠合作到完全自主到技术创新，从斜拉桥到悬索桥，从铁路大桥到公铁两用桥，从跨江大桥到跨海大桥，中国桥梁“家族”不断壮大，世界顶级桥梁奖项上，中国桥梁早已成为获奖常客。架起更新更美的桥，中国道路越走越宽广。

从原子弹、氢弹到人造卫星、洲际导弹、长征系列运载火箭，从南京长江大桥、三峡大坝到港珠澳大桥、密如织网的高铁，中国走出了一条快速发展道路。改革开放40多年的实践告诉我们：只要扎扎实实地做好自己的事情，中华民族仍将是世界上最优秀、最智慧的民族之一，任何人间奇迹都可以创造出来。

轰轰烈烈的岁月已经远去，但是浩大的史诗久久回荡。

南京长江大桥大事记

★

1956年，国务院提出修建南京长江大桥的建设计划。铁道部即着手进行南京长江大桥的勘测设计工作，12月编制完成设计意见书。

1958年8月，铁道部邀请有关省市及部内外有关部门共同讨论南京长江大桥问题，同意宝塔桥桥址方案为桥址建议方案。

1958年9月，国务院批准成立南京长江大桥建设委员会。10月5日成立办公室，开始筹建工作。

1958年10月21日—23日，铁道部与中国科学院技术科学部在武汉召开第一次长江三大桥技术协作会议，研讨了南京大桥桥址的地质、水文、气象及新技术的采用等一系列的问题，全国的技术力量为大桥的建设提供了有力的支援。

1958年12月22—28日，在武汉召开第二次三大桥技术协作会议，选定大桥工程局设计的跨度160米的连续钢桁梁方案。

1959年1月，铁道部大桥工程局编成初步设计文件报部鉴定，同时进行定测，当年6月完成。

1959年2月，铁道部大桥工程局第二桥梁工程处由江苏邳县进驻南京南岸工地，承担5—9号墩及其以南工程。6月28日，引桥工程开始打桩。9月，第四桥梁工程处由四川重庆进驻浦口区长江北岸工地，承担1—4号墩及其以北工程。南北两岸职工最高时达10000多人。

1959年4月2—5日，中国共产党八届七中全会在上海召开，讨论了南京长江大桥的建设问题。

1959年5月6—10日，在南京召开第三次科学技术协作会议，针对上次会议问题尤其是对基础方案进行了更深入的讨论。会议还专题研究了管柱结构、振动打桩机及钻机结构。

1959年9月，铁道部对设计文件提出了几点重大修改意见：通航净高由26米改为24米；为使7号墩能修建在较好的岩盘上，将各桥墩中心线沿桥轴线向浦口方向移25米；桥头建筑由128米改为97米。

1959年11月15日，中共江苏省委为协调地方和施工单位的工作，决定成立南京长江大桥工程指挥部。

1960年1月18日，9号墩钢围笼浮运下水，主体工程正桥桥墩开工，南京大桥建设全面启动。

1960年1月，大桥工程局委托中国建筑学会发动建筑设计单位和院校为桥头建筑征求设计方案。3月，从全国17个单位提出的57个方案中选出3个送审，其中南京工学院（今东南大学）青年教师钟训正提出的复堡式红旗方案被采纳。

1961年4月，大桥总体建设方案得到国家计委批复。

从1963年开始，在毛泽东、周恩来的指示下，鞍山钢铁公司研制生产出大桥需要的低合金16锰钢共1.4万吨。

1964年9月18日和9月28日，在秋汛洪水的冲击下，5号和4号桥墩悬浮沉井的锚绳先后崩断。经过近两个月的抢险，最终克服了沉井摆动，使大桥转危为安。

1965年10月和1966年底，南北铁路引桥分别架设完成。1965年11月17日，开始从两岸相向架设正桥钢梁。

1967年7月19日，国务院、中央军委批准对大桥工地实施军事化管理。

1967年8月16日，历时21个月的架设，正桥在位于江心的4号墩合龙，主体工程至此基本完成。

1968 年 6 月 1 日，江苏省革委会主任许世友动员组织会战，要求铁路桥国庆前通车，公路桥元旦前通车。

1968 年 9 月 9 日，南京军区紧急增派有丰富施工经验的工程兵二团整建制投入大桥施工。解放军战士和建桥工人们风雨无阻，昼夜施工。

1968 年 9 月，铁道部、南京长江大桥建设委员会、上海铁路局、大桥工程局对大桥验收交接。

1968 年 9 月 30 日，铁路桥首先通车。

1968 年 10 月 1 日，上海铁路局正式接管铁路桥并开始运营。凌晨 3 时，从福州开往北京的 46 次列车成为铁路桥上通过的第一列客车。

1968 年 12 月 29 日，公路桥正式通车。

1969 年 5 月 1 日，邮电部发行《南京长江大桥胜利建成》邮票一套 4 枚作为纪念。

1969 年 9 月 21 日凌晨，毛泽东主席视察南京长江大桥。

1969 年 9 月 26 日 8 时，南京军区为检验大桥质量，在江北集结国产轻型坦克和各型汽车，按一路行军纵队通过长江大桥。

1973 年 5 月 5 日，南京东站交付使用后，下关火车轮渡停航，货车从此全部经大桥过江。

1978 年，南京长江大桥获全国铁路科技大会优秀成果奖与全国科学大会奖。

1981 年 6 月 27 日，中共中央十一届六中全会通过的《关于建国以来若干历史问题的决议》，把南京长江大桥建成作为一项重要成就写入。

1985 年，南京长江大桥建桥新技术获得国家科技进步奖特等奖。

2009 年 10 月，南京长江大桥被评为“新中国成立 60 周年百项经典暨精品工程”。

2014 年，南京长江大桥被列入南京市不可移动文物，大桥建设档案入选第四批中国档案文献遗产名录。

2016 年 8 月 3 日，南京长江大桥公路桥由上海铁路局移交南京市。

2016 年 9 月，南京长江大桥桥头堡与人民大会堂等 98 个项目入选“首批中国20世纪建筑遗产名录”。

2016年10月28日，南京长江大桥公路桥和公众暂别，开始进行为期27个月的封闭式维修。

2018年1月，南京长江大桥等100项工业遗产入选《第一批中国工业遗产保护名录》。

2018年12月29日恢复通车。

2019年9月16日，南京长江大桥被命名为“全国爱国主义教育示范基地”。

主要参考资料

铁道部大桥工程局编：《南京长江大桥技术总结》，1983年。

南京市地方志编纂委员会编：《南京公安志》，1994年，海天出版社。

南京市政协文史资料委员会等编：《跨越天堑——南京长江大桥建设纪实》，1996年，东南大学出版社。

中共张家口市委党委研究室编：《柴树林的书剑生涯》，1997年。

铁道部大桥工程局编：《铁道部大桥工程局志》，2001年。

铁道部勘测设计院编：《铁道部大桥勘测设计院志》，2001年。

江苏省地方志编纂委员会编：《江苏省志交通志》，2001年，江苏古籍出版社。

李文卿：《近看许世友》，2002年，解放军文艺出版社。

《中国铁路建设史》编委会编著：《中国铁路建设史》，2003年，中国铁道出版社。

曾昭华：《1975年话剧版的南京长江大桥》，2009年。

郭海涌、李桐、唐斩：《武警官兵40年守护南京长江大桥铸忠诚》，中国广播网2009年3月19日。

常荣五：《南京长江大桥建设回忆》，2010年。

戎丹妍：《南京长江大桥通车典礼的幕后故事》，《现代快报》2010

年12月6日。

余启新：《桥的交响》，2012年，武汉出版社。

朱海涛：《记老一辈杰出桥梁大家曹桢》，2013年。

中国中铁大桥局集团有限公司编：《我与大桥局》，2013年。

中铁大桥局桥梁传媒公司等编：“桥梁记忆丛书”，2013年。

韩飞：《46年前最大主席像诞生，为南京长江大桥“压阵”两年》，《扬子晚报》2014年1月19日。

房汛、剑翔：《40多年前参建南京长江大桥，桥头堡的红旗焊了三天三夜》，《扬州晚报》2014年3月13日。

唐占军：《著名词作家陈奎及的大桥情结》，2016年。

汤雅洪：《他曾指挥110辆坦克测试南京长江大桥强度》，《江苏工人报》2016年12月5日。

彭倍勤、于平生：《彭敏的路桥情缘》，2017年，中共党史出版社。

杨悦：《南京长江大桥建筑形象的创作与接受研究》，2017年硕士论文。

华山：《父亲》，2018年，中信出版集团。

徐宜佳、徐宁：《南京长江大桥守桥官兵50年来忠诚守桥，为人民奉献》，《南京日报》2018年9月12日。

高木、薛小华：《50年，用艺术切近一座桥的国家记忆——跟馆长看“大桥记忆——南京长江大桥主题艺术作品及史料巡展”特展》，搜狐网，2018年10月2日。

夏健：《南京长江大桥》五集文献片，2018年12月。

马永红：《岁月砥砺，丰碑不朽——纪念中国人民自力更生修建的南京长江大桥通车50周年》，《桥梁建设报》2018年12月21日。

刘英林：《南京长江大桥，中国人民的集体记忆》，《上海铁道》2019年9月12日。

后 记

★

几年前的一个冬日，在常州火车站参加上海铁路局召开的文艺创作座谈会。会后，领导交给我一个任务：收集史料，筹建新的南京长江大桥陈列馆。任务来的这样突然和意外，感觉自己就像一张小纸片，被寒风瞬间吹到了云层里。写文章是给自己看的，可以随便说点什么，而陈列馆就不一样了，那是挂在墙上的，千百双眼睛在盯着看，一个字也不允许错。任务虽然接下来了，但是做起来还真让我战战兢兢。

南京长江大桥是第一座由我国自行设计和建造的双层式铁路、公路两用桥梁，是新中国建设的辉煌成就，不仅是新政权、新制度最具体的礼赞，也是中国人的精神图腾，一个激情燃烧的时代象征。原来的陈列馆过于简单，上海铁路局和南京桥工段、南京大学共同商定，要重新为这座“争气桥”设计一座纪念馆。大桥建建停停，时间跨度长达 10 年，经历了“文革”，其间换了几任指挥长，好些资料保存不完整。时过境迁，要想把它们找出来可真不是易事。我其实是个外乡人，临近退休的时候，遇上铁路机构频繁的整合，才调到了南京。我出生在 20 世纪 50 年代，上小学的时候，南京长江大桥正在如火如荼地建设。大桥对于我来说，和北京天安门、人民英雄纪念碑一样，是个很遥远、很神圣的建筑。

为了把建桥的历史讲清楚，我多次到武汉、北京、上海等地采访，找到几任指挥长、主要设计者和完成者的后人。寻访中遇阻的事，碰到不计其数，从不轻易言弃。

南京大学鲁安东教授是大桥记忆系列活动的发起者，我参加了其中许多活动，感受到一个青年学者对大桥炙热的情感。南京电视台拍摄五集文献片，夏健编导邀请我参与摄制工作，使我从更广的层面接触到大桥人。和南京档案馆王伟副处长合作，写成《南京长江大桥故事》一书，对工业遗产中所蕴含的爱国精神、科学精神、工匠精神有了更深刻的了解。

在更多的时间里，我一个人走向大桥，去探寻那些纷杂的足迹，俯拾散落在角落里的故事。几年下来，感到从来没有过得充实。南京长江大桥其建设时间之长、参建者之多、工程之艰巨、完成过程之复杂，都是十分罕见的，他所蕴含的时代精神、民族文化和启示意义是任何一所大桥都无法比拟的，流淌在每个中国人的血液里。

但是在寻访的过程当中，我还是有一种“来迟了”的感觉。因为已经过去了 50 多年，能够见到的主要参与者已经不多了，能够清晰地讲述当年史实的当事人就更少了。对他们的采访可能就是一次终极的访问，一生中最后一次的采访，其历史价值不言而喻。他们中的许多工人不会写，但是会说，可以说出自身的经历和真实的情景，而且他们多半是从一个年轻人和最基层的管理者角度去讲述的，带着原本的纯真。

我不是历史学者，可我却在寻访之中多少感受到了作为一个真正史学者的艰辛和缜密。这个过程很像收集古老瓷器的瓷片，尽管不是瓷器，但依然挂着神秘的釉色，绘着精美的花纹，显现着设计者的眼光和喜好，我有幸将这些瓷片拼成某个形状。我其实没有做什么，我只是一个倾听者。只要有耐心，一个个闻所未闻的故事就会从他们的嘴里流出，八九十岁的老人们说上半天也不累，绝对精彩。50 多年过去了，幼稚的孩子慢慢长大，顽皮的孩子已经变成慈祥的老人，可是大桥的一切都历历在目。钢铁巨龙，滚滚长江，温暖的红旗雕塑，在他们年少青葱的记忆里永远不会变老。

我一边采访收集资料，一边写作，也渐渐地集成了一本书的厚度，照片积累了数千张。南京桥工段一直给予热情的鼓励和支持，使得本书得以出版。

南京出版社的编辑凌霄老师对本书给予了悉心指导，美编王俊老师为本书做了别具匠心的设计。

奇怪的是，写完了这本书，自己并没有如释重负的感觉，反而觉得该做的事情多了起来。大桥的历史已经被归结到国家记忆的层面，在今后漫长的岁月中，会被人们反复咀嚼回味。

在征集史料的过程中，中国铁道总公司、中铁大桥局及二公司和四公司、中铁勘测设计院、中国历史第二档案馆、上海铁路博物馆、东部战区、新华日报社、江苏省和南京市档案馆、江苏省美术馆、南京市委宣传部、南京史志办、南京图书馆、鼓楼区档案局、南京铁路办事处以及鞍山钢铁集团、山海关桥梁厂、海军医学研究所、铁道科学院等单位、部门给予了大力支持，许多当年大桥的建设者以及他们的家人接受了采访并捐献了大量珍贵的文物展品。本书在编写过程中，参考了有关书籍和文章，武汉大桥局摄影师李翔、南京电视台导演张家东提供了多幅摄影作品，为本书增添了光彩，借此机会一并致谢。